成一文集

长篇小说·西厢之恋

成一◎著

山西出版传媒集团
北岳文艺出版社·太原
BEIYUE LITERATURE & ART PUBLISHING HOUSE

图书在版编目（CIP）数据

西厢之恋 / 成一著. — 太原：北岳文艺出版社，2019.1
（成一文集）
ISBN 978-7-5378-5656-0

Ⅰ. ①西… Ⅱ. ①成… Ⅲ. ①长篇小说 – 中国 – 当代 Ⅳ. ① I247.5

中国版本图书馆 CIP 数据核字 (2018) 第 189414 号

书名：西厢之恋
著者：成一
出 版 人：续小强
责任编辑：陈学清
书籍设计：张永文
印装监制：巩 璠

出版发行：山西出版传媒集团·北岳文艺出版社
地址：山西省太原市并州南路 57 号 邮编：030012
电话：0351-5628696（发行部） 0351-5628688（总编室）
传真：0351-5628680
网址：http://www.bywy.com
E-mail：bywycbs@163.com
经销商：新华书店
印刷装订：山西人民印刷有限责任公司

开本：787mm × 1092mm 1/16
总字数：3886 千字 总印张：271
版次：2019 年 1 月 第 1 版
印次：2019 年 1 月山西 第 1 次印刷
书号：ISBN 978-7-5378-5656-0
总定价：698.00 元（全 12 卷）

1995年作者在某研讨会上发言

1995年作者与《小说评论》主编王愚在研讨会上

1996年作者参加全国作代会

1998年作者与评论家李国涛（右一）、何西来（右二）、蔡润田（左一）、作家李锐（左三）、燕治国小聚

长篇小说《西厢纪事》（作家出版社1997年1月版）书影

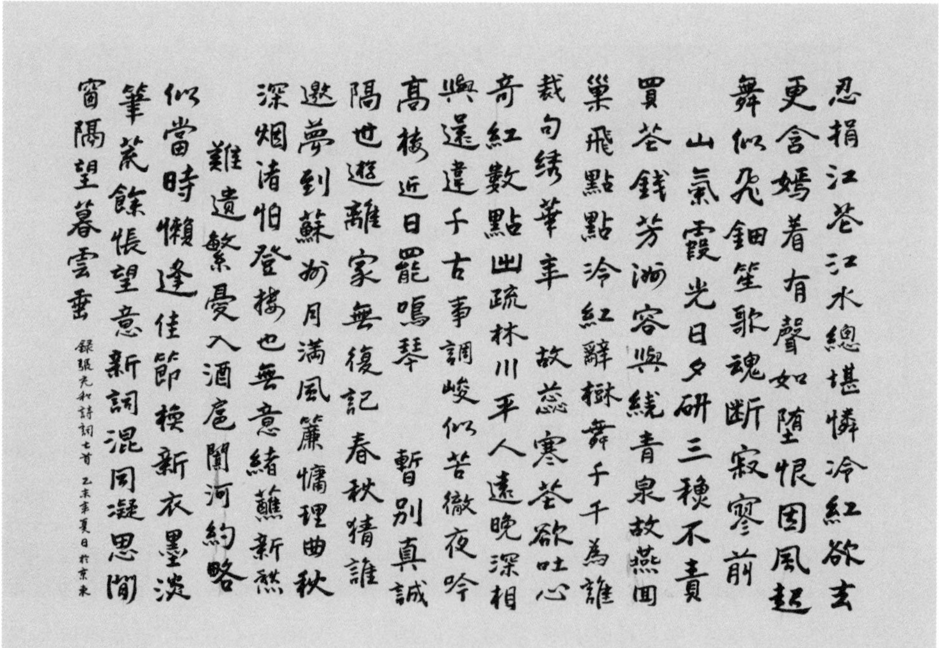

作者字迹

第一部

1　魏小东

拘捕那个来历不明的女人时，我、老万、笑东都去了。当时，我并没有感到她怎么漂亮得惊人。老万好像也没有显出吃惊的样子吧？笑东始终是一脸的鄙夷，这我记得很清楚。所以，我们谁也没有料想到会出事。

因为这个女人租住的房子，在一条很狭窄的小巷深处，警车进去无法调头，同时也考虑到不要惊动周围的居民，车就停在了小巷口外那条比较热闹的马路上。

车不是警车，那天警车都不在，是笑东临时抓了一辆车。

拘留的过程中，我们同这个女人聊了一阵天，目的是为了稳定她的情绪。给我印象比较深的，是这个女人很有修养。对我们的一切行动，她都给予了客气的配合，包括在拘留证上签名，都是先微微一笑，签完后客气问一声：这样可以了吗？她的签名倒是很漂亮，好像常常签名练出来了似的。但我当时实在没有把她同什么星联系起来。

我们带着这个漂亮女人，走出小巷口的时候，笑东抓来的那辆车却不见了。

我就问她:“你这是什么车,怎么不见了?”

笑东也焦急地说:“我怎么知道!”

老万说:“你们不要着急,稍等一下,看来不来,不来,就拦一辆出租好了。”

这个时候,那个被押的女人,也客气地说了句不要着急之类的话吧。笑东立刻就严厉训斥道:“老实点,不用你插嘴!”

可能就是由于笑东的这一声训斥,引起了过往群众的围观。后来在围观人群中就有人叫喊,嗨,那不是谁谁吗！这一声叫喊就引起了一片叫喊:

“够牛X的,有警察保护!”

“还是真人漂亮!”

“不是又偷税了吧?”

“嗨,我心疼你!”

“钱都让你们给挣毛了,少挣点吧。”

“我们想花钱亲个够!”

总之,叫喊什么的都有,还有人吹口哨起哄。那些群众到底把这个女人错认为哪个明星了,我当时根本没有听清。我只忙着保护那个漂亮女人了。

我们三人夹着她,左冲右突,强行进入一家小商店,才把围观的群众挡在了外面。这时,那辆车也赶到了。

司机说,他去加了点油。

因为发生了这样的围观插曲,一些好动和好奇的同事,就设法找机会去看这个女人,要证实一下她到底怎么漂亮,究竟像哪位明星。其实,这不过是想活泼一下,轻松一下,或者像流行的说法,开一下心。大家平时太辛苦了。但不知怎么传到头儿那里,就成了干警们围观这个漂亮的女人,在拥挤中还损坏了几件公物。大家怀疑,给头儿汇报的,肯定是个女同事。

我相信,这个女同事不会是笑东。她在现场,她明白真相。

我给头儿证明说,绝对没有发生那样的事。围观是在拘留现场发生的,参加者是普通群众,而且很快就驱散了。也没有损坏什么公物,只是挤倒了现场的一只垃圾筒。

头儿问:"听说围观的时候,女犯人很文雅,很有礼貌地向大家微笑着?"

对这一点,我不敢肯定。

"没有吧?我们当时怕事态扩大,集中精力在驱赶群众,没有很注意她的表情。"

头儿又问:"你看,这个女犯人真比照片还漂亮吗?"

"我也没有注意这个问题。"

就是在这时,我才开始反思:这个女人难道真是那样漂亮吗?

老万说,在决定拘留前,人们就在议论这个女人的漂亮了。

那我怎么不知道?

在拘留前,我也看过这个女人的照片。你要说她漂亮,也能算漂亮,但绝对不能说漂亮得怎么惊人。因为我首先就没有吃惊。

从掌握到的案情,也反应不出她怎么漂亮。案情非常平常。

这个女人同时和两个男人好,一个领了结婚证,一个没有领,也不过是第三者插足,或者是三角恋爱之类的问题吧。特别是,和她好的那两个男人又都是知识分子,一个是老师,大学的老师;一个是大学的学生,还是研究生。现在,太漂亮的女人,还会同知识分子做三角恋爱的游戏吗?

当然这两个男人不在一个单位,老师是师大的,学生是轻院的。有一天,他们在公共汽车上撞上了。可能是老师带着这个女人,给学生撞上了;也可能是学生带着这个女人,给老师撞上了。当时他们并没有当众厮打,而是很平静地一起下了车。因为当时学生问他的女人:这个男人是谁,你们单位的同事吗?老师也向他的女人问了同样的问题。这个女人当时没有办法给这两个男人做相互介绍，于是就一起下车了。

听说她当时很镇静，没有慌张，只是神秘地笑着。但我知道，现在那种太漂亮的女人，无论同男人做什么游戏，都不会选公共汽车做场地了。

下车后，这两个男人发现自己的女人有两个姓名，两个完全不同的姓名，还有两个完全不同的工作单位。于是他们就联合起来了。

他们到女人说的两个单位去调查，这两个单位都说没有这个女人。他们就报了案。

派出所本来也没有怎么重视他们的报案，以为那个学生是第三者，但怎么也查不到这个女人的户口。派出所就反映到分局，要求帮助查明她的身份。分局还是查不到。后来发现，结婚登记中这个女人的身份证件也是假的。头儿就同意拘留审查了。

就是这样一件很平常的案子。

老万说："你想，这样一件很平常的案子，为什么能办得这样快？从报案，到派我们去拘捕，这才用了几天？案子之所以办得这样高效率，你知道是什么原因？"

"你说是什么原因？"

老万说："听说主要是因为那个研究生提供了一张照片。"

那个研究生提供的照片，是为了查明那个女人的身份。研究生说那是她的一张很普通的生活照。他说是他自己照的，相机不好，傻瓜机子，当然是比较高级一点的傻瓜。我还开玩笑说，高级傻瓜，就是更傻的傻瓜吧？在我看来，那也的确是一张普通的生活照。

老万说："听说从派出所到分局，所有看了这张照片的办事人员，都提高了工作效率，因为照片上的女人美貌得惊人。听说，头儿在看了这张照片之后，也马上批示：立即拘留审查。"

我知道，老万这个人常常言过其实，爱将一件很平常的事，夸张为一件很奇特或者是很有趣的事。所以在平常的生活中，老万就是一个很有趣的人。但对待案件，对待工作，对待领导，这样就容易有麻烦了。这个女人的美貌，真值得那么夸张吗？

我就非常严肃地问老万："你觉得这个女人，真是美貌得惊人吗？"

老万说："反正这是近几年来，我们捕到的最漂亮的女人了，尤其是气质不错。当然，这是大家的看法，不是我个人的看法，也不是领导的看法，是群众的看法。群众还有一种看法，说那个研究生也是个高级傻瓜，把这样美貌的老婆送给了我们。"

我们在做这种谈话的时候，笑东没有在场。她要在场，我们不敢这样谈话，我们只要一说哪个女人漂亮美貌，她就会说："你们男人都一样！"

老万叫万晓东，笑东姓吴，我们三个"小东"，聚到一个组里办案，真还是第一次。因为我们三人原来都叫小东，头儿就非叫我们改名不可，说在公安局改名是很容易的事。于是，我们就改成了现在这样不同的名字，其实也等于没有改。都成人了，谁还想改名字？

这次，头儿把这个案子交给我们三个小东，我理解，这是因为我们三人都有过硬的文凭，都是正牌的大学本科毕业。原告都是知识分子，被告也说自己是知识分子，她很可能真是知识分子，她很有修养。知识分子来侦破知识分子，这可能比较合理，比较方便，也比较有力吧。

老万说："我理解，头儿的意思是，你们要以事实为依据，以法律为准绳。"

笑东说："你敢说哪个案子可以不以事实为依据，不以法律为准绳？我理解，我们首先必须证明这个骗子不是知识分子！"

我用商量的口吻说："我看她不怎么像个骗子吧？"

她说："骗子的最大特征，就是看起来不像骗子。"

老万说："我看她也不像骗子，这个女人不是那么简单。"

她说："你说像什么？像歌星、影星、模特？"

老万说："如果能看出像什么来，办这样的案子，就没有什么意思了。"

我说："我们办案，想象力太丰富了，也容易走入歧途。"

老万说:“没有想象力,可能更可怕。”

笑东说:“你们看她到底像什么?”

据那两位原告说,这个女人并没有骗取他们的钱财。这两位知识分子显然也没有什么钱财。他们也没有权,所以又不可能是别有所图的美人计。是为了骗婚吗?她显然不是那种嫁不出去的女人。

我就提出,被告有可能是个高级傻瓜吧,她看上的这两个男人也不是美男子啊。

笑东说:“只有你们男人才重视相貌外表。”

老万承认吴笑东提出了一个很深刻的见解,他认为可以怀疑被告是一位性解放者。

我认为,这个怀疑太大胆了。

笑东说:“女流氓就是性解放者。”

老万分析,如果是一般的婚外恋,在原配的婚姻中,她应该有真实的身份,但她没有。在她和那个研究生的婚姻档案中,所有身份证明都是假的。为什么?很有可能,原告只不过是被她解放了的许多男人中的两个,多少多少分之二。

笑东说,她同意这个分析。

我虽然是三人小组的负责人,但一时也没有更好的分析,就同意了老万的这个分析。侦破和审讯的方向就先这样定下来了。

2 孟雨,或者罗秀君

我没有想到,这两个男人会这样联合起来把我送进了看守所。

我当然没有进过看守所,更想不到通往看守所的路会是这样理想的一条林荫道,那种城市中幽静的林荫道,没有被摊贩占领,没有被车辆挤满的林荫道。我和他们在这座城市里寻找很久了,一直没有找到这样的林荫道。虽在囚车里,我还是有几分被这意外出现的林荫道吸引住了,我甚至觉得它同样有那样一种诗情画意。多么幽静的林荫道,多么有味道的绿色洞天。当然,我也没有料到,它的尽头就是看守所。我以为,走出这幽静的林荫道,还要走过一段荒凉的路程。但没有出现荒凉,从林荫道直接就进入看守所了。

当时我坐的不是真正的囚车,是一辆很普通的大发小面包车,没有警灯,没有警笛,车门外面印着什么招待所的字样。司机和押送我的警察们,对我也比较热情,一直在轮流同我说话。所以,我还能欣赏车外林荫道中的那一份幽静。

我想起现在已是夏天,仲夏将临的时候。

高冬至忧郁地说过,秋天是最有味道的。

可许强说,夏天最有味道。后来我才明白,许所说的味道很有些庸俗的意思在其中。他们还都说过,他们爱我爱得发狂。他们动情地说这种话,不只是在同我做爱的时候,在平常很平静的时候,在寻找林荫道的时候,他们也说这种话。我非常仔细地注意过,他们说这种话时的表情,是很真诚,很真实的,没有一点表演和模仿的痕迹。我一直很相信自己的这种鉴别力。

然而,他们就是这样为我发狂吗?他们真要是爱我爱得发狂,就应该打起来!这是起码应该做出的反应,为我打起来,两人像仇敌似的打斗或者吵闹起来。但他们却是一见如故,就像对我一见钟情那样。

他们都说过,他们对我一见钟情。

当这两个男人在公共汽车里相遇之后,我就知道麻烦要出现了。我想到了应该及时离开他们,及时消失在这个城市里。我已经这样消失过许多次了,消失得都很成功。这一次,我本来也能够成功地消失掉的。但我很想看看这两个男人怎样为争夺我的爱而斗争。这一念之差使我走进了看守所,但当时这个念头真是叫我无法摆脱。

他们会打起来吗?

他们会怎样争吵、辩论?

像他们这种层次比较高的人，在打架、对骂的时候，会与一般人有什么不同？

许强给我说过什么叫决斗。他说，为一个女人去面对生死，很从容，很有风度，还很有礼貌，这才是一种高层次。他还说，如果可能，他愿意为我去同任何男人决斗。我当时笑了，问他什么叫“可能”，你是不是喜欢决斗？他说，不是喜欢，是必须去决斗。我又笑了，问他，你去同谁决斗？他说，同谁都可以。我说，你不会有决斗对象的。他说，像你这样完美的女子，我必须时刻准备着，为你而决斗。我又笑了，说，你没有枪。他说，到时候什么都会有的。

我笑了。

他说，你笑得让人发狂。

但他并没有同高冬至决斗，而是同高冬至一见如故，那么快就联合起来，把我送进了看守所。这就是他的高层次的发狂吗？

高冬至没有给我说过什么叫决斗。他只说，没有你，我只有去死。他在说这种话的时候，不是很激动，而总是很忧郁。

他同我在一起的时候，也总是这样忧郁。

我问过他，你为什么总是这样闷闷不乐，有什么发愁或不顺心的事，还是经济上有什么困难？他说，什么都不是。我问他，那是为了什么？

他忧郁地说，是因为你，你使得我发狂。

我当时不明白这是什么意思，后来明白了，这种忧郁是层次比较高的一种感情。同许强比起来，高冬至的这种忧郁，显然是比较耐人寻味的一种男人的感情。然而，当他发现我已经同许强领了结婚证，他也并没有去死，反而像终于松了一口气似的，不再那么忧郁了，很兴奋地和许强一起把我送进了看守所。

这就是他耐人寻味的感情吗？

我还曾经估计过，他们也许要为我打一场官司吧。我还设想，真打官司，自己应该站在谁的一边呢？

我估计，很可能是许强状告高冬至，因为他有结婚证。但我不愿意完全站在许强的一边，控告高冬至有罪。比如，我说是高冬至引诱我，设计了圈套欺负我，或者说，他威胁我，如果不答应，他就要死，我不能不答应。不，我不能这样说。这样，我就太像一个庸俗的女人了。

那么，就站在高冬至的一边，说领结婚证那完全是许强的主张，我并不同意。许强还是个学生，我不想影响他的学业，我是很重视一个人的专业学识的。否则，我怎么能看上他？但他说，不领结婚证，他就学习不下去了。我当时真没有办法。

但他们并没有给我这种选择的机会，就站在了一起，共同来控告我。这是我怎么也没有想到的。我的确没有想到，他们会选择了联合。

3　孟雨，或者罗秀君

那天，公安人员来找我的时候，我还真以为是许强告了状，公安人员是来向我做调查吧。我非常有礼貌地向他们笑了笑，然后请大家坐。

来找我的公安人员有三位，两男一女。

他们很专注地看着我，不放松。那位女公安除了专注地多看我的脸，还从头到脚打量了我几次。那两位男公安就一直是只盯着我的脸面看。

我当时很镇静，因为我并不知道他们是来捕捉我。我以为他们是在欣赏我的美貌，所以我一直对他们微笑着，是那种很有礼貌和很有风度的微笑。

许强说，我的笑使他发狂。

高冬至说，我的笑使他感到无比沉重。

“你还懂几门外语？书架上不仅英文书吧？”

“我的英语还比较一般呢，哪里谈得上懂几门外语？英语之外，只是靠字典查查其他外文资料。”

“那也不错了。”

"不,还是太不方便。"

女公安接着就问我:"那么你叫什么名字?"

我完全没有料到自己会突然面临这个问题。对我来说,这可能是一个最难以回答的问题了,当然还不是致命的问题。

当时,面临这种突然,我的笑容并没有消失,只是很有礼貌地问了一声:"对不起,您是问我,对吗?"

"就是问你,你的姓名,你的真实姓名。"

"罗秀君,罗马的罗,秀丽的秀,君子的君。"

这是我留给许强的那个姓名。我想了想,感到只能申报这个姓名了,虽然这个姓名不是那样美,但它已经被许强写到结婚证上去了。

"这是你的真实姓名吗?"

我点了点头。我不能不点头。

"恐怕不是吧?"

"是的。"

我非常宁静地笑了笑,别人看了一定会感到是一种很妩媚又很高雅的笑。

比较年轻的男公安就是在这时掏出了那张拘留证,他很客气地对我说:"请你在这里签个名吧。"

我看清了那是一张拘留证,不免有一些激动,但并没有慌张,我相信自己当时还是那样宁静地,也就是那样妩媚地高雅地笑着。可能因为保持了那样的宁静,我很快发现了这张拘留证上并没有写明要拘留谁。

我保持着宁静的笑容,问:"对不起,请问,这是要拘留我吗?"

比较年轻的男公安也很客气地说:"是的。"

"我还想问一下,这上面并没有写明要拘留我呀?"

年轻的男公安同样客气说:"是的。"

女公安立刻说:"正因为不知道你的真实姓名,真实身份,我们才拘留你。"

看上去年长的男公安问:“你的身份证呢?”

“许强给我丢失了,他没有给你们交代吗?”

女公安说:“这个情况我们知道。”

比较年轻的男公安说:“是的。”

“你们还不知道我是谁,就拘留我,不怕出错吗?”

女公安说:“我们有你的照片,许强提供的照片。”

年轻的男公安说:“是的。”

我就在拘留证上签了字,罗秀君,相当漂亮的签名。签名的时候,我也显得很平静。我应该拒绝签这个名,拒绝签任何的名。但我知道,我已经晚了,一切都来不及了。我的好朋友小加早就告诉过我,遇到这种情况,千万要冷静,不要抗拒。

我努力保持了冷静,也保持了笑容。

也许就是因为保持了冷静和笑容,他们没有捆我,没有铐我。不过,年轻的男公安说,这仅仅是拘留,不是逮捕,所以,不会给你戴手铐,你也不要太紧张。

我笑了笑,表示我并不紧张。

临走,我对房东说,在拘留期间,我照常出房租,请受累照看一下我的书。冰箱的食品就请帮忙给吃了吧,都很新鲜的。

我拿了几本外文书,一点化妆品,还有他们让带的东西,平静地跟着他们走了。其实我心里能不紧张吗?出来时,我对胡同里围观的市民们,还是很有礼貌地笑了笑,就上了那辆什么招待所的大发车。

行进中,年轻的男公安问我:“你是不是特意练过签名?”

我笑了一下说:“我又不是什么明星,练习签名干吗?”

看上去年长的男公安说:“你大概很像什么明星,否则,刚才怎么会有那么多的人欢迎你啊?”

年轻的男公安说:“那哪儿是欢迎啊?我以为是有人来抢人质。”

女公安就说:“她算谁的人质?”

我说："对不起，给你们添麻烦了。"

女公安又说："不用你多嘴。"

看上去年长的男公安说："刚才就你这句话，引出一个惊险场面，现在不知又有什么精彩镜头将要出现。"

女公安说："你也少多嘴，好不好？"

我感到，这三位年轻的公安人员，都是很好的人。

后来，那位年轻的男公安对我说，他姓魏，并介绍那位看上去年长的男同事说，他姓万，女同事姓吴。

他又介绍说，他是这次行动的负责人。

我说："我真没有看出来。"

后来，我就看见了那条幽静的林荫道。

4 高冬至

我和许强得知欺骗我们的美人已经被捕获后，都赶到了公安分局。我们没有要求见这个女人，也没有打听捕获的经过。因为我们一见面就兴奋地交谈起来了，就像以前同这个女人约会时那样。

交谈是站在公安分局的门外进行的。那里没有树，没有绿地，也没有可坐的公用长椅。离我们站立处不远，有一个穿着人造绸时装的老太太，推着冰柜在卖冷饮。所以，当我们谈累了的时候，许强首先建议是不是买点冷饮吃。

我说："我吃不了冷饮。我从不吃冷饮。我们是不是可以找个地方去喝杯热饮？"

许强说："高老师，你说的热饮是指什么，咖啡，还是茶？"

我说："咖啡，我也喝不来。酒怎么样，你喝酒怎么样，小许？"

许强说："我喜欢喝啤酒，烈酒不喜欢。"

我说："啤酒我也喝不来，真对不起。白酒怎么样，一起喝几两白酒怎么样？或者我喝白酒，你喝啤酒？”

许强说：“那就喝白酒吧，我真是不喜欢白酒。学生喝白酒，也不好。”

我说：“学生谈恋爱也不好，你们谁听呢？”

许强说：“那好，我们去喝白酒。”

我们就开始寻找合适的酒馆。公安分局附近，有酒馆饭馆，但我们都感到不够合适。许强不满意的，是它们档次太低。我只是嫌它们不够卫生。

许强说：“档次上去了，自然也就卫生了。”

我说：“那也不一定，现在的档次，往往是指与实质无关的外在豪华程度，豪华已经成了现在最流行的一块遮羞布了。”

许强说：“高老师，你的观点太守旧了。”

我想举共同欺骗了我们的这个女人为例，但没有说出来。孟雨外在的美貌，恐怕很难说与她的实质没有关系吧？

那么，她的实质是什么呢？

我们走了大约公共汽车两站的路程，才找到了一家比较合适的酒馆。

许强说：“这属于中档中比较低档的那种。”

我说：“还算比较卫生。”

但这家酒馆的烈酒却比较高档，洋酒不论，国产白酒就有八百八十八元一瓶的。

许强问我：“你喝什么档次的白酒？”

我说：“有二锅头吗，北京二锅头？”

许强笑了。

酒馆老板说：“我们真有北京二锅头。新改良的北京二锅头，有时候也上中央的国宴呢，你们不信？待会儿，我给二位找报纸来，我还真保存着那张报纸呢。”

许强问：“这种改良二锅头，什么价？”

老板说：“各种档次都有。”

许强问:“高老师,你看喝什么档次的?”

我说:“我想喝老二锅头,六十五度的。”

老板说:“我们还真有不改良的老二锅头,能看出来,二位是真喝酒的!”

老板立刻显出种一见如故的兴奋,掏出名片,递给二位。许强想掏出自己的名片做交换,见我没有动静,也只好作罢了。他认真读起老板的名片来:什么什么董事长、什么什么总经理。

老板说,他要亲自来给我们二位配菜,不是那种讲排场的菜,是真正配酒的菜,经济实惠倒在其次,关键是能配真正的酒。他一再说,不改良的老二锅头,才是真正的酒。喝二锅头的酒星,绝对能盖了俄罗斯,盖了欧洲,盖了美国,二位不信?伏特加才多少度?威士忌才多少度?人头马ＸＯ,才多少度?

他说,他这里的洋酒,全是为了宰大款的,当然也宰公款,主要还是宰公款。

在整个喝酒吃饭的过程中,这位老板就一直陪着我们说话。说得兴奋时,就陪我们喝一两杯,喝得痛快时,也陪我们吃一两口菜。老板说得最兴奋的话题,就是他们酒店附近,最近一直埋伏着电视台的记者。只要发现有公款来吃饭,他们就会冲进来,把公款们吃大菜、喝洋酒的镜头抢下来。

“你们看,我店里的生意冷清成什么样子了?要不,我哪有空陪二位喝酒呀?”

许强说:“这样的记者是好样的!这才是真正的记者!记者就应该这样!”

老板说:“好个屎!这是电视台的头儿要巴结省里的头儿,省里头儿这几天正好在抓公款吃喝的问题。要是真抓也成,二位想,真抓能抓到我这儿呀?大公款们,谁来我这儿吃啊?你们说,电视台的头儿,省里的头儿,大头儿小头儿,哪个不是公款?记者也是公款,他们吃喝起来更凶,他们会讲究。他们才不来我这种档次的酒店吃喝,所以才这样揭露我。”

老板一定以为他说的是北京话,其实根本不是。

在整个喝酒吃饭的过程中,许强也一直陪着老板说话。他说得最兴奋的,是教导老板不能把董事长和总经理这两个职务并列在名片上。他非常详细地论证了为什么不能这样,说到了产权、经营权、股份制、股票、党政不分、政企分开、有限无限,等等。

我一直没有参加他们的交谈。我只感到老板的二锅头并不像二锅头,所有的菜都有种腐臭味似的。我反复地想,今天我和许强来这里喝酒,是为了庆祝孟雨的被捕获吗?

但可以肯定,我们今天绝对不是为了来同这位老板喝酒的。许强为什么觉悟不到这位老板是在喧宾夺主呢?而孟雨,居然同这样迟钝的许强,领了结婚证。

我问过许强,结婚证是什么样子的,和工作证差不多吗?

许强说,是红色的,和奖状或者聘书差不多吧,只是上面有照片。

“买单”的时候,我和许强几乎掏光了身上所有的钱。

许强却在认真教导老板说,是“埋单”,不是“买单”。他的情绪很高昂。

我有些后悔,真不应该来庆祝孟雨的被捕获。她的美貌可能是前所未有的,也是真实的。那么,她的实质呢?我很想问一问老板:你见过像孟雨那样美貌的女人吗?我没有问出来。

如果喝了这么多真正的北京二锅头,我肯定就喊出来了。

5　高冬至

被传唤到分局的时候,魏小东他们对我是相当客气的。先同我聊了许多历史上的故事和人物,才开始审问。

不过,他们说,这不叫审问,叫调查取证。

魏小东说:“高老师,请你不要误会,我们是来向你做必要的调查,你是受害者,你有权利向我们陈述一切。”

我就问:“我的一切?”

魏小东说:“是的。”

万晓东说:“我们当然只问同案子有关的一切。”

吴笑东说:“不相干的,我们也不会问你。”

我说:“好吧,那就辛苦几位了。”

万晓东问了我的姓名,性别,出生年、月、日,籍贯,民族,婚姻状况,文化程度,政治面貌,工作单位,职务,职称,级别,工资总额,家庭住址,身份证号码,是否受过党纪、政纪、刑事处分。

我说:“无论口头上还是书面上,我都已经回答过这一系列问题了。”

万晓东说:“你必须再正式回答一次,这是你的义务。”

我就一一做了正式回答。我同时想,我一生都在不断回答这一系列问题。

魏小东很感慨地说:“现在案子的关键,就是要尽快知道有关罗秀君的这一系列基本情况,她到底叫什么名字,是罗秀君,还是孟雨?很可能这都不是她的真实姓名。那么她到底叫什么呢?我们关于她的真实情况,目前还什么也不知道。”

万晓东说:“目前,我们只知道她的性别,她是女性,这是真实的。她还是个很漂亮的女性,这也是真实的。”

魏小东说:“档案上,并没有填写漂亮与否的栏目。”

万晓东说:“她漂亮与否,跟案子的关系很大,对不对?”

魏小东问我:“高老师,你认为她是个漂亮的女人吗?”

我说:“漂亮是一个很主观的概念。”

吴笑东就说:“那你再谈一下你同罗犯认识的过程。”

我说:“我认识的是孟雨。”

吴笑东说:“你能肯定她叫孟雨?”

我只好再一次重复了和孟雨认识的过程。

我说,我和孟雨是在师大附近的一家小饭店里偶然相遇的。我不能对他们说我和孟雨就是在那里一见钟情。我说,那家小饭店不很卫生,更上不了什么档次。不过,我是到那里去喝烧酒,不是北京二锅头,一般都是很平常很市民化的那种"高粱白"烧酒。这种烧酒的度数不低,所以它有一定的杀菌作用,所以我敢于常去这个不很卫生的小酒店喝烧酒。那一天,孟雨也来这家小饭店了,而且与我坐了同一张桌子。

我见她很漂亮,气质也不错,就主动建议用我的烧酒给她的餐具消一下毒。她很高兴地同意了,一再表示十分感谢我,还用英语说了一句表示感谢的话。

万晓东问:"说得很标准吗?"

"是的。后来我继续喝酒,她开始吃饭。我邀请过她,是不是也喝点儿酒。她说,谢谢,她不喝酒。同时,她就笑了,笑得非常有吸引力。我们就这样认识了。"

她当时笑得非常有魅力,惊心动魄的魅力,我不能这样对他们说。

吴笑东问:"她这样一个又漂亮又气质好的女人,来到了那样一个不卫生的小饭店,你当时就没有产生一点怀疑吗?"

我说:"正是这样一个巨大的反差,使我从一开始就对她产生了无比的敬意。你们想,我这样一个年轻的副教授,不就是经常来光顾这家小酒店吗?这正常不正常?谁怀疑呢?我是单身汉,其实我一直是一个独身主义者。"

吴笑东说:"独身主义,就是和姓罗的这种女人,同居起来方便吧?"

我说:"这里的主义,其实就是爱好的意思,我一直是个独身爱好者,想不到就在那家很不卫生的小酒店里,孟雨把我的这个爱好给夺走了。"

魏小东问:"你和罗秀君约会的时候,是不是每次都发生性关系?"

我说:"我和孟雨,请你们这样记录。当初,她如果对我说她的大名叫什么罗秀君,那我很可能就不会对她一见钟情了。像她这样漂亮,这样气质不凡的女人,又有这样一个美的名字,我无法不一见钟情。"

吴笑东说:"你说,孟雨这个名字有什么美好的?"

万晓东说:"那么是你对她一见钟情,我可以这样记录吗?"

我这才发现,我终于在无意中把"一见钟情"坦白出来了。我忧郁地想了想,说:"可以这样记录:我对孟雨一见钟情。我们的约会,就像正常的恋爱那样。"

魏小东问:"你们每次在一起,是不是都发生性关系?"

我有些激动地说:"请你们记录,完全不是这样!这方面的情况,也一定要说吗?"

魏小东说:"是的。这是关系到我们对案件的性质能否做出正确判断的重大问题。我们分析,这位罗女士,或者说这位孟女士,可能是一位性放纵者,性解放者。"

吴笑东说:"就是女流氓!"

魏小东说:"不要这样说,起码先不要这样说。"

我大声说:"请你们记录,孟雨不是这样一个女人!"

6 许强

在万晓东问了我的姓名,性别,出生年、月、日,籍贯,民族,婚姻状况,文化程度,政治面貌,工作单位,职务,职称,级别,工资总额,家庭住址,身份证号码,是否受过党纪、政纪、刑事处分之后,魏小东就问:

"你和罗秀君过性生活的时候,是谁比较主动?"

我说:"我,也应该是我。"

吴笑东问:"我看,这个女人的年纪比你大吧?"

我说:"年纪大就应该她主动吗?不是的。她对我非常不主动,因为已经出现了第三者。我一点也没有想到,原来她的心已另有所属。但她并不比我年龄大,我的长相不够老练,对不对?而她总是显得比我老练!"

魏小东立刻说:“你说得老练很重要。在你们的性生活中,她的不主动,是不是她有意为之,或者说是她的一种老练?”

我说:“我所说的老练,也可以解释为成熟。我喜欢成熟的女人。”

魏小东说:“你刚才说她是一个成熟的女人,对吧?”

我说:“是的。我喜欢成熟的女人。但她又太成熟了。”

魏小东立刻说:“你说她太成熟,这太重要了。你说太成熟,是不是也包括性生活?”

我说:“也可这样说。她对性生活显得过分习以为常,没有激情,甚至可以说几乎没有热情。”

魏小东说:“你说的习以为常很重要。一个性解放者,当然会把性生活当作习以为常的事。他们说,性交就应该像握手一样,没有什么了不起。”

我说:“但她并没有这样说过,请你们记录,习以为常,是我说的。”

万晓东说:“请你放心,我记录得很清楚。”

我说:“我们虽然名义上结婚了,但她并不和我住在一起,还是各住在各自原来的地方。仍然像谈恋爱一样,隔几天约会一次。”

魏小东问:“是学校不允许吗?”

我说:“不,是罗秀君不愿意。”

吴笑东说:“从你叙述的情况看,这个女人肯定比你年龄大。你问过她的婚姻史吗?”

我说:“我只问过一次,她反问我说,你对这方面的情况,是不是特别感兴趣?我怎么会特别感兴趣?我就不问了。”

吴笑东问:“关于她的过去,你还知道什么?”

我说:“她说的最多的,是她的一位叫小加的同学,中学同学。”

魏小东问:“是男同学吗?”

我说:“不是,是女同学,她说是她最要好的同学。她说小加比她学习好得多,但在高考时,她考中了,小加却落榜了。她说,她上了大学之后,这位小加就当了服装个体户。她还说,小加比她还漂亮。”

吴笑东说:"你再说一下,你是怎么把罗秀君的身份证丢失的?"

我说:"我不是已经说过了吗?"

吴笑东说:"请正式说一次。"

我说:"好吧。我是为了买股票,拿了她的身份证。"

吴笑东说:"不是去领结婚证时丢失的?"

我说:"不是。领结婚证时,已经给她丢了。再说,她也不同意那么快就结婚。我记得是去排队买股票认购证,可能在排队时挤丢了,或者被人偷了。我去的时候,明明拿了,但排到跟前,却找不到了。"

吴笑东说:"她的身份证上,是印着罗秀君吗?"

我说:"是的。"

吴笑东说:"那上面的编号,你回忆起来了没有?"

我说:"那哪能回忆起来,我连我的编号还记不住呢。"

魏小东就说,"还是坚持我们的大方向。你们每周过几次性生活?"

我说:"我不是说了吗?我们并不住在一起。"

魏小东说:"那只是形式。"

我说:"今天中午,我能请你们吃饭吗?"

7 孟雨,或者罗秀君

第二次审问我的那天,天气很热,所以我的情绪也不好。不过,我还是努力使自己保持了冷静。因为任何冲动,都可能带来难以预料的后果。

一开始,吴笑东就相当严厉地对我说:"除了你的性别外,你所供认的姓名,年龄,民族,籍贯,文化程度,政治面貌,婚姻状况,工作单位,职务,职称,级别,工资总额,家庭住址,身份证号码,是否受过党纪、政纪、刑事处分,都取不了证。连这些最基本的问题,你都不愿意老实交代,你到底想干什么?"

不知道为什么,这个吴笑东从一开始就对我格外严厉,好像有成见似的。但我同她素不相识。也许女人做了警官,就都是这样厉害吧。也许,她是不能忍受我比她美貌?以我的眼光看,她应该算是美貌的女人了。她那身职业服装所带来的庄严,同她自身的美貌形成了很好的对比,使美貌显得很突出,但又不显得招摇。警服不是时装,带有分明的不可选择性,所以给它衬托出来的美貌,会使人觉得是一种难以掩盖的美貌,过硬的美貌。她能意识到自己的这个优势吗?当然,她的美貌和我不是一个类型。女人总是不大喜欢比她美貌的女人。我可能也是这样吧。但现在我已经成了她的囚犯了,还会夺走她的什么呢?

我说:"我只能来这样回答。因为我不能承认,我向许强和高冬至隐瞒了自己的一切。其实,他们是应该知道我的一切的。所以,我也不能承认,我是欺骗了他们。"

我笑了笑,努力使自己显得轻松。

吴笑东立刻问:"那他们为什么不知道你的真实身份呢?"

我说:"这恐怕得问他们。我本来并不想向他们隐瞒什么。"

吴笑东反问:"那么你是想向我们隐瞒你的一切?"

我说:"我更没有这样的意思。"

吴笑东说:"那你说的这一切,为什么在我们的电脑资料库里,得不到验证?难道电脑也不愿意给你做证?"

我说:"我不是这个意思。我是说,许强和高冬至加给我的罪名,我是不能接受的。"

吴笑东说:"那你就应向我们证明,你自己是谁?"。

我说:"这应该由许强和高冬至来证明。许强不知道我是谁,他怎么敢同我结婚?"

魏小东问:"你说,许强领结婚证,你真的不知道吗?"

我说:"我的确不知道。他向我要求过结婚,我并不同意。他说,你不同意,我也能办到。我当时并没有想到,他是指办理结婚证。我想,没有我的同意,他是不可能跟我结婚的。但他后来真的就办来了结婚证。"

魏小东说："那我们先不谈这个问题吧。你和许强、高冬至都有性关系吧？今天，你愿意回答这个问题吗？"

我说："对不起，我还是不想回答。"

魏小东说："他们都承认和你有性关系。"

我说："那你们去问他们吧。"

魏小东说："我们双方都得问。"

我说："今天，我还是不想回答这个问题。"

这位魏小东对我进行了反复的说服动员，态度很和善。但是我还是不想坦白那个问题。我不明白他为什么总是要问那个问题。我更不知道许强和高冬至坦白了什么。魏小东一再说，这方面的情况对我很重要，无论是定罪，还是平反，都很重要。我本来觉得，这个魏小东是一个正派的男子，似乎也年轻有为，他说他也是大学毕业。但他为什么总是抓住性生活不放呢？是许强和高冬至坦白了有关的什么，还是他本人也像小加所遇到的那些男人一样，把女人的美貌等同于性事？只是，这个年轻的男子在审问性问题的时候，十分严肃，十分冷静，既没有厌恶感，也没有好奇感，更没有掩藏着那种令人恶心的邪念和色欲。这使我感到庆幸，也不能对他生气。

魏小东说："你不要有顾虑，在这方面，我们也有科学的标准。"

我想给他们一个平静的微笑，突然就涌起一种呕吐的强烈冲动，只好说了声"对不起"，就急忙捂住了自己的嘴。

吴笑东说："坦白从宽，抗拒从严！"

我是突然想起了小加说的一些事，才感到恶心的，并不是对这几位年轻的警官有什么反感，但我没有做解释。我知道，解释也是没有用的。

8　高冬至

听许强说，他也是在学校附近的小饭店喝酒的时候，与罗秀君一见钟情的。

许强说，罗秀君走进那家小饭店之后，就坐到了他那张桌子前。坐下以前，她非常有礼貌地说："再没有别人了吧？我可以坐在这里吗？"

我心里就想，当时孟雨也是这样对我说的啊。

许强说，罗秀君坐下以后，就和他很自然交谈起来了。她说她是来轻院找人的，没有找到。

当时孟雨也是这样对我说的啊。

许强说，他接着就请她喝一杯啤酒，她说了声谢谢，同时就对他笑了笑。那是表示客气的一笑，但这一笑太可怕了。他说，直到这时，他才发现罗秀君漂亮得惊人。

我有些不能忍受许强这样赞美孟雨，就问，她喝你的啤酒了吗？

许强说，当然喝了。那天喝的是"中德"啤酒，苦味比较重，她只喝了半杯，或者说半杯也没有喝完。

我当时也邀请过孟雨喝酒，可惜那是烧酒，而且是十分市民化的"高粱白"烧酒。但是，中国男人怎么能不喝烧酒？后来，孟雨接受了我的这个观点，可惜她终于还是不喜欢中国烧酒。

许强说，在喝啤酒的时候，他赞美了一句："你真漂亮啊！"她又说了声谢谢，但这一次她没有给他那惊人的笑，她说她不喜欢这样的赞美。许强说，他的赞美是由衷的，也是没有任何企图的。她说她不喜欢这样的赞美，是因为现在的女孩子全都喜欢这样给男人赞美，好像这样就是现代女性了。许强说，他从来没有这样赞美过女孩子。

我可始终没有这样浮浅地赞美过孟雨。当一个女人突然把你照亮的时候，你怎么只能用"漂亮"来赞美她？在孟雨把我突然照亮以前，我一直是在黑暗中行走。当然这种觉悟也是孟雨给予我的。在孟雨出现以前，我一直不知道自己是在黑暗中行走。

但是，那天，我没有把这种感受向许强说出。

许强说，在小酒店第一次见面，他和罗秀君在专业方面谈得很投机。

他的专业是造纸，那是中国最古老的也是最伟大的专业了。罗秀君说，她所喜爱的专业是高分子，本来想搞有深度的研究，但现在研究所里强调实用技术，所以她只好从事民用涂料的开发研究了。许强说，他的课题比较先锋，但也同样是向民用倾斜：如何用造纸法生产布料。她说，她是想开发一种具有壁纸，甚至像丝绸那样一种质感的室内涂料。

许强说，我们有了共同点了，那就是纸张。

她说，是吗？

许强说，她在说“是吗”的时候，那也真有种惊心动魄的冲击力。

我无法忍受许强这种太张扬的陈述，这是在向我炫耀吗？我的专业也是很古老的，而且研究的内容也全是古老的东西。我一直在研究汉唐以前中国都市的下水道构建，这不仅在师大历史系中，就是在全国史学界也是一个够冷门的课题。所以，我无法同孟雨来谈论自己的专业，虽然有几次孟雨也表示出了一定的兴趣。

孟雨也常常对我说：“是吗？”那时，我总是感到，孟雨把我彻底照亮了。

每当坐在小酒店，独自喝着很市民化的“高粱白”烧酒，我就不能摆脱这种回忆。今天，我坐的这张桌子，就是同孟雨一见钟情的那一张。现在这张桌子仍然只有我一个人在喝酒，就像孟雨没有出现前那样。

但我现在感到了黑暗。

每当这个时候，我就有些后悔，也许不应该那么鲁莽，那么没有情义地同许强联合起来，把孟雨送进了看守所。

那天，当孟雨第一次走进这家小酒店的时候，我就立刻感到，她把小酒店整个地照亮了。我更没有想到，她会坐到自己坐的这张桌子前，把她的光明聚集到我一人身上！

我一直相信，这是一次难以企求的艳遇，甚至是一种天意。

但听了许强的叙述，我才恍然有悟，突然生疑：难道我和孟雨的这次艳遇，是一次精心的策划？为什么许强的艳遇和我的艳遇，几乎是一模一样的？

我无法忍受这种一模一样，所以，我没有向许强叙述自己的艳遇过程。但我还是和许强联合起来了，这也许很鲁莽。可我实在无法忍受那种一模一样！

孟雨为什么要这样做呢？如果真像那个吴笑东所说的，她是一个骗子，那么她要骗取我的什么呢？这个时代，最热门的诈骗目标就是钱了，但我也许正是这个时代最没有钱财的人了。自从幸运的那一天，在这家小酒店的这张桌前和孟雨相遇，一直到鲁莽地把她送进了看守所，我准确地记得是一百五十二天。在这一百五十二天中，可以说我一直是在花孟雨的钱。我们在一起时的消费，孟雨总是坚决地不许我支付，她说她有一个小小的技术专利，分得了一些钱。

我说，我不为我们的感情花点钱，非常痛苦。

她说，我喜欢你痛苦的样子。

在我们一百五十二天的艳史中，她就是这样一直花钱来买我的痛苦。她是不是为了骗取我的痛苦，我说不清，但她肯定没有骗取我的钱财。

如果像魏小东怀疑的那样，她是一位性解放者，那么她为什么不向我解放呢？在那一百五十二天的艳史中，我并不是没有同她发生性关系。我和她第一次做爱，那是在经过了将近一百天的艰难跋涉之后。我准确地记得是第九十七天的傍晚。当那个时刻终于来临的时候，我痛苦地哭了。

她后来说，我当时的痛哭，使她感到惊喜。

我当时的痛哭，可能也有惊喜在其中。作为一个独身主义者，我似乎不应该对性交表现出这样一种浓烈的渴求来。但我不能不承认，自从在这家小酒店的这张桌子前同她相遇之后，就萌生出这样的渴求来了。

她的光亮，将我的这个卑下的欲望，一下子照得通明！

在那长达九十六天的艰难跋涉中，她似乎一直在避免过分的亲热。她仿佛只喜欢静静的交谈，或者是在林荫道下散步。在这种时候，她是最动人的。她不喜欢歌厅舞场。她也不太喜欢接吻。

我终于明白了，孟雨是一个古典主义者。

一个独身主义者，在这家很市民化的小酒店里，艳遇了一个古典主义者。

孟雨的古典爱情，我是既惊异，又珍爱的。现在这个时代，哪里还有古典爱情呢？孟雨的那惊人的魅力，那惊人的美丽，是不是就源于这一份古典呢？在林荫道下，挽着这个古典美人散步，于那一份恬静中，我能感觉到她的万千风情。

在这种时候，我也想哭泣。

只是，恬静的林荫道已经越来越难以找到了。这个城市里的林荫道，几乎全部被商贩占领了。有许多次，我们的约会就是在寻找林荫道中度过的，没有恬静的漫步，只有匆忙的寻找。步行，挤公共汽车，有时她也会打一次"的"。但是天黑透了，仍然没有在这个城市中找到一条恬静的林荫道。

我想在喧嚣的黑暗中，拥抱住她，一直等到喧嚣消失，黑暗消失。但她不愿意。

我说，拥抱到黎明时候，清晨时分，就是一片恬静了。

她说，我不能在商贩面前被你拥抱，还是回去吧，好吗？

公园里的林荫道呢，不是每棵树上都贴满了"阳痿""早泄"的布告，就是同样排列满了商贩，赌博、算命、暗售"黄带"，什么都有。

孟雨说，她最不能忍受的就是商贩。她还说，现在的公园是消灭羞耻感的地方。

我说，应该是爱情奔放的地方。

她说，现在害羞的女孩子越来越少了。

我说，你真是太古典了。

对我来说，最可怕的还是，孟雨的这一份古典，并没有将我那卑下的欲望冲淡，反而是点滴不漏地积累起来了。每一次的约会，每一次约会之后的回忆，都在增加着这种积累，都在强化着那一个卑下的欲望。

在那漫长九十六天的每一个白天和夜晚，孟雨都站在我的眼前，一天比一天更美丽。但这美丽,总是被那一份古典保护着,甚至是隔离着!

孟雨的光亮,也一天比一天耀眼,像照光灯似的,将我那卑下的欲望,照射得越来越逼真、赤裸。

我什么时候才能冲过这种隔离呢?她到什么时候才向我开放边界呢?但我一直相信,边界的那一边一定是惊心动魄的。那是古典爱情的高峰,将含蓄了漫长岁月的高尚感情或者是卑下的欲望,在顷刻间释放,那才会是真正的“绝顶体验”,才会有真正的“销魂”感吧。在她守护了漫长岁月之后,终于向我打开的,绝对应该是我无法想象的风景。我一直这样相信。而这种信念和憧憬,又在强化着那卑下的欲望。真是艰难的跋涉。

性解放绝没有这种艰难的跋涉,我懂得这一点。古典的跋涉,艰难是艰难,却又难以叫人放弃。越是艰难,越难以放弃。

第九十七天,我痛苦不堪。这一天,因为和孟雨又有约会。这次约会,我并没有觉察出有什么不同。

她说,再去寻找一次,好吗?

我知道,她是想去寻找林荫道。我说,不会有结果的。

她说,这么长时间了,我们仍然没有找到一个理想的地方。

我说,已经是第九十七天了!

她笑了一下,是那种叫我无法承受的笑,但每次约会都有这样的笑。

我说,我们去喝点酒吧。

她没有再说她不会喝酒,而是说,好吧。

我惊喜地问,是喝烧酒吗?

她笑了一下,说她实在不能喝烧酒,她只能喝杯啤酒。

我建议,还是来这家小酒店喝酒。她说,好吧。

那是下午五点左右,这里还没有多少人。我当然是仍然喝很市民化的“高粱白”烧酒。她喝的是什么啤酒,我记不得了,但肯定不是“中德牌”啤酒。喝酒的时候,我一定显得痛苦不堪。她希望我多说,少喝。一切都没有什么异样,我根本就没有觉察到高潮即将到来。我什么都没有觉察到,只有痛苦依旧。

酒后，我们在喧嚣声中，仍然散了步。回到我的那间单身宿舍，已经是黄昏时候。

这时候，孟雨突然开放了她的古典边界，打开了她的全部风景。但这时她是异常平静的。她平静地说："你想拥抱我吗？"然后就静静地一件一件脱去了身上的衣服，打开了她的全部风景。

在春末的那个黄昏，我的那间单身小屋，就这样忽然燃烧起来了。

面对着孟雨突然洞开的风景，我感到自己那蓄谋已久的卑下的欲望，正在迅速化成一种粗野的暴力，注定要有大风大浪了。

我痛苦地哭了。

但后来的一切，我感到有些失望。期待了那么长久的高峰，似乎并没有出现，或者说，当我喘息着登上高峰的时候，并没有迎来惊心动魄的波涛。她一直是风平浪静的。我没有感觉到她的参与。她仿佛是把一件身外的东西送给了我，然后就站在一边，平静地看我欣赏这件东西。

她为什么不参加进来呢？

她为什么不把她全部地给我呢？

如果她真是一个性解放者，我就不会这样来要求她了。但孟雨不是。

我难道还得跋涉更漫长的路程吗？孟雨还保留着她最珍贵的东西，不肯给我。我一直不知道她还有许强。她是把最珍贵的东西，留在许强那里了吗？那么，她的那一份古典，也根本不是什么古典，而是因为有许强吗？她有了许强，为什么还要设了同样的圈套，来捕获我？

这天，我在与孟雨一见钟情的地方，独自喝着"高粱白"烧酒，希望自己能喝醉。但我仍然没有喝醉。

9 魏小东

我被头儿叫去的时候,感到有一点压力:案子毫无进展。幸亏,头儿听了毫无进展的汇报,并没有特别的反应,只是说:“你跟我去见一见程书记。”

我一时没有反应过来,就问了一句:“谁是程书记?”

“你说市委程书记能是谁?”

我仍然没有反应过来:“市委程书记是谁?”

“市委程副书记,管文教科技的,能是谁?”

我终于反应过来了。“知道了,知道了,非常有风度的那个程副书记,对吧?他并不管我们,我们为什么要向他汇报?”

“原告,被告,主要是被告,都是上过大学的知识分子,这是诈骗的新动向。程书记要听一听汇报。”

我一听,就感到有了更大的压力。我问头儿:“那我怎么汇报呢?”

“有什么,说什么吧。”

我回办公室取汇报材料时,接受了老万的建议,把一张孟雨的照片带去了。

我和老万也倾向于暂时把这个漂亮的女人,称为“孟雨”。孟雨的这张照片,不是拘留她时带着的那张照片,但也是许强的作品,而且比那一张照得好。孟雨在这张照片上,肯定更接近本人,也就是更美貌,气质更脱俗。正是这张照片,使我相信了她真的很漂亮。这张照片,是在孟雨被收审后,我要求许强提供的。许强很配合,拿来了许多张,请我们挑选。

老万首先就挑中了这一张。

笑东说,她最看不顺眼的,就是这一张。

老万就对我耳语道,她看着最不顺眼的,那一定是最好的。

我仔细研究了这一张,最后同意了老万的选择。

老万为什么要建议我带着这张照片,去见程书记,我当时并不很明白。我只是觉得,有备无患吧。后来从程书记对这张照片的反应,我才发现老万的建议太有价值,太有远见了。

那天,在我做口头汇报的整个过程中,程书记好像根本不十分感兴趣似的,没有插一句话,一直在细心地擦一副眼镜。看上去,那副眼镜很高档,很时髦。

我汇报完,程书记继续擦着眼镜,问:"你们能肯定这个女骗子,也是知识分子吗?"

头儿说:"现在还没有搞清她的身份。"

书记问:"你们的分析判断呢?"

头儿说:"他们专案组有个初步意见,小东,你先说一下你们的意见。"

我就说:"我们估计,她可能是性解放者。"

书记说:"我是问,对这个骗子的身份,你们有什么估计?"

我说:"对她的真实身份,我们还没有倾向性的意见。从她的气质看,有点像知识分子。她的住处也有许多书籍,其中外文书籍还不少。"

书记说:"气质?你们说,什么叫知识分子气质?"

我一时不知该怎样回答。

头儿就说:"这个专案组的三名成员,本人都是知识分子。"接着,头儿把我们三人的学历,向书记做了介绍。

书记听后,问:"有大学学历,就是知识分子吗?"

我和头儿都不知该怎样回答了。

书记说:"我也有大学学历,我能算是知识分子吗?我有什么著作?有什么专业特长?又有什么理论建树、发明创造?不要把知识分子扩大化,我一向反对把知识分子扩大化!过去,我们搞极'左',知识分子不吃香,总喜欢把知识分子扩大化。为什么?把你扩大成知识分子,好整你啊!后来,改革开放,知识分子吃香了,又把知识分子扩大化。为什么?把自己扩大成知识分子,能加工资,受提拔,分房子啊!现在搞市场经济,提倡下海。我看也是一种知识分子扩大化。你既然是怎样有本事的知识分子,那你也应该下海去赚钱，你不会赚钱，那还算什么知识分子？这就像搞极‘左’的时候，要求知识分子必须手上有老茧，脚上有牛粪，会种地，会做工。我们总是喜欢这样要求，知识分子什么都得会，特别是时代流行什么，就要求他们会什么。现在，社会上诈骗行为比较多，难道也要求知识分子会行骗？”

程书记在说这一番话的时候，比较严肃。离这么近看，我也感到比远远地看他时，要英俊得多。但远处看到的那种风度，好像不明显了。严肃，如果没有一种适当的风度，比如儒雅的风度支持着，就会令人紧张，甚至害怕。没有想到书记最后是这样提出问题的，我感到形势有些不妙。

头儿说：“我们绝没有这样的意思，我们是很重视知识分子的。”

书记说：“那怎么能说是诈骗新动向？”

我和头儿都不知道这个“诈骗新动向”是谁总结出来的，会不会是市局领导，甚至是政法书记亲自总结出来的？所以，我们也不敢做什么批判。

当时，头儿已经有些紧张了。

我只好站了出来，说：“我们领导之所以特别重视这个案子，就是因为怕有损于知识分子。冒充知识分子行骗，诈骗对象又是知识分子，那得有相当的水平。程书记，你看……”

我把孟雨的那张照片递了上去。这是一个无意的举动，想不到就扭转了当时紧张的局面。

程书记接住照片，好像吃了一惊似的，满脸的严厉立刻就消失了。他很看了一阵，说：“是有点像知识分子。希望你们能尽快把这个案子查清，当然也要慎重。这个案子，对文教科技系统，也许会有点什么意义？”

临别时，程书记把孟雨的照片交还了我，并问：“你们专案组三个年轻人，三位知识分子，怎么名字都一样啊？”

我说：“读音有点相近，字还是不同的。”

头儿说：“他们原来的名字，真还都一样，都叫小东。我叫他们改一改，他们商量了半天，还是决定改字不改音。”

我说："反正我们还有不同的姓。"

程书记说："小东，晓东，这很常见。笑东就不多见了，为什么改了这么一个名字？'笑'字，有什么含义吗？"

我见头儿又有些接不上话，就说："吴笑东是个女同志，笑，比较适合女同志。"

书记说："男同志就不能笑了吗？不能这样推理。问题是，这个女同志是不是爱笑啊？"

我说："是的，是的，她特别爱笑。"

书记说："我看这个名字改得有特点，笑东，不错，这个名字有特点。好吧，什么时候，我认识一下你们三位小东，三位原来都叫小东的知识分子。"

我就说："那我们三人，什么时候请程书记吃顿饭，好吗？"

书记说："好啊！"

总之，临别的时候，气氛是相当好的。头儿对我在市委领导面前所表现出来的应变能力，感到很满意。

"小东，想不到你在书记面前一点也不怯场，能随机应变，很好。"

"还得继续努力。我理解，程书记的意思，是不希望这个孟雨是知识分子。"

头儿表示同意，并向我要了那张孟雨的新照片看，但并没有像程书记似的吃惊，只是看后说："请给我翻拍一张，好不好？"

我说："好吧。"

10 程以

听过魏小东汇报之后，又听取了一个有关希望工程的汇报。晚饭前，匆匆赶到了"文化市场研讨会"。研讨会要闭幕，我得去念一个总结性的稿子。总是这样忙着赶场，你想坐下来，静静地回味点什么，很难。

这份稿子不长，如果念得快些，中间不做额外的发挥，半个小时就能完事了。但当时我忽然失去了念稿子的情绪，那个女骗子总在眼前闪现。所以，我只好临时做了一种简化处理。

我举起那份已经打印好了的发言稿，对大家说："在座的都是有文化的人，我今天就不打算在这里给大家念这份发言稿了。你们手里已经有了这份发言稿，带回去自己阅读，好不好？"

下面，就有不少人鼓掌。

"看来，我的这个改革行动，还是得人心的。好了，不敢再鼓掌了。否则，以后再没有人给我写讲话稿了。"

下面的鼓掌，又加上了笑声。

"好了。好了。这份发言稿写得不错，虽然署着我的大名，当然不是我写的，是秘书写的，他们付出了很大的劳动。我的劳动，就是在这里给你们读一下。这个劳动强度不算大，我为什么还要偷懒呢？主要是为了节省大家的时间。我在这里给你们一字一句地念，你们谁肯认真地听呢？这是一个公开的秘密了，对不对？"

大家先是笑，后来又鼓起掌来。

"你们鼓掌，是承认你们不认真听我的报告，对不对？谢谢你们的坦率。好了，我就不给你们念报告了，节约一点时间，可以提前散会，远道的可以早一点回家。我只说几句，就散会了。文化市场，对我们来说，是个新东西。文化在过去是个无价的东西。无价，就可能是很值钱，是无价之宝，也可能是很不值钱，一钱不值。所以，这个无价就不好把握，不好操作。文化革命，不是什么命都可以革吗？搞文化市场，就是把文化搞得便于操作一些吧。所以，文化不走向市场，看来不行。当然，文化走向市场，也不是单纯给文化作个价，以便出售。目前，我们文化市场的主要问题，我看是只有市场，没有文化。或者说是文化中有价值的那一部分，还进不了市场，而没有什么价值，甚至是糟粕、垃圾的那些东西，反倒很有市场。无价之宝不值钱，一钱不值的反倒很卖钱，这样的市场行不行呢？要说研讨，这是个大题目吧？好了，我就提出这样一个题目，希望大家继续研讨。”

后来，听说大家对我的这次讲话反应相当好。但我心里清楚，大家满意于我的，主要是我没有啰唆，比较慷慨地散了会。

那天，我自己也是想早一点散会。

那天的整个下午，魏小东提供的那张照片，就一直在我的眼前展现着，拂之不去。我承认照片上那个叫罗秀君又叫孟雨的女子，十分漂亮，但拂之不去的还不全是她的漂亮，也不是魏小东所说的知识分子气质。是什么呢，说不清楚。

照片上的孟雨，不是兴高采烈的样子，甚至没有一点笑意，也不是恬静的样子，当然也不是愤怒的样子，忧郁的样子也不大像，但让人感到那神情中有许多的东西。这些东西，不是那种一钱不值的东西，那应该属于无价的东西？

一个骗子，怎么可能在她的神情中蕴藏了许多这样无价的东西呢？

她难道真是一个知识分子吗？一个这样漂亮，又这样令人难忘的知识女性，为什么要去行骗呢？

我感到，以孟雨称呼这个女子，比较顺当。

在当时，我非常想把孟雨的那张照片留下来。我当然不能把它留下来。

这天晚上，我回到自己的家里，仍然没有把孟雨忘记。不过，当岳母照例询问我这一天的工作日程时，我没有提到孟雨。事实上，关于这一天我所做的一切工作，也都没有向老太太做任何汇报。

我早已不能忍受老太太这种对于“朝政”的过分热情了。我一直不明白，这位退休的大学讲师，为什么会对“朝政”那么感兴趣。她几乎是每天都要详细地询问，你出席了什么会议，接见了什么人，视察了什么单位，而且对所有细节都感兴趣。可对我来说，必须把每天经历的各种政务的细节，从记忆中清除掉，只记忆那些不得不记忆的要点。所以，我不可能对她汇报多少细节，即使是要点、提纲，我也不想多说。

老太太总是感到非常委屈。

但我太累了，我对每天的公务已经够烦的了。我无法满足她的这种爱好。

对一个担任公职的人来说，回家就是对公务的一种法定的逃避。但哪一天没有人打上门来，追到家来呢？他们来都是为了自己的私事，但我就不得不在家里继续办公了。

每当这种时候，老太太就很兴奋，她会一直坐在现场，欣赏每一个细节。

我曾经对内人说："你们家老太太，很可能是西太后转世。"

她总是说："你变了，官越大，你越变化大。"

我曾经对她说："等有机会，给你们家老太太也谋个官当当，叫她自己体验一下其中滋味，好不好？"

她说："你变了。"

一定是内人把这个戏言对老太太说了，因为老太太后来很认真地对我说："我年纪大了，不适应做领导工作了，提拔我还不如提拔你媳妇。她担任了领导工作，一定有耐心给我讲当前的形势和领导人的事迹。"

当时我没有笑出来，说："这是一个值得考虑的合理化建议。"

我的确感到，这是一个可以使自己获得某种解脱的途径。但我怎么也没有想到，这个合理化建议落实的结果，却使我陷入了更严重的家庭困境。

内人是学财政金融的。二十多年前，那是没有多少人向往，可以说是等而下之的专业，但现在却热起来了。只是她并没有热起来，一直在计委做她的小处长。我就以内人希望最后发挥一下专业特长为理由，向主管财贸的副市长打了个招呼。

没有想到，这位市长当时就说："老程，我这里还正好有一个适合她的空缺，就看你们愿不愿意支持一下我！"

我说："你要这样说，我们就不敢领你的情了。"

市长说:“情况的确是这样。这个空缺竞争的人太多,其中有三方是势均力敌的,我很难取舍。你们老茹如果肯出山,那他们谁也竞争不过她的。这不是帮了我的忙了吗?”我说:“她是她,我是我,不能把我算成她的什么优势!”

市长说:“她的学历、专业,还有资历,就是优势。”

我就问:“这是个什么空缺?”

“我们在深圳一个主营外贸的公司,有位副总经理退下来了。他本来还能干一两年的,但对那里的气候受不了,坚决退了。你们老茹怕热不怕热?”

“深圳?她怎么去得了深圳?”

“现在的深圳有多远?你打一个电话,她就飞回来了。”

我当时没有答应下来。她去了深圳,我怎么办?本来想让她转移一下老太太的政治热情,怎么能叫她远走高飞?她一走,这个家,就只剩下老太太的政治热情了,那还能回家吗?

但事态的发展,就是向着这个最可怕的方面急转直下了。夫人老茹听到这个消息,立刻表示了义无反顾的决心。而且,她直接和副市长取得了联系,办理调动的运行程序很快就启动了。我无法阻止这一事态的发展,因为她说:“你不要太自私。”

老太太对女儿的提拔,非常的兴奋,说她领导保姆,一定可以把这个家管理好。

老茹说,她至少每月飞回来一次。

读大学的两个孩子,也支持妈妈到中国最开放的前线去下海。

我只好提出自己的唯一条件:“请你们家老太太不要再过问‘朝政’,好不好?”

内人就这样飞走了。她在“前线”非常投入。电话中,飞回来的言谈中,甚至给我吹的枕头风,全都是她的公务商务了。

我说:“你也变了吧,而且是以深圳的速度?”

她说:“你不要太自私。”

老太太不仅没有降低政治热情,而且加强了对我的管理。每天回来,她的询问更加不能令人忍受,好像是公安人员的调查,一天二十四小时的行止,不交代清楚,那是不行的。从我这里得不到满意的回答,她就设法向秘书调查。有一次,我听老茹的电话录音,居然听到了老太太的声音,她正详细向老茹汇报我的表现!

我终于向老太太和她的女儿老茹,表示了自己的愤怒:“你们都变态了,你们都是官迷,你们有可怕的遗传。”

老太太说:“你说得太快了,我什么也没有听清,请再说一次。”

老茹说:“你不要太自私。”

两个孩子说:“我们家现在有了生气了。”

我感到,自己正在变成一个不想回家的男人,就像流行歌曲所唱的那样。但我能到处流浪吗?一个市委副书记是不能到处流浪的。

这天晚上,我回到家里以后,就给老客打了一个电话,说我想过去聊一阵天。老客同意了。

老客是我的一位大学同学,现在是诗人了。当然,不是那种太有名的诗人,但他不在官场之中,又保持了看不起官僚的立场。这两点,我感到很难得:逃到老客这里来,才能真正轻松一下吧。

在老客那里,我很想说一说孟雨的故事,终于还是没有说。

11　许强

从快餐店出来,告别了专案组的三位警官,挤上电车,抢到一个座位,正想打个盹时,才忽然明白过来,因为吃这顿快餐,我向他们坦白了太多的情况。我本来是真心想请他们吃一顿上点档次的饭,可他们怎么也不肯领情。吴笑东说,你请我们吃饭,是不是有什么不能公开的企图?魏小东说,你没有企图,我们也不能吃你的饭,不要忘了你是原告。老万说,你现在能请我们吃饭，孟雨可请不了，这就不公平了。吃了原告吃被告，那才公平，懂不懂？我说我实在没有什么企图，我是受害者，天理法理都在我一边，我还能有什么不可告人的企图？我只是想同你们交个朋友，真心想同你们交个朋友。吴笑东冷笑了一下。魏小东说，想交朋友，等结了案再交，好不好？这时，幸亏老万说，想吃饭，那咱们一起去吃顿快餐吧，谁也不请谁，各人买各人的一份，好不好？

可能是出于对老万的感激，也可能因为当时快餐店里比较雅静，在一种优雅的闲谈中，我不知不觉就坦白起来了。我主动向他们承认，在我和罗秀君的性生活中，自己一直是主动的。我觉得我应该坦率，才够意思。

“你们还不相信？事实上，一直是我主动。可以说，每一次都是我主动提出要求，而且我的这种要求很频繁。这没有什么，一个像我这样年轻健康的男子，完全应该这样。罗秀君的反应？我一直觉得她比较正常，也就是比较被动，甚至显得有些热情不高，缺乏激情。我一直以为这是正常的，因为据有关书籍介绍，初婚的女子，有不少都是这样的。那时，我不知道她还有高冬至。”

当时我认为应该尊重事实，不能为了迎合魏小东，就把罗秀君说成是一个性解放者。我也知道性解放者是不愿意结婚的，而我和罗秀君却有婚姻关系。

他们问，你们结婚是双方自愿的吗？

我说，当然是自愿的。

但他们抓住了要害：那你为什么要伪造她的身份证明呢？

正是因为这个要害问题，我才想请他们吃一顿像样的饭。但在吃那顿快餐时，我好像忘记了这个问题的要害性。在一片优雅的气氛中，我把什么都坦白了。

当时的气氛的确很优雅。来吃快餐的客人一直不很多。到处都是干干净净的。门厅里放着几盆散尾葵，一片翠绿。耳边一直响着似有似无的古典乐曲，既不打扰你，也不巴结你，听着非常舒服。我和老万都要了一听啤酒。魏小东和吴笑东只要了杯饮料。这样小口喝着啤酒或者饮料,再蘸点果酱,吃一根炸薯条,我非常喜欢。

我和罗秀君也曾经来这里吃过几次快餐。她好像不太喜欢这种快餐,也不太喜欢这种优雅的吃法。可我喜欢。我很坦率地对她说过,我喜欢。

但我并没有向老万坦白过我的这种爱好。他们拒绝了我的宴请,不动声色地把我引诱到快餐店,那样一种优雅的气氛,诱使我坦白了一切,这也许是他们的精心策划吧?

那么是谁向他们揭露了我喜欢优雅的爱好呢,是高冬至,还是罗秀君?

反正在那样一种优雅的气氛中,我说话的欲望是越来越强烈了。我终于向他们坦白了一切。我只喝了那样一听啤酒,不会是酒后失言。我是那样有声有色地,无比坦率地,滔滔不绝地向他们坦白了我和罗秀君的性生活,他们会不会认为我才是一个性解放者?

特别不能原谅自己的,是我把伪造证件的整个过程也坦白了,把为我帮忙的几个朋友也出卖了。

他们会拘留我吗?

"我为什么要结婚呢?坦率地说,我不是个很传统的人,不是个把结婚看得很重要的人,也不是想用婚姻这根绳索,把罗秀君这个美人拴住。我不是那种没出息的人。我同罗秀君结婚,完全是为了一个很具体的目的,那就是,把我同宿舍的那个家伙撵走。你们也知道,现在大学的住宿条件太紧张,学生是八个人住一间,研究生稍微好一点,也好不了多少。因为我有点办法,有点关系,我那间宿舍只住了两个人。与我同室的那个家伙,本来是沾了我的光,但一点交情也不讲。罗秀君每次来见我,这个家伙不但不回避,反而同罗秀君聊起来没完,好像是来同他约会似的!好不容易将这个家伙支走了,我们正要有一点亲热的节目,他又闯进来了,这叫什么人啊!不把他撵走怎样行!当然,这个讨厌的家伙也不是非法闯入者,我也只能用合法的手法,把他撵走。于是,我只好结婚。我们结婚了,我们要在这间房子里布置洞房,我们要在这间房子里过性生活,你还能赖着不走吗？当然，我也有点办法，让系里给这个家伙安排了新宿舍。”

在这一段话中，肯定没有坦白什么违法的言行。结婚是为了独占一间宿舍，听起来不是那么高尚，但这并不违法吧？

“我为什么要急于独占这一间宿舍呢？坦率地说，主要是为了同罗秀君过性生活。坦率地说，我在和罗秀君一见钟情之前，就已经有了性生活了。你们也知道吧，现在的大学是很开放的，谈情说爱而没有性生活，不多见了。不谈情说爱的，也不多了。所以，我在同罗秀君认识之前，就有了性生活，这一点也不奇怪。在和罗秀君一见钟情以后，我最具体的追求目标，就是尽快和她过性生活。她非常漂亮，非常有魅力，每次见面都在激发你的欲望，消灭你的耐心！所以，我必须尽快有一间独占的房子。罗秀君自己有一间房子，但她坚决不同意在她那间房子里过性生活，甚至连任何亲热的节目也不许在那里演出。她说，房东是个极传统的正派妇女，对男女间的亲热行为太敏感。她又很迷信，认为房客在她的房子里交合，会伤害她家的风水。我不知道这是不是罗秀君自编的借口，反正她不允许在她租住的房子里乱说乱动，也不喜欢在室外浪漫。其实在室外，比如公园里，在夜色笼罩下的校园里，浪漫一下，那是很普通的事。但她不喜欢。在室外，她只喜欢恬静地散步。所以，我必须有一间自己的房子。”

这一段坦白，可能就有点不够慎重，太强调了性生活的重要，太强调了自己对性生活的重视。不过，在最主要的问题上，也就是同罗秀君的性关系上，还是没有怎样失言。无论我怎样把自己描绘成一个性解放者，罗秀君不解放，我自己也是无法解放的。我说，没有房子，罗秀君就不同我发生性关系，而要有房子，我就得结婚。按这个证词推理，我和罗秀君发生性关系，是在结婚以后，这是合法的啊。和别人曾经有过的性关系，我没有做什么交代吧？自从有了罗秀君，我已经没有兴趣谈论别人了。但是，我坦白了制造伪证骗取结婚证的全过程，这是最严重的失言了。

“为了有一间房子，我就开始策划结婚。但罗秀君不同意结婚，她说要等我完成学业，拿到硕士学位以后，才考虑结婚的问题。我说，如果不结婚，我就不可能拿到学位，因为我安不下心来。但她仍然不让步。我只好让步说，我所说的结婚，就是只领取一张结婚证，其他方面都还和过去一样。我还说，我之所以要这样，是怕你跑了。她听了我这句话，为之一动，甚至像吃了一惊。我说，我没有别的意思，就是因为太爱你了。她说，我不会给你任何证件，也不会同你去登记。我说，具体的办理手续，我有办法解决。有关系，什么手续都能办了。她没有表示同意，但也没有反对。我就开始找关系了。其实，我并没有伪造什么证明，只是通过关系，借用了几个单位的公章。这几个关系，都铁得很。”

于是，我就列举了这几个铁哥们有怎样的义气和能量。吴笑东趁机问起了他们的工作单位和姓名，我一一做了介绍。还说，改日把他们的名片送给三位。就这样，把自己的铁哥们出卖了。

吴笑东当时已经把她的那一份快餐吃完了，只剩下了不多几口饮料。魏小东是连饮料也喝光了，正在用餐巾纸擦嘴。老万一直和我保持着同样的进餐速度，但我把该坦白的都坦白出来之后，发现他也快把自己的那份饭吃完了。只有我说得多，吃得少。可我直到那时也还是没有觉悟过来。

作为年轻的警官，他们就那样老练？

而我，从进了快餐店，就把他们当成了知己，坦白了一切。难道他们的那种优雅，是有意伪装出来的吗？

我还对他们说了一句失态的话：“坦率地说，我现在是不关心政治，只关心生活。”这句话，不知道会不会给我带来严重后果。

12　孟雨，或者罗秀君

在这里望着窗外的蓝天，蓝天是异常宁静的。但是望不到任何绿色的树木。

我不知道我什么时候能够出去。

我的罪行是什么呢？魏小东说，主要是身份不明。分局的领导也说，你应该解除顾虑,向我们说明你的真实身份。

我的真实身份！如果我放弃了,或者是遗忘了自己的真实身份,那也是一种罪行吗？如果别人销毁了我的真实身份呢,那是别人的罪行,还是我的罪行？

那天分局领导来到审讯室,他非常和蔼,没有一点领导的架子,只是身上的烟草味太重了。魏小东介绍说,这是分局的领导。我就向他笑了笑。

他说:“你不要有思想顾虑,你有什么思想顾虑也可以给我们说。我们是非常重视知识分子的,市委有关领导也很重视这个案件。当然,我们重视知识分子,也不等于可以不负责任,对不对？向我们说明自己的真实身份,这是任何一个公民都应该做到的。你为什么不愿意向我们说明呢？或者说,你到底有什么难言的苦衷呢？”

领导的态度比魏小东他们要好得多。我对领导说,让我好好想一想,好吗？

但是,说明我的真实身份,对我来说可能仍然是一件致命的事。我不想把小加牵连进来。小加也许能想出办法来拯救我,她交际广,路子多,也比我有钱,甚至可以说比我还漂亮。但是,我不想把她牵连进来。

是的,我不能牵连小加。这是不能动摇的。

在小加突然转让出她的服装店,毅然决定南下的时候,仍然和我保持着紧密的关系。她到了深圳,在那里重做她的服装生意。我不相信她在那里能够成功,但是后来她经营的已经不是服装,而是作为商品的纺织品出口配额！我没有想到她的生意会做得那样大,也没有想到她会那么快就离开了深圳,就像离开这里一样,既突然,又坚决。但我知道她是为什么离开的。我完全知道她在那里所经历的一切。离开深圳之后,我不知道她应该选择一个什么地方,是去更开放的海南,甚至是香港、新加坡,还是到一个落后的、原始的地方？这两种选择,我都听她说过,但我没有对她说,哪一种选择更好。

我曾经多次劝说过她,及早从生意中退出来吧,在那里很难建立你自己的事业,那里现在还没有规则可循,或者说那里目前的规则根本不适合她这样的人。

她说,她付出得太多了,不能就此罢休。

她的确是付出的太多了。但每当她企图挽回或换回什么的时候,就得付出更多的东西。我说,这是一个可怕的恶性循环。

但她一直不肯屈服,一直不肯认同这个有点可怕的规则。

她太倔强了,也太看重自己付出的那些东西了,既想取得商业上的成功,又想保全自己所珍重的那些东西。我说,你这是理想主义,是在市场上卖不出的理想主义。

她说,但市场对我也是太不公正了。别人只需要付出一样东西:钱,他就可以获得自己所希望的成功,但我就不行。我就必须付出比钱更值钱的东西,有时既得付钱,又得付出比钱更值钱的东西!我与别人有什么不同,我为什么要受到这种歧视?就因为我是一个漂亮的女人吗?

我能说什么呢?

我对她说,那里本来就没有规则,没有你所希望的规则。

她说,当我不得不付出自己最珍惜的东西时,他们起码应该表示出一点尊重吧?但他们,所有无耻地要求这些东西的人,都不懂得什么叫尊重!他们一律把他们得到的东西,当成偷来的、买来的、拾来的、抢来的,可以任意玩弄,同时也可以把自己的种种丑态肆意地表演出来。那经历的不能忍受,你怎么能够想象?

我说,那本来就是一种交易,一种生意,不会有诗意。

她说,太丑恶了,无法想象的丑恶!

她给我讲过几件这种事的细节,我听着也呕吐不止。

我说,这一切太不适合你我这种人了。

我说,你为什么不尽快退出来?

我说,每次你为什么竟能答应做这样的交易?

她说,每一次他们都是给我一个生死选择,不这样,我从街头练摊以来所积累起来的一切,都会化为乌有!

我说,你一旦肯这样做以后,你就不断面临这样的生死选择。这是一个恶性循环,一个跳不出去的陷阱。

小加没有听我的。

小加在离开深圳之前,一直不肯屈服,不肯撤退。她分明有种复仇的强烈欲望。

我说,你能向谁复仇呢?你只有撤退。

她不听。

小加是我最好的朋友,她真应该考上大学。我们一直都是好朋友,可能因为我们都太漂亮了。那时,我就知道,漂亮的女孩子容易落入恋爱的陷阱。我对小加说,我们不考上大学,决不恋爱。她同意了。但她没有考上大学,我怀疑在准备高考的要命阶段,她恋爱了。但她不承认。一直到离开深圳之前,小加还说,她至今没有恋爱过。

她没有为继续高考去上补习学校,她毅然做了服装个体户。那时候服装生意非常好做,可能因为个体户还不多吧。小加的生意尤其火爆,这显然因为她自己就是一个迷人的服装模特儿。她穿上什么衣服,什么衣服就走俏。即使不是广东福建货,她也能使它们流行起来。

我没有想到她会干这一行,更没有想到她会干得这样有声有色。

我说,你天生有一种高雅的气质,你不应该把这种气质丢失了,不要把它散失在集贸市场上。一个像你这样漂亮的女子,如果配上粗俗的气质,那会成什么样子呢?一个只洗脸盘儿,永远也不洗脖子的人,一个穿着肮脏的衬衣,而外面套了一件太新西服的人,那会给人什么感觉呢?

小加笑着说,我不怕成为那样的人。

我知道她不会成为那样的人。

后来,她的摊位成了“老外”和知识女性专程光顾的目标。那时候,整个城市还没有什么精品屋、高档商厦之类。

小加也说,那是她的黄金时代。

小加那时就对我说过，你要是倒了霉，千万不要轻易坦白。她说，那是她做生意的同行朋友，告诉给她的经验。我当时只觉得这经验很荒唐，也很新鲜。

那时，小加就预见到我会有今天的麻烦吗？

13 魏小东

我认为，应该尽快请程书记吃一顿饭。

“虽然是我发出的邀请，但是代表着我们三人。当时，程书记很明确地表示，要认识一下我们三人，要和我们交朋友。”

老万认为，请市里的书记吃饭，是一件好事。只是“我们这样请市委领导吃饭，会不会造成什么影响：这三个家伙，有什么企图啊”！

笑东说：“没有那么复杂吧？我们想请谁，就请谁。我反正没有什么企图和野心。”“我同意你的看法，我们这只是一般性的群众联系领导，没有明确的企图和目的。”老万说：“那我们能不能把领导灌醉？”

笑东说：“这次喝酒，不是执行任务吧？”

我说：“不是，不是，同孟雨的案子没有关系。”

她说：“我就讨厌你们孟雨孟雨的叫！”

老万说：“罗秀君，叫起来多么拗口！”

我也说：“这两个姓名，反正都不是她的真实姓名，哪个顺口，就暂时叫哪个，代号而已。”

笑东说：“好了，好了。既然不是执行任务，那我就不喝酒了。”

老万说：“你不喝，怎么能把领导灌醉？”

我说：“你们想喝就喝，不想喝就不喝，想把领导灌醉就灌醉，想有什么企图也自便。这次不是公务，自己对自己负责。这次的买单款，也由我们三人平等负担。”

大家都同意了。

我给程书记的秘书打了三次电话，才终于和书记通了话。程书记非常高兴、非常痛快地答应了我们的邀请。

书记说："我还以为你们忘了这回事呢。"

那天，程书记去饭店的时候，没有带车，也没有带秘书，是打"的"来的。因此，饭店的老板有些怀疑，他们是不是真的请到了一位市委领导？

老板把老万叫到包间门口，问："你们请的客人还没有到吗？"

老万说："你没有听见我们程书记程书记地叫吗？"

老板说："你们请的客人，不是还有一位市委领导吗？"

老万说："你难道不看电视新闻吗？"

老板说："难道你们还请了电视台的记者吗？"

老万说："你少说废话吧，今天来吃饭的就这四位，四位中一位假的也没有！今天要是见了假，那就肯定是你上了假酒！"

老万回到座位后，惶恐的老板也跟了过来，忙向被称为程书记的人鞠躬点头。

老万说："程书记，这位是饭店老板，他不相信您就是市委领导。"

程书记立刻高兴地站了起来，握着老板的手，亲切地问："你看我怎么不像啊？"

老板尴尬着，不知说什么好。

老万说："没有认出书记来，这是好事啊，今天书记就是不想兴师动众，叫人们认出来。"

程书记说："小东说得对，我在公务之余，下班之后，一向不喜欢人们仍然把我当书记看待。我就不能像普通人那样，轻松一下吗？谢谢你了，今天是他们请客，你听他们的，不要管我。"

老板退下去了。

书记的心情很好，继续说他是如何向往普通人的生活，如何向往这种朋友式的聚会。他一一问了我们毕业于什么学校，学的什么专业，成家了没有，对公安工作安心不安心，为什么都叫小东这样一个名字，总之是非常亲切又非常公式化的一些问话。

我和笑东仍拘谨着，没有活跃起来，只有老万的兴奋程度高一些。

选酒的时候，程书记提议："我们是不是可以喝点白酒？当然，小吴你可以自便，喝甜酒，啤酒，饮料，都成。"

笑东说，"我不会喝酒，不用管我。"

老万说："我同意喝白酒，我也只承认白酒是酒。"

我说："那就喝白酒吧。程书记，你喜欢喝'孔府家酒'吗？"

老万说："哪里能喝'孔府家酒'！"

程书记说："我建议喝点'高粱白'，怎么样？我喜欢喝'高粱白'。"

老板说："怎么能喝'高粱白'？起码还不喝'洋河''古井'？"

老万说："那就喝'高粱白'吧，我们今天要的就是这种民间气氛。老板，'高粱白'不会有假酒吧了"

老板笑着说："绝对不会，'高粱白'也不值得假冒吧？"

老万立刻跟着老板走出了包间。我怕老万太夸张了程书记的到来，就跟了出去。果然，老万已经教育起老板来了。

"怎么，你还不相信我们请的是真书记？"

"哪里，哪里，我正想求你呢，能不能代我向程书记求张名片，作为市委领导光临我们小店的纪念？"

"我说你可真是'老外'，市委领导在他领导的本市还用带名片？他的那张脸就是名片！"他看了一下手表，"你听我说，再过二十分钟，你去看市台的本市新闻，要是见不到这张脸，我就是诈骗犯！"

我笑了，把老万拉了回来。

酒上来之后，老万反复看了包装，闻了酒味，又尝了尝。

程书记说："只要不是工业酒精，真酒假酒都不要紧。"

笑东就先站了起来，举起酒杯，说："我反正不会喝酒，真酒假酒也喝不出来，我先敬程书记一杯？"

程书记立刻现出一种惊喜来，连忙也站了起来，说："我们干一杯吧，你拿饮料干也成!”说完,和笑东碰了杯,就仰脸干了一杯“高粱白”。

笑东也干了一杯“高粱白”,喝酒的样子,就像喝饮料似的。

程书记说:“你喝的是白酒吗?”

笑东说:“那程书记亲自给我倒一杯。”

程书记就拿过酒瓶,给笑东倒了一杯。她接过这杯酒,又像喝饮料似的干了。

“啊呀,小吴,那你怎么说你不会喝酒?”

“程书记,你看我这像会喝酒的样子吗?”

我忙说:“程书记,笑东她真的不怎么会喝酒。”

老万说:“程书记,她不是一般的会喝酒。”

程书记说:“那我今天跟小吴多喝几杯!”

笑东说:“程书记,你总共计划喝几杯?”

程书记说:“总共?我现在的酒量,也就是三两的样子吧,没有什么可怕的。”

笑东指着啤酒杯说:“老万,麻烦你给我倒三两酒。”

老万说:“你一杯一杯跟书记喝,那多有气氛!”

笑东自己拿过酒瓶,往啤酒杯里倒了多半杯,然后又站起来,说:“程书记,这是我敬你的酒,总共有三两吧,我先把它干了,程书记你自便。”说完,又像喝饮料似的,把这三两酒喝了。

程书记说:“小吴,你这是将我的军吧?好,你也给我倒三两!”

笑东连忙说:“程书记你自便,你不能跟我比,我根本不会喝酒!”

我和老万也连忙劝阻,但程书记越发来了兴致似的,也自己动手往啤酒杯里倒了三两酒,然后说:“现在老百姓说,我们是‘酒精考验’出来的,这点酒,能难倒我吗?”说完,他也干了,只是干得比较热烈,是真正喝酒的样子。

我和老万感到不能落后或者失礼,也自动干了三两酒,干得比较痛苦。

程书记连说:“今天的酒喝得有创意,我们都是一步到位,真痛快。我先给你们唱个歌,好不好?”

说完,他就唱了起来,是唱《十五的月儿十六圆》。他唱得真还不错,只是把“要想恋爱可得多交谈”,改成了“要想当官可得多吃饭”。

老万叫了一声好。

但没有笑声。

笑东说:“程书记唱得好,音调基本都到位。”

老万说:“作为市委领导,已经唱得相当好了!”

我说:“你这是一种身份歧视,市委领导就可以降低要求吗?”

我和老万就激奋地争论起来了。

笑东说:“他们的酒量不行。”

程书记请她也唱一首。她就唱了一首。

程书记说:“唱得好。”

老万说:“不怎么样。”

我说:“你不能提高标准!”

我和老万又争论起来了。可能是因为不习惯那样用大杯喝酒,那天就是只想争论。程书记提议大家先干一杯酒,“多干杯,少争论,好不好?”

老万坚持还用啤酒杯干。我坚决反对,说:“把市委领导灌醉了,谁负责?”

程书记表示:“大杯就大杯,不要对我进行身份歧视。”

笑东表示:“我随便,反正我不会喝酒。”

她给每人的啤酒杯子里倒了白酒,没有多倒,有一两的样子。

老板没有等到本市电视新闻开播,就从一张报纸找到了程书记的那张脸了。他惶恐地赶来包间的时候,正看见我们在用啤酒杯干“高粱白”,他目瞪口呆了很久。

散席的时候,老板坚持不收费。老万骂了他一句:“你想请书记,你自己请,别他妈的寒碜我们!”

笑东说:“他们都喝多了。”

程书记说:“今天这顿饭吃得太好了,如果喝醉,那就更好了!”

这时,老万掏出一封信来,交给程书记,“这是给你的信。我也想喝醉。”

送走程书记之后,我问他交给书记一封什么信。

他说:“那是个人自由,你管不着。”

笑东说:“你们真应该都喝醉!”

14 魏小东

第二天来上班的时候,头还疼得厉害。老万说他的头也疼得厉害。笑东就讥笑我俩,没有酒量,还要在领导面前那样表现。

老万说:“你也表现得不错啊!”

笑东说:“我是完成任务,没有个人目的。”

我说:“昨天是请领导吃饭,我可没有给你们布置什么任务。”

老万说:“我昨天真是执行了一项任务。”

笑东说:“巴结领导的任务吧?”

“差不多。”老万起身去把办公室的门关严,然后放低声音说,“你们不是想知道我交给程书记一封什么信吗?你们猜我交给领导一封什么信?”

“我不猜。”

“我也不猜。”

“那我就告诉你们吧。那封信里装的是孟雨的一张照片。”

我大吃一惊,问:“你执行的这是什么任务?”

笑东说:“你把那个女人的照片,当成明星照了,是不是?”

“你们听听我的分析,再批判,好不好?小魏,我听你说过,程书记见到孟雨的照片时,好像吃了一惊,对吧?领导为什么会吃惊呢?这是不是表明领导认识这个孟雨呢?你们说有没有这种可能?我想是存在这种可能的。”

我说:“有这种可能吗?”

笑东说:“我看不出会有这种可能。我对程书记的印象还可以,比较有个性,特别是没有用书记的身份把自己的个性掩盖了,虽然他的个性不是多么有魅力。你说,他和这个女人有关系,是靠官员的身份,还是靠个性魅力?”

“你先听听我的分析,再批判,好不好?我可没有说程书记同孟雨有什么关系!我只是分析,程书记可能认识孟雨。认识,有各种含义。程书记是主管文教科技的,他有可能知道孟雨原来是哪个单位的。”

笑东说:“要是这样,程书记为什么不给我们指出这个女人的真实身份呢?”

我也说:“是呀,那次书记听我的汇报,也是强调要尽快查清孟雨的真实身份,昨天和我们吃饭,不是仍然强调了这一点吗?”

“问题就在这里。程书记认识孟雨而不告诉我们,这是为什么?当然,这只是一种可能。另一种可能,就是程书记和孟雨没有工作关系,公务关系,只有私人关系。”

笑东说:“你承认了吧?你亲口说了程书记和那个女人有关系!”

我说:“你先听老万分析。”

“私人关系也有多种多样,不是只有男女关系。假如他们有私人关系,在孟雨出了这种事的情况下,他不愿意暴露他们的关系,不是在情理之中吗?假如他们真有关系,这也就可以解释,孟雨为什么敢于这样和我们客客气气地对抗了。她为什么要在自己的真实身份这样一个最基本的问题上,拒绝坦白?又为什么敢于这样拒绝坦白?除非她有程书记这样一个关系!”

笑东说:“我看程书记不是那种人!”

我说:“我看老万的分析,还是有一点道理。”

笑东说:“老万做这种分析的全部依据,就是你的一种感觉:那天程书记见了女犯的照片,好像吃了一惊。书记吃惊了没有是一回事,你感到他吃惊了没有，是另一回事。他吃惊了，你没有感觉到，或者是他根本就没有吃惊，而你却感觉到他好像吃了一惊。比如说他有一种喜欢做夸张表情的习惯。这两种可能都是有的。”

我说：“那天，我真是看见程书记有吃惊的表情。再说，昨天吃饭的时候，你们发现程书记有夸张的习惯吗？”

笑东说：“即使吃惊，就一定是有关系吗？”

老万说：“我只是说有可能，不是一定。”

我说：“老万，假如你的分析能够成立，我们该怎么办呢？你送给程书记一张孟雨的照片，是不是已经开始对程书记进行侦查了？这不是小事，恐怕得跟头儿说一下吧？”

“我们怎么敢侦查程书记这样的大人物？但我们又必须侦查明白，他和孟雨到底有没有关系。如果有，我们就赶紧收兵，如果没有，我们就继续办案。程书记收到这张照片，一定会有所反应。然后，我们再分析这些反应，看能不能做出判断。与这张照片一起，我还附了一封很客气的信，说程书记在百忙中，能不能给我们一点小小的支持，请教委、科委等部门协助一下，看能不能提供一点有关孟雨的线索？因为她没有真实姓名，只好提供一张照片。此致，敬礼。X年X月X日。”

“这封信，你以谁的名义写的？”

“小东，我只写了‘小东’两个字。”

笑东说：“我不同意这种办法。”

我说：“我也感到这有点冒险。小吴，你有什么方案吗？”

她说：“我感到，我们对这个女人太客气了，所以她才那么抗拒得厉害！”

老万说：“你说我们能怎么不客气？如果想不客气的话，头儿会叫我们这样的人来承办这个案子吗？再说，不搞清楚孟雨有没有特殊关系，恐怕更有风险！程书记为什么要和我们交朋友，为什么能和我们那么大杯大杯地喝‘高粱白’？”

她说："程书记喝了那么多的酒，酒后也没有吐什么可疑的真言吧？"

老万说："昨天那点酒，对程书记来说，那算得了什么！"

没有争论出什么结果来。我只好请大家对这件事严加保密，然后等书记的反应。

15　高冬至

我找过孟雨的房东两次，想了解些她过去的情况，都毫无结果。不知道是房东不愿意对我说，还是房东真和我一样，对孟雨的过去也一无所知。

我问房东："对她这样不了解，您怎么敢把房子租给她？"

房东说："你对她也不了解，怎么就同她交了朋友？"

我无法向房东说明一见钟情是什么意思。房东是一位很市民化的中年妇女。也许，只要交付足够多的房租，便不需要问更多的情况。有钱就足够了，这已经成了今天的通则。

那我付给房东一些钱，有可能换得一些有关孟雨真实情况吗？只是，我不知道应该怎样付出这笔钱。总应该找一个借口吧。

我说："我可以替孟雨支付以后的房租。"

房东说："孟雨已经预付了两年的房租。"

房东还说："公安人员也来调查过几次了，我向他们交代的，跟对你说的一模一样，都是说，我们对孟雨了解得不多。公安人员还批评了我们，说我们违反了什么条例。"

我说："如有罚款，我替你们出。"

房东说："孟雨早已给我们准备好了罚款。公安人员并没有罚款，他们搜查了孟雨住的那间房子，也没有发现什么。发现了的，都取不了证。"

我说："我是为了救孟雨，不是为了给她定罪。"

房东就说："那你为什么要把她送给公安局？"

这话击中了我的要害。

在系里，和我比较熟悉的几个学生也这样嘲笑我。

他们说：她诈骗你的什么了？诈骗你的钱财了吗？没有吧？侵犯你的名誉、形象、著作权了吗？也没有吧？那么是诈骗了你的感情？但你不是说你们一见钟情吗？你把感情交给了她，她也把感情交给了你，能说谁诈骗了谁？

他们说：说实话，自从你有了这样一个女人，你的形象一下子高大了许多倍！ 比你做独身主义者，不知高大了多少！"高老师真行，要不独身主义，要不就突然有了这样一个不带一点俗气的女人，他值得我们崇拜。"你不相信啊？这是真话。你不知道，当你仍然那么忧郁，那么痛苦地漫步时，在你的身边突然多了这样一个漂亮、典雅的女人，在我们中间引起了多大的轰动！

他们还说，你为什么要把这样出色的一个女子送给公安局，送给了法律呢？你的这个惊人举动，在我们中间引起了更大的轰动。有人说，你给胜利冲昏了头脑。也有人说，你得了精神分裂症。当然，有一人也说，你并不像我们所想象的那么高大。你是怕做第三者，还是怕你的这个女人政审不合格？

他们击中了我的要害。

也许，正是他们迫使我开始拯救孟雨。他们说，你不能总是忧郁地喝烧酒，明白吗？他们说，当你拥抱过这样一个女性之后，你还能回到独身主义吗？

他们又击中了我的要害。

但我没有同他们讨论自己的精神痛苦，特别是性苦闷。我想，这些是不能讨论的，也是讨论不出结果的。我只同他们讨论了拯救孟雨的可能性和可行性。

我提出，拯救孟雨的第一个途径，就是我和许强撤诉。

但有个学生指出："你们是向公安部门举报了你们共同的女人，而不是向法院提出起诉。举报不同于起诉,恐怕难以撤销吧?”

另一个学生提出:“你的情敌许强,他同意撤诉吗?”

我知道许强不会同意撤诉。他对举报孟雨,一点也不后悔。他急切地希望,政府能尽快替他把罗秀君的身份查清楚。代表政府的魏小东他们也说,先得把孟雨身份搞清楚,才能考虑起不起诉。

这条路走不通,学生们就提出了自己的拯救方案。

“高老师,我们为什么不能自己成立一个调查小组,利用即将来临的暑假,着手调查孟雨的身份?”

“对,我们的效率,肯定比官方高。”

“我们应该叫拯救小组。”

“但我们有这样的权利吗?”

“我们是做社会调查。”

“我们拯救的是什么?”

“一见钟情,实质上就是一见钟情。”

我最后同意了学生们的这个建议。他们拯救孟雨的热情,既使我感动,又使我感到沉重。早知如此,何必当初呢。

调查只能从两个方面开始进行。一方面,就是去找孟雨的房东。另一方面,就是去寻找孟雨常常提起的小加。因为除了这两个线索,我实在不知道还有什么线索可以利用了。

孟雨从来没有问起过我的更多情况,所以我也没有问起过她的更多情况。我想,这才叫一见钟情,才叫真正的爱情吧。如果像接受公安局的传讯那样,必须回答有关自我身份的一系列问题,那可能就不叫恋爱了。我和孟雨说到过彼此的家庭、父母,但就像她的姓名和工作单位一样,似乎也是虚构的。我已经调查过了。

孟雨的房东,我是亲眼见过的,这不可能是虚构。而孟雨常常说到小加,我也不相信会是虚构。那是许多世俗而又痛苦的故事。但是,小加的真实姓名是什么,毕业于哪一所高中,是哪一年开始做服装个体户,是在哪里租借了摊位，后来又在哪里开了一间时装店，是在哪一年转让了这间时装店，南下去了深圳，到深圳后又落足于何处，等等，对这一切，我都不甚了了。我一直是静静地听孟雨说小加的故事，从来没有追问过什么。那个时候，我正被那个卑下的欲望折磨着，就像一个在课堂上思想开了小差的学生。而且，小加的故事，总是使我感到离自己渴望实现的那一刻，越来越远了。

学生说，你们真是脱俗的恋爱啊。他们是在讽刺我吧。

他们承担了调查小加的任务。小加的故事，好像有些感动了他们。他们说，调查小加的副产品，可能是一部当代服装市场史。他们也想知道，比孟雨还漂亮的小加，会漂亮到什么程度。一个无比漂亮、相当有钱而又饱受蹂躏的女子，可能也是需要拯救的吧。

"你有小加的照片吗？"

我说："没有。"

"你见过小加本人吗？"

我说："也没有。"

"你见过小加的照片吗？"

我说："也没有。"

那时候，我简直顾不上怎么注意小加。

学生们一直在制定他们的调查计划。我对孟雨房东的调查，也没有什么结果。

那天，我很失望地从孟雨的房东那里回来，又独自喝了很市民化的"高粱白"烧酒，接着，就在电视里发现了许强。他好像正在谈论什么热门话题，努力使自己的形象显得有风度，努力使自己的论述有深度。但这个太露骨的"努力"，使得那风度和深度都漂浮起来了。

而且，许强没有任何痛苦，一派意气飞扬的样子。

许强的关系很多，路子也很多，可他并不想拯救孟雨。

16 程以

回到家里时,已经很晚了。老太太又问今天有什么重大活动。我说接待了中央来的一位大领导。老太太瞪大了眼,问这位大领导是谁。我说得保密,拒绝了回答。其实,今天我谁也没有接待,是难得的一天轻松。我不想让老太太破坏了这份轻松。

回到自己的书房听电话录音时,又听到了老太太的声音——她又按错了键,把自己的话录了下来。我正感到索然无味,要关掉录音机,忽然听出老太太在向远方前线的老茹,报告一个重大发现:我从老程的办公桌上,发现了一个神秘的信封,信封上什么也没有写,信封里装了一张漂亮女人的照片!那是我从来没有见过的一个漂亮女人,漂亮得不得了的一个女人。

我立刻把老太太叫来了。

“你在我这里翻到了什么照片?”

“什么也没有翻到啊。”

我按响了录音。

“老茹交代,要把这张照片给她保存好。”

“我这张办公桌上的所有东西,都是公事公物,事关重大,你懂不懂?”

“老茹交代,说她负一切责任。”

我发了脾气,就像一个威严而又粗暴的领导人那样发了脾气。老太太乖乖地交出了那个信封。

我抽出里面的照片一看,原来是孟雨的照片。

这使我感到很意外,但还是放下心来了。这不是我所担心的那种照片,反而可以说,我正希望得到这样一张照片。

“你知道这是谁?这是一个被拘留的嫌疑犯!你们扣留这张照片干什么?你们是不是同这女人有什么关系?”

老太太被吓走了。

但我不明白,孟雨的照片怎么会来到自己的书房里？我本来很想向魏小东要这样一张照片,但并没有这样做。

这三个年轻警官请我喝酒的时候,我向他们要过这张照片吗？没有,我记得没有。

那天,我没有喝醉,只是喝得太猛了,但非常痛快。我记得自己没有喝醉,坐出租车回到家里,就睡了。我记得这一切。

那信封是公安分局的公用信封。想给魏小东打一个电话,但他们下班了,早下班了。只有这一种可能,这张照片,一定是魏小东他们送给我的。

为什么要送给我呢,难道他们看出来了——我很想得到这张照片？

我给老客拨了一个电话,老客同意我去聊天。

老客听了孟雨的故事,反应很平常。看了孟雨的照片,也没有特别的反应。

“你是不是还在构思你的文章?”

“我最近什么也没有写。”

“你不觉得孟雨这个人物,有点特殊吗?”

“你觉得有什么特殊啊?”

“你看,她自身的条件不错啊,很漂亮的一个女人,又有专业知识,听说她的外语水平也不错。这样好的条件,她为什么要行骗?”

“骗子要没有点条件,那他就去抢劫了。”

“我是说,她有那么好的条件,为什么要去行骗?”

“是不是知识分子政策,没有给她落实好?”

“那也不能去行骗啊?”

“如果这是她的一种创收形式呢?”

“我不是开玩笑。”

“她诈骗了什么?”

“她隐瞒了自己的真实身份,直到现在她也不肯说出自己的真实身份。”

“这不是诈骗吧?”

“我也感到她不怎么像是骗子,你看她的眼睛里,蕴藏了多少东西。”

“骗子的眼睛里,可能漂浮了最多迷人的东西。”

“骗子不可能把太多的东西,隐藏在眼睛里。骗子的眼睛是空洞的。”

“这是侦破专家的意见吗?”

“你看她的眼睛里隐藏着贪婪吗?没有贪婪。隐藏什么企图吗?什么企图都没有。但有另外的许多东西。这不可能是骗子的眼睛。”

“我明白了。这个女性,她叫什么?”

“谁也不知道她真正叫什么,她有一个假名,叫孟雨。”

“我们就叫她孟雨。这个孟雨,是不是有些接近你理想中的那种女人?”

“不,她只是使我感到意外。我第一次看见这张照片的时候,简直吃了一惊!”

“我明白了。程以,你是不是认识这个女人?”

“我认识?我哪里有这样的福分啊!”

“那么你是想接近这个女人吗?”

“这你放心,我接近不了。现在她给法律保护着呢。”

“你可以把她保出来。”

“我以什么理由呢?再说,你忘了我们的出发点了。我怎么能为此使用我的权力?”

“程以,我早已不想和你打那个赌了。我认真想了想,我们进行的实在是一个很危险的赌博游戏。那位陶女士之所以比较合作,我想她是惧怕了你的权力。再说,她也达到了她的目的。事实上,从一开始她就知道你的书记身份。即使你真能伪装成一个普通人,交上一个女朋友,这个女朋友也始终不知道你的书记身份,但她要是真爱上你,死活要嫁给你,或者要同你发生关系,你该怎么办?还是请我出来给你解围吗?要让老茹知道了,我该怎么解释?要是这位女士不肯合作呢?你是不是最终还得使用你的权力?”

“我已经有了经验了,我不会使对方再陷得太深了。”

“我看你已经陷得太深了。”

“老客,如果我放弃了这个游戏,我就再没有业余生活了。我现在已经无家可归了。”

“但你还会再遇到一个陶女士。”

“我想,肯定不会的。我已经有了把握了。”

“我明白了,你是不是要把照片上的这个女人作为样板?”

“你放心,我不会同这个女人有任何关系的。我只是对她感到意外。”

“程以,你已经陷得太深了。”

“你对这个女人真的没有一点感触吗?”

“我只有一点感触:她是不是和你一样,也把自己的领导身份隐瞒起来,想和普通人交朋友,想做普通人的游戏?结果交到看守所里去了。”

“我能看出来,她隐瞒的绝不是我们这种官僚身份。你没有兴趣去采访一下她吗?也许,你比公安部门更容易把她的真实身份调查清楚。”

“报酬高吗?”

“你真有兴趣吗?”

这时,我的秘书打来电话,说大头儿找我呢。又找,什么时候了!可我还是必须应命而去,这无法选择。

17 老客

程以真是越来越天真、浪漫了,否则,就是我这个诗人越来越远离了天真、浪漫。

我本来是同程以开一个玩笑,当时我们本来是在聊气功。那段时间,程以的业余时间完全被气功充满了。那时,他对气功迷得一塌糊涂。

那天聊气功的时候,我带着点嘲讽的口气,对他说,你现在的每一个毛孔都散发着真元神功的气息了。听说,气功界把气息也叫作信息了。所以,你可以利用气功发功的先进手段,定时把自己体内的领导信息,发散到全市去。你领导的下级官僚和人民群众,在健身练功的同时,也接受了你的领导信息。这多好！起码,可以解决一直令你们头疼的“文山会海”吧?

程以就认为,这是说他这个人已经完全官僚化了。他坚决不承认自己已经官僚化了,他说,这就像说一个年轻的女人已经苍老了一样,令人不能接受。

我解释说,领导或者官僚,用比较现代的观念看待,只是一种职业而已。官僚化,就是一种专业化,没有贬义。说你是官僚主义或者是不称职的官僚,那才是贬义,对不对?亦官亦民,那是虚伪的口号。

程以说,什么样的官僚,我也不想当,我一直注意不使自己官僚化,就像女人注意保养自己的青春一样。

我笑了,说,你的这个比喻就很好。女人不想老,但她不能不老,在年龄面前,人人平等,过一个年,谁都得长一岁,对不对?你不想官僚化,但你不能不官僚化,因为这是你的职业。你不官僚化,你就是不称职的官僚,对不对?

程以说,他不是想虚伪,而正是不想虚伪,才坚决不官僚化。

于是我们打起赌来了。

我建议他伪装成一名记者,和我结伴下去做一次采访。在采访中,如果被别人认出他是书记来,那不算输;在采访对象面前,自己显出官僚的原形,那才叫输。

他问,怎么叫显出官僚的原形?

我说,我要设计一个演出脚本似的东西。

程以就说,那不行,你设一个陷阱,叫我跳！而且,做采访这类活动,太正式。在正式的活动中,我是很难伪装的。

我就开玩笑说,那你伪装成一个有魅力的男子,去新交一个女朋友,怎么样？你现在的魅力，也已经官僚化了，隐瞒了你的官僚身份，真不知道你还会有什么魅力。

我怎么也不会想到，程以会对这个游戏那么感兴趣。我更没有想到，程以会真的进入这个游戏！

那时，老茹还没有南下。

我问他，老茹会同意你进行这种游戏吗？

程以说，你可以向她随时报告一切。

后来，程以就不断向我报告好消息：已经有了进展，进展很顺利，很顺利。程以还不断感慨：老客，你的估计是对的！我们这些官员，虽然天天在电视上、报纸上露脸，但普通老百姓，一般的市民，很少有人专门记忆我们。妇女们，有特色的妇女们，年轻的妇女们，年轻而有魅力的妇女们，就更不关心我们，注意我们了。这使我感到悲哀。不过，这也使我伪装起来，比较容易些，起码比想象的容易。我说我也是一个普通市民，谁都相信。这一位，她对我的伪装，没有一点怀疑，她真的相信我是一位记者。

当游戏成真的时候，我才有些吃惊了。程以原来还这样天真、浪漫！也许，程以是太自信了？或者，他本来就有女朋友的，现在不过是借这种游戏，出台了？我能看出，程以已经陶醉在他的成功中了，他对这种游戏很入迷。这也使我对程以多少产生了一些同情，能使他们这样的官僚入迷的业余游戏，的确已经不多了。

可惜，没有多久，程以报告了不幸的消息，说那位女朋友可能知道他是书记。她求他找一下市委程书记，为她分一套房子说句话，她们单位的分房大战，已经进入最后阶段了。他说，他不认识程书记。她说，你肯定认识。

他请我出面给他做一下善后工作。

我很兴奋，说那你就奖给这位幸运的女士一套房子吧。

我后来了解到，这位姓陶的女士，的确从一开始就知道程以是谁，因为她就是程书记领导的文教系统的一个普通老百姓。她很幸运，终于找到了接近程书记的机会。

我问程以，你们的关系，发展到了什么程度？

程以说，他感到索然无味。

可是，他却不甘心自己的失败。他又有了新目标。他所表现出来的那一份天真、浪漫，是由于老茹的南下而得到加强了吗？

我预感到了某种危险。

照片上的那个女人，的确有几分神秘。但我相信，现在一切神秘的东西，最后显现出来的，都是索然无味的原形。我不相信这个女人会例外。

18　孟雨，或者罗秀君

审问完，魏小东交给我一包东西，说这是许强送给我的。他还说，本来是不允许送东西给我的，但为了争取我尽快转变立场，还是为我开了一个例外。

我说："我很感谢。其实我也不需要什么东西。"

魏小东还说："你的房东也想给你捎点东西，我说你什么也不缺少，要转变立场，她很快就能出来了。"

我就问："我的书籍，你们没有没收吧？房东也没有把我的书卖掉吧？"

他说："我们检查你的房间，只是例行公事，当时你的房东也在场，她还签了字。你的房间，我们已暂时查封，也就是替你保护起来了。"

我说："谢谢你们。"

他说："我们需要的，不是你的感谢，而是你的转变。"

那个很厉害的吴笑东说："你不要敬酒不吃吃罚酒。"

万晓东说："领导上很重视你这个案件。"

我只好笑了笑，说："谢谢你们和领导。"

我为什么会受到重视呢？因为我是知识分子吗？知识分子犯了法，也应该受到重视吗？或许还因为我的美貌吧。但在这里受到重视，就意味着不可能侥幸过关。我在这里，显然也受到了类似小加在生意场上所受到的歧视。一个有知识又不丑的女人，法律也不会对她熟视无睹，而可能要额外加一份重视。但受到法律的重视，那意味着什么呢？

许强送来的这一包东西，有两卷卫生纸，一本新出来的《家庭》杂志，两套新的内衣裤，一瓶洗发香波。魏小东说，本来还有火腿肠、方便面、可口可乐、口香糖、香蕉，但在预审期间，食品是不允许送的。

我说我明白，那是怕投毒灭口。

魏小东立刻就问，你是不是认为许强有这种可能？

我笑了，说，你们看他像那种人吗？

实在说，我收到许强送来的这些东西，心里还是很高兴，很温暖的。在这样的地方，你最需要的，就是有人关心着你，思念着你，为你焦急，为你奔走呼号。我一直觉得，只有小加才会这样关心我的，如果她知道了我目前的处境的话。但我仍然不想告诉她。其他可能关心我的人，他们也不知道我目前的处境。我没有想到许强还会关心我，他是那样坚决地把我送到了这里。

但他送来了他的关心。

我一直不知道该如何评价许强这个人。

他在专业上还是比较出色的。我问过他的导师，导师对他的评价很高，说许强将来很可能会有轰动性的建树，会在国际上获奖。可是，我看许强又不是那么书生气。他很好动，我从来没有打一次电话就能找到他的，他总是不在。我承认他有活动能力，交际能力很强。他也懂得怎样使得女人高兴，什么时候该说几句什么话，什么时候该送件什么礼品，他都很熟练。他甚至对女人的服装、化妆也相当在行。因为小加的关系，我对时装也是有些见识的，甚至可以说有了接近专业水平的水平。但我和许强讨论起时装来，一点也不需要迁就他，更不需要给他解释什么。

我说，你是不是有许多的女朋友啊？

他说，都是一般的同学，朋友，一般的关系，从来没有过我们这种关系。

我说，那你怎么有这么高的水平啊？

他说，这同我的专业有关。我一直在研究用造纸的方法生产时装面料，所以我得熟悉时装。

我说，你的许多见解，那是属于女人自己的感悟，不属于理论，也不是专业技术。

他说，那我可能有这方面的天赋吧？

对时装的感悟性见识，这是小加常常提到，常常得意地加以宣扬的。小加特别强调的，就是女人自己的感悟。许强怎么也有这种感悟？所以，我怀疑他是从别的女人那里贩卖来的。他当然不会承认。

不过，和许强在一起，会使你感到很舒适，什么事都能办的，不会发生任何困难。他也健谈，风趣。他只是缺少一点神秘感。

但最不能令人忍受的，就是他的性欲太强了。同他第二次见面，他就提出了这种要求。他说他已经不能忍受了，必须亲吻我，拥抱我，和我一起登上爱的高峰。那时，我们正在市里一家小饭店里吃饭，饭店不大，吃饭的人还不少。他就那样毫无顾忌地向我提出了这样的要求，连说话的声音也没有降低多少，当然更没有脸红什么的，好像在提一个很正当，甚至是很平常的要求。

当时，我真是有些不知所措。

小加在生意场中所遇到的种种色狼，也没有这样快，这样无遮无拦提出这种要求。我可以肯定小加没有给我讲过这样的色狼。而且，小加所遇到的色狼，都是要先许诺她一些可观的利益，甚至要先付给她这些利益，然后才提出他们卑贱的要求。

我和他只是第二次见面，他什么都没有许诺我，更没有付给我什么，就向我提出了这样的要求！但似乎正是因为这样，才使我感到不知所措吧，他不是要做交易，他一点没有卑贱的感觉，他感觉是那样正当正常。

他不知羞辱，但你似乎无法羞辱他。

他灿烂地笑着，说我的观念不行。他在这样灿烂地笑的时候，总伴着一种孩子气。伴着几分孩子气灿烂地笑着，提出要和你做爱，我真是不知道该怎么羞耻他。

但我不能把这件事当作一件平常事，小加的不幸遭遇更加强着我的这种观念。

他说，是我使他涌起了这样难以遏止的激情。

我说，我不想接受你这样的恭维。

他灿烂地笑着，说他如果没有激情，是不会恭维别人的。

我说，我相信你有这样的激情，但我不喜欢这样的激情。

他说，你的观念有问题。

我说，我也不喜欢观念。

小加总是对我说，我们漂亮的女人，难道就没有真正恋爱的权利了？没有了解对方和被对方了解的权利了？所有说爱我们的男人，为什么都是恨不得立刻和我们上床性交？难道我们的漂亮，就仅仅能激发他们的性欲吗？

小加说这是一种最可怕的歧视，我们仅仅因为漂亮，就在处处受到歧视，特别是在人生最重要的方面，受到最不能忍受的歧视。

小加一直认为，在你们知识界，在你们知识分子中，肯定要比我们生意场中好得多。我想，小加的这种观念，也许才是有问题的。

我给许强说过小加的遭遇。但他仍然说，知识分子也是有激情的，你也是有激情的，你的激情不要被你的观念压制，就好了。

我说，小加给我的，是自己的亲身遭遇，不是观念。

我一直抵抗着许强的这种激情，我是真心地想同他恋爱一个时期，是他所说的那种旧观念的恋爱。当然，我也承认，小加的不幸遭遇，有些败坏了我对性爱性事的兴趣，恶心感常常会突然涌来。我想，文静的或者说保守的恋爱，也许能使我恢复对性事那种神秘的向往吧。

我对许强说，等我们正式结婚后，我才会接受你的激情的。

我没有想到，他居然能在没有我的任何证件的情况下，“活动”来正式的结婚证！我想，小加也许会很欣赏他的这种活动能力的。但面对那鲜红的正式结婚证，我几乎做出了在许强的视野中突然消失的决定。

当时，他又那样灿烂地笑着，我没有走。我现在还真有些想念许强那伴着几分孩子气的灿烂的笑。我没有离开许强，就是因为我有些留恋他的这种笑吗？

小加所遇到的那些色狼，我想是不会这样笑的。他们不管付出怎样的高价，他们在笑的时候，也永远难以掩饰那一份卑贱，小加总是这样对我说。

但在有了那张结婚证之后，我始终不能忍受他，他不但没有使得我淡忘小加的痛苦，反而使我更痛苦地想起了小加，我甚至怀疑自己就是在经历小加的那种痛苦！

我为什么没有早下决心离开他？为什么要等到他把我送到这个地方呢？

我早应该离开许强了。所以，我找到了高冬至。

只是这个高冬至有一些奇特。他比起许强来，显得又苍老，又沉郁，仿佛背负着怎样巨大的痛苦。和我的结识，仿佛也只给他带来了更大痛苦似的。但是，他的那一种痛苦，也总是吸引着我。也许是因为我知道了小加太多的痛苦，或者疑心自己也正在经历痛苦？

我想高冬至是会思念我的。他很可能是受了许强的鼓动，或者是刺激，才同许强联合起来，把我送到了这里。可是我没有收到高冬至送来的任何东西，他很可能不知道应该送什么东西，也不知道应该怎样活动，才能把东西送进来。他没有什么活动能力。

我只收到了许强送来的东西。他还是我的丈夫吗？我对魏小东他们说，我不承认这一份婚姻。

万晓东立刻机敏地对我说：你只要说出你的真实姓名，那一份结婚证，就自然失效了。

但我能说出我的真实姓名吗？

19 魏小东

从电话里听出了程书记的口气相当严厉，我就只好承认，呈送孟雨的照片，还有那封附信，那是我们小组的集体意见，是想请程书记支持一下我们小组的工作。

“哪有什么信啊，只有这么一张照片，一张漂亮女人的照片，你们这不是想给我惹麻烦吗？”

当时，老万不在场，我只好说：“真的是有一封信的，意思是想请您给科委和教委，打个招呼，帮助我们查查孟雨的身份和来历。没有把这封信附上，可能是那天我们都喝多了。”

“那天我没有喝多，我清楚地记得，只有一张照片，什么也没有，连信封上也没有写一个字！”

我赶紧解释说：“那天不是有机会当面呈交您吗，就没有写信封。我们喝多了，出现了差错，没有把信附上，再加上那天我们也是太激动了，请您多原谅。”

“不存在原谅不原谅的问题，你们自己完全可以去找科委教委啊！”

我说：“我们不是想走走您的后门吗？您说句话，他们不敢不重视。”

“希望你们尽快破案。”就把电话挂断了。显然，程书记生了气。

我放下电话，就找来老万责问：到底是怎么一回事。

老万在衣袋里翻了翻，果然翻到了那封信。但这封信为什么没有装到呈交程书记的信封里，他怎么也想不起来了。

我说：“是啊，你如果能想起来，那肯定就是企图陷害领导。”

笑东也说：“幸亏那天你喝醉了，什么也记不得了。”

老万说：“我哪里会有陷害领导的野心？那天，可能真喝多了？”

我说：“程书记那里，我已经巧妙地扭转了局面。我已经转告了你这封信的意思。我们就不谈论这件事了吧？老万，我看我们也没有必要研究程书记的反应了吧？老万你的这整个想法，我看都带着那么一点醉意，是不是？”

老万说：“你是领导，你决定吧，谁叫我这样倒霉呢。不过，我觉得我的看法和做法，还是值得考虑的。”

笑东说：“那么，你看程书记的这种反应，能说明什么问题呢？”

我说：“不谈程书记了，不谈领导了，好不好？程书记在电话里也指示我们，要尽快破案。”

我们开始分析案情，研究下步该怎么办。不过，很快就发现，我们对案情的调查，几乎没有什么进展。孟雨拒绝交代她最基本的情况，仍然坚持她没有向许强和高冬至隐瞒自己的一切。许强和高冬至又坚持绝对不知道这个女人的真实身份。不过，他们基本否定了她是性解放者，对她的评价分明还是不错的。她的房东以及周围居民，对她的过去都一无所知。在本市比较像样的一些化工研究单位，也没有查到有价值的线索。

那么，这两个当事人为什么要把这样好的一个美人，送给了我们，难道他们真是高级傻瓜？

笑东说：“许强可一点也不傻。”

老万说：“高冬至也不傻啊。”

我说：“他们提供的唯一有价值的线索，就是孟雨有一个叫小加的同学。如果我们能够找到这个小加，孟雨的真实身份就有可能查清了。”

笑东说：“他们说这个小加，去了深圳了。我们还得去一趟深圳吗？”

老万说：“我可不想去深圳，那里除了物价水平和仿造水平高，还有什么水平高？”

我说：“孟雨对小加的情况，更是不说一字。”

老万说：“是啊，交代了小加，那不就等于交代了她自己吗？”

笑东说：“如果她交代了小加，那我们也得去深圳吗？”

老万说：“你是不是特别想去深圳啊？”

笑东说：“想去深圳，不是缺点吧？”

“以我看,孟雨隐瞒自己的真实身份,一种可能是因为她有重大犯罪事实,另一可能是她有巨大的不幸。但从她的表现看,一是她非常镇静,二是她比较乐观,所以,她还有第三种可能,那就是她有一定的靠山或背景,或者她本身就不是一个简单人物。这种推理还是比较符合实际吧?”

老万笑了一下,说:“这不是又回到我的看法上了吗?”

第二部

1　高冬至

专案组来访问的那一天,是雨天。

雨是从夜里开始下的,清晨停了,到人们上班的时候,又下了起来。下到十点多钟,眼看就没有劲了,但到中午人们下班的时候,又来了劲。白色的雨雾弥漫在城市的上空,街道上甚至起了积水。

我认为,他们不会来了。本来,我想请他们喝一次酒。可他们不答应,问我是不是有什么难言之隐?我有难言之隐,也不会找他们倾诉。我请他们喝酒,是想向他们说明一个方案。学生们策划了一拯救孟雨的方案,有几分巧妙,但我感到应该向魏小东他们汇报一下。一听说我有情况向他们汇报,他们就坚持要登门拜访。我太不想叫他们来。大概谁也不想叫几位穿警服的人来登门拜访吧。但他们一定要来。我说,那你们穿便服来,行不行?他们说,行。雨这样下着,我感到高兴。他们不会来了。

下午,雨停了一阵。这时,他们也没有来。不久,雨又大了起来。但是,冒着很大的雨,魏小东他们居然突然赶来了。我有些失望,也有些感动。

进入我的单身宿舍，老万环视了一下，就说："高老师，你住得一点也不豪华啊。"

我知道他是说我这间小屋太脏、乱、差，我只好又重复了自己的那句格言："豪华已经成为这个时代最流行的遮羞布了。"

魏小东立即表示，他非常欣赏这句话，并且也说了一句格言式的话："我们难道能建立一支贵族警察，或者修建一座豪华监狱吗？"

我立即和应道："是啊，难道我们应该编写一部《中国贵族通史》，或者是新开一门'豪华史学'吗？"

"是啊，我们难道应该另有一部贵族《刑法》，或者是打制一种豪华手铐吗？"

"非常深刻，向'大众'推销'贵族'，以'流行'方式倾销'豪华'，这是当代最卑劣的商业策略。即使是从纯商业观点看，'贵族'和'豪华'也应具有保守性，它要排斥'大众'和'流行'。否则，'贵族'大众化、'豪华'流行化的结果，就是它们自身的被颠覆！"

"非常深刻！非常深刻！"

吴笑东问："那个冒充孟雨的女人，她是不是也很'贵族'，很'豪华'啊？"

我说："正相反，因为她不需要遮羞布。"

吴笑东问："她没有羞耻吗？"

我说："正相反，因为她没有什么可耻的、丑恶的地方需要遮掩。"

老万说："高老师，你是不是刚刚喝过酒？"

我连忙说："真对不起。今天下这样大的雨，我们真应该去喝点烧酒。"

魏小东说："我们不喝你的酒。你说吧，有什么新情况？"

我说："也不能算是新情况。我和你们一样，也非常想把孟雨的真实身份弄清楚。所以，我自己也决定行动起来，有所作为，不能一味坐等你们的结果。我绝不是不相信你们的能力，也不想冒充你们的身份，违法行事。我只是想采取一种民间的合法的方式，进行调查。所以，想特别向你们说明一下。”

魏小东说：“好啊，你想用什么方法调查啊？”

吴笑东好像冷笑了一下。

老万在看我书架上的书，一副悠闲的样子。

“有一个看似可行的办法，就是找到小加。因为小加是孟雨唯一经常提到的熟人，找到了小加，也就等于找到了孟雨的过去。只是，我过去一直没有留心注意小加，只记得她当过服装个体户，也很漂亮。但一不知道她的真实姓名，二没有她的照片，到本市茫茫的服装市场里，怎么找她？而且，据孟雨说，小加已经离开本市，到深圳寻求发展去了。所以，以社会调查的方式，在本市寻找小加，显然是大海里捞针，希望太渺茫了。我们必须寻找别的途径。于是，就想出了公开刊登‘寻人启事’的方法。”

老万立刻回过来，说：“妙！高老师，你们想出的这个办法，很妙！”

魏小东问：“怎么刊登‘寻人启事’呢，也就是说，这有什么意义啊？”

老万说：“你还不明白啊？”

吴笑东还是发出了一种似有似无的冷笑。

我说：“我们设计的‘寻人启事，方案，就是在本市或更大范围内，通过日报和晚报，登出孟雨的照片，并附这样一个‘启事’：照片中某女，精神正常，于某年某月某日正常外出，至今未归，令人焦急万分。有知其下落者，请速同我们联系，必有重谢。联系电话为多少多少号。”

魏小东说：“这有什么意义啊？我们想知道的，是她的过去，而不是她现在的下落。”

老万想说什么，没有说出来。

直到这时，吴笑东才好像对我的方案感了点兴趣。她不再冷笑了。

我说：“小东提出的问题，正是我们公开刊登‘寻人启事’的话外音。过去认识孟雨的人，包括她的亲人、同学、朋友，如果见了这则‘寻人启事’，是一定要同我们联系的，他们的孟雨失踪了，他们能无动于衷吗？现在孟雨被你们拘留着，也可以说是在社会上失踪了。”

魏小东说:“现在的这一类启事,报刊上太多了,能起作用吗？什么登报作废,等于白登。”

我说:“孟雨的照片,是一定会引起人们注意的。”

魏小东说:“为什么?”

吴笑东说:“因为她漂亮啊!”

魏小东这时好像终于全部明白了“寻人启事”的意义,显得很兴奋地说:“的确是一个很妙的方法,很妙。这个办法,你是怎么想出来的?”

所有关于“寻人启事”的调查方案,都是我的那几个学生策划出来的。关于这一点,我还暂时不能向魏小东他们汇报。我不是想贪功,是怕他们误以为我有一个什么组织。我说:“只是偶然想到的。”

老万说:“这是一种灵感。”

外面的雨,仍然下得很大。真想同他们出去喝点酒,可他们仍然不领情。

2　高冬至

我和学生们组成的拯救小组,一开始实施“寻人启事”方案,就遇到了两个难题。

一是我没有孟雨的照片。学生们都不相信,但我的确是没有。

在那一百五十二天的时间里,我没有想到向孟雨要一张照片,也没有想到同她照一张照片。照片能留住什么呢？照片能把自己照亮吗？但现在没有照片是不行了。在这个“寻人启事”的行动中,孟雨的照片很关键。因为不知道她的真实姓名,只有她的照片才是真实可靠的,而且她的照片很美。

在专案组来访的时候,我曾经向魏小东提出过要求,希望能提供一张孟雨的照片。魏小东他们先是不相信,后来建议我向许强去要。说许强那里有许多孟雨的照片,他们所掌握的照片,也都是许强提供的。

向许强去要孟雨的照片，我感到非常为难。

再一个难题，就是我们没有可靠的电话。

“启事”上公布的那个电话号码，应该是非常可靠，可以随时利用的。但我独身主义了许多年，哪里能有自己的电话？

教研室也没有外线电话，系里的电话又绝对不可能用作此用。

我只好请学生们想想办法。

他们在想出办法以前，先给“寻人启事”行动命了一个名，或者说确定了一个代号，叫“西厢工程”。

这个命名的动议，一定激发了拯救小组的更大热情，就像“寻人启事”的创意使他们激动不已一样。他们一下子提出了一大堆候选代号，“墨菲”“秋季”“外面的风雨”“求雨”“布谷鸟”“西部”“道格拉斯”等等。在挑选的时候，他们想采取投票方式，但由于候选代号太多，而投票人太少，只好放弃了。于是，就比较哪个哪个代号的含义比较贴切，但意义太贴切，就像不是代号了。最后，他们决定选一个没有关联意义、但要漂亮的代号。不知是谁从报纸上拣来了这个“西厢工程”，立刻就得到了大家的喜爱。“西厢”不正可以代表“一见钟情”吗？虽然意义还是太贴切了，但因为得到拯救小组全体的喜爱，就一致通过了。

于是，拯救孟雨的行动，被命名为“西厢工程”，简称“西厢”行动。

我也比较喜欢这个代号，但我更焦急的，是没有电话。

他们说，既然是“西厢”行动，当然是不怕难题的。拯救小组也是一个三人小组，三人的家都不在本市。如果有人的家在本市，家里又有电话，那就不会有问题了。他们很快发展了一个新成员，他叫陆伟，家在本市，家里有电话。

“西厢”行动这个代号，可能对陆伟产生了很大的诱惑力。他说，在学校附近，他也能找一部电话。他的姑妈就住在附近。

孟雨的照片，他们说他们可以去找许强，以流行杂志记者的身份，去搞一张回来。

我想了想，觉得还是我自己去比较好。

许强听了有关拯救计划的介绍，就坚决要求参加进来，说拯救小组要算他一个成员，“西厢”行动也要分配他完成一些任务。

我说：“拯救小组，只是我的几个学生，凑在一起，给我出出主意，跑跑腿，如此而已，不是什么正式组织。”

许强说：“我也是学生啊，我也应该叫你老师吧。”

我苦笑了一下。

许强说：“我不能参加吗？”

“你不一样。如果想帮助孟雨，你自己也可以行动起来啊？”

“我们联合起来，不是更好吗？我看你们很善于出主意，搞策划。我呢，外面认识一些人，可以多出去跑跑腿。这样结合起来，不是更好吗？”

当初和他联合起来把孟雨送给公安局，现在又联合起来往出营救，这叫什么事啊！而且，许强和孟雨在法律上还是夫妻，帮助他把妻子营救出来，是想向他们赎罪吗？

许强似乎看出了我的这个意思，说：“我和罗秀君的结婚证，显然是不合法的，罗秀君是一个不代表任何人的名字。”

我说：“孟雨这个名字，对我来说，永远是很重要的。”

许强说：“当然，我也不想忘记这段经历。但我很想知道，她究竟是谁。”

我说：“我只是想把她拯救出来。”

“我也想拯救她。”

“我犯了一个非常大的错误。”

“我也是啊，我们居然不知道她究竟是谁。”

“我犯的错误，是我不该同意把她交给派出所。”

“也许不应如此，但是我们谁有这方面的经验呢？”

“我想，这可能不是一个经验问题。”

“你当时也没有提出别的解决办法啊？”

“所以,我感到自己犯了错误。”

“但她这个女人也太奇特了。你对她有新的估计吗?她真是一个科技人员吗?”

“你认为呢?”

“她是不是那种‘大款’的留守夫人、宾馆夫人、大陆夫人?为了解闷,乔装成科技人员,出来寻求艳遇?”

“不是。现在这样的年代,谁会找我这样的人来表演艳遇呢?”

“也许,她正是为了这样别出心裁,或者她原来是科技人员?”

我想说,你是不是常看流行报刊啊?我没有说。只说:“如果是这样一个夫人,我们还有必要拯救她吗?”

“我只是这样一种猜测。你想,她不是身后有大款一类的依靠,怎么会那么镇静呢?魏小东他们说,她在里面非常镇静,非常乐观。”

“那么,你还认为是她骗了你吗?”

“难道我们不是受骗者,而是骗人者?”

“对自己的经历,不应该有所怀疑。”

“我对她也只是一种猜测。”

“你有文艺天才,猜测起来就像一个流行故事。但是,她不是这样的人,在我那是一望而知的!”

“如果不是我猜测的这样,那她就是一个更神秘、更奇特的女人了。那我们就看‘西厢’行动的结果吧。”

许强拿出了罗秀君的许多照片,请我挑选。

我翻着这么多孟雨的照片,更相信自己的眼光是可靠的,她不是许强猜测的什么夫人,她的那一份典雅或者是古典,不是可以模仿出来的。她的确是神秘的,所有的照片上,她都没有敞开自己,或者是暴露自己,她在所有照片上都一样神秘。

我选了两张。一张是我特别喜欢的,准备自己留下来珍藏。另外一张上的孟雨,显得比较不那么引人瞩目,可以送去公开刊登。

许强说，还可以多挑选几张。他还说："要不要我托人找找报社的关系？"

我说："报社我有关系。"

我在报社的确有关系，日报和晚报都有我的同学和学生。但是，刊登"寻人启事"还需要关系吗？

我在返回学校的路上，想转到一条曾经和孟雨散过步的有树荫的人行道上，走那么一段路程，因为现在我带着孟雨的照片。但许强有关罗秀君的猜测，就像阴影一样笼罩在我的心头。孟雨怎么可能是那样一位夫人？

这时，天也真的阴着。还会下雨吗？我放弃了重温旧梦，匆匆赶回去了。

3　程以

我望着孟雨，似乎是第一次明白了：照片和本人之间原来会有这样大的误差。

现在，国内也有人学日本人，把摄影叫作写真。有时候，即使你使用日本人顶尖的摄影器材，真实恐怕也是很难写出来的。

在这样的地方，我原以为她会变成另外的样子，憔悴的样子，沮丧的样子，但她完全出乎我的意料了。她现在甚至比照片上的样子还要好，特别是她的精神状态，并没有多少受挫的痕迹。

她的眼睛里，的确蕴藏着许多无价的东西。

"我没有别的意思。我既不是来给你施加压力的，也不是来给你说情的。以事实为依据，以法律为准绳，这对谁都是一样的。现在，教育科研经费这样紧张，国家培养一个人才不容易啊，你是学化工专业的吗？"

"是的。"

"化工人才，我们也很缺乏啊。你看现在市场上的高档服装，为什么价格那么昂贵啊？就是因为我们自己的面料上不了档次，使用进口面料，价格就拉上去了。我们的面料为什么不行？化工工业太落后。皮革就是一个典型。进口皮革一进来，我们自己加工的皮革，就不叫皮革了。人家的皮衣叫‘第二皮肤’，我们的皮衣能叫什么，盔甲？化工的落后，还是人才的落后啊！”

“都去搞涂料，搞皮革，恐怕也不行吧？”

“当然，当然。基础研究和应用技术，都要重视，不能有所偏颇。”

她或许真是一个科技人员，一个喜欢风流浪漫的科技人员，隐姓埋名，出来寻找艳遇，或者就是为了寻找真实的爱情。但她遇到了两个毫无浪漫情趣的知识分子，他们在艳遇或者是爱情这样的事情上，也要照章办事。结果，就把他们得到的艳遇或者是爱情，交给了法律。

但法律能鉴别爱情的真假吗？

爱情能进行定量分析吗？

可见，知识分子也不见得懂得爱情。这两个书呆子，恐怕也不能算是知识分子，仅仅是受过大学教育的人而已。把受过大学教育的人，都算成知识分子，我一向认为这是一种知识分子扩大化。

本来是想寻找真正的爱情，却遇到了这样两个呆子，她能怎么办呢？交代了自己的真实姓名和所在单位，请单位领导把她保出去？那她以后还怎么在那个单位工作啊？这样的心理状态，小东他们分析过没有呢？

“听说你是搞涂料的？”

“是的。”

“搞涂料，也需要人才啊。”

“是的。”

“我是分管文教科技的，我有责任帮助你。从我个人来说，我也曾经想成为一个学有所长，技有所专的人才，因为没有出息，没有成了人才。但我很羡慕人才，喜欢人才，所以我也很想帮助你。希望你能相信我，相信政府，相信法律。你有什么困难或者是顾虑，或者是不幸，能对我说说吗?”

“谢谢领导的关心。你平常也是这样吗,没有什么领导的架子?”

“我平时也是这样。我倒不是有意要放下架子,到了我这个位置,你就会体会到,没有一点架子,也不行。架子是什么?可以说是领导者的风度,也可以说是领导者的职业特点。你有点架子,你像一个领导,你没有架子,你就不怎么像领导。在这方面,我是深有体会的。但我这个人,就是搭不起这个架子来,下功夫学过,怎么也学不会。领导的架子,那是一种才能,或者是一种天赋,那简直是深入骨髓,化于灵魂的东西。所以,领导的架子那不是想摆就摆,想放就可以放的。”

“你说得很深刻,谢谢。”

她如果是羞于说出自己的姓名和单位,为什么没有一点焦虑呢?或者,她真像老客说的那样,也是为了逃避某种东西,就像我自己一样?

我是想逃避官僚身份和权力,不仅仅是想逃避老茄和她的老太太。一个有权力的官僚身份,会把个人魅力全部掩盖掉的。就像人家所说,你放个屁都是香的!有那么多人忽然都想做你的朋友。你又有那么多的优点、才干、善良,甚至是英俊,忽然被人发现。你忽然变得娇弱无比,又高大无比。连你的老婆和丈母娘,也忽然发现她们自己原来是那样幸福和高贵。其实这一切,都是献给那个偶然取得的新身份的,因为它有权力。如果你没有取得这个身份,这一切美好的东西,就不会有人给你。

所以受宠爱的是权力,受歧视的是你自己。或者说,在宠爱你的权力的同时,就意味着在歧视你的人格。

我想逃避的,就是这一切。

但她想逃避什么呢?她也是一个官僚吗?不太可能,或者说,根本就不可能。一个官僚是不能失踪的,就是偷闲流浪几小时,也是相当困难的。那么她是想逃避自己的个人魅力吗?她的魅力是无法逃避的。她的魅力也不是偶然取得的,更不是被谁任命的。她有这样的魅力,还需要去诈骗爱情啊?

“我不想要求你现在表态。我只希望你能想一想我的话，希望你能相信，我们是想帮助你的。法律、政府、组织、我，都是会帮助你的。还有办案小组的三个年轻人，他们都是很好的人，你应该相信他们。好不好？”

“你说得很好，谢谢你。”

据小东他们说，孟雨的健美舞跳得很好。她在拘留所里没事就常跳这种舞。看守人员要制止，她说这是一种体操，锻炼身体的一种体操。

我很想请她跳一下，看看，但这样的请求恐怕不合适吧。

4 孟雨，或者白小楠

我没有想到，自己会惊动了这样大的领导人，而且他竟然亲自来做我的工作，动员我坦白。魏小东他们说，我的这个案子，已经引起了市委领导的重视。我以为，那只是他们说说而已，以领导重视来迫使我坦白。我没有想到，他们说的是真的。

我为什么会受到这样的重视呢？

这位程书记架子不是那么大，但我说他没有架子，他就不客气地承认了，这真有意思。而且，他对领导的架子，说了许多话，带有理论性，我没有听得很清楚。但他是个领导，不小的领导，我是一眼就看出来了。

不过，他对我的态度很好。

他说我是人才，这我听得很清楚。如果不是在这里，我能听到像他这样的人，说我是人才，那我该多么高兴。来到这里以前，人们只能看到我的容貌，从来看不到我的才能。一个美貌的女人，除了她的美貌，似乎一切都是可以忽略不计的。可能只有当我像现在这样，以一团谜的形式出现在他们面前，他们才会全面地打量你，全面地估价你吧？

但是，受到程书记这样的领导人的重视，现在对我，可能不是一件幸运的事。

其实，我本来就是一个不喜欢被领导注意的人。

我在遇到朱新华的时候，没有看出他是一个那样喜欢领导的人。

他是那么文雅，戴着那么文雅的一副眼镜，额头宽阔，一头浓密的有点发黄的头发，

肤色白而细，说话也很文雅，只是牙齿不够白洁。我看出他是一个知识分子了，没有看出他是那样喜欢领导，重视领导，或者被领导重视。

他说，他在208所工作。

我问，208所是什么单位啊，军工单位吗？

他说，不是，只是一个新能源研究所。

我问，那么，208是个什么含义呢？

他说，也没有什么含义。

我问，那是不是也是一个吉利数字？

他说，不是吧。可能就是为了让人引起各种联想，以便加深对我们单位的印象。

我问，这也是一种创意吗？

他说，当然。

那时，列车正行进在一条长长的隧道中，很久没有冲出去。

他显得那样文雅，又很忙碌。一会儿去排队洗脸，一会儿又挤过几个车厢去打开水。当然，他也为我忙碌。他似乎是一个过分讲卫生的人，喝一杯水或饮料，吃一个水果或者别的任何“进口”东西，他都要事先忙碌一阵。还有我和他的铺位，桌子，地板，也都一直是他忙碌的载体。在将近十小时的旅途中，有三分之一的时间，他在为卫生而忙碌。

我以为，我没有把他吸引住。

在以后我们的约会中，他也仍然是这样，仍然文雅，仍然忙碌。但是，我没有对他说过：你累不累啊。我仍然有些觉得，我没有把他充分吸引住。在公园里，我们好不容易找到一个空着的长椅，他却要非常仔细地擦拭了又擦拭，他似乎可以把感情、兴致、情绪暂时放在一边，就像按了暂停

键。在有林荫的人行道上漫步的时候,他也会被任何一点不卫生的现象吸引过去,好像我的吸引力,还没有那些肮脏的东西大似的!

我问过他,你为什么没有学医呢?你应该去学医。

他说,一个医生,一生都是医生。

我不明白他的意思。

他就说,医生可能很讲卫生,也可能很不讲卫生。

其实,我当时并没有明白他的意思。一直到他带着我去见他的领导,我仍然没有明白了他的爱好。我们还没有约会几次,他就提出,应该去见见他们所的领导,所长和书记。

我说,为什么要见他们呢,你有什么事要他们解决吗?

他说,不是这个意思,他们人很好的,

我说,你和他们是不是关系很好?

他说,是的。

我说,那以后吧,找一个机会,我们请他们吃一顿饭。

但他说,还是早去拜访领导,比较好。

我说,这是不是你们所里的习惯呢,谈恋爱得向领导打招呼?

他说,那倒不是。但先带你去拜见一个领导,那总是好的,也是一种礼貌。

从心里说,我真是不想去。即使我将来嫁给了朱新华,他的领导也不等于就成了我的领导。而且,领导总是爱像查户口似的,查问你的底细,叫什么,多大了,在什么单位工作……这是我最害怕的。我推辞了许多次,但他的意志很坚定,一直不懈地动员我去见他的领导。他甚至说,他们也很想见见你。

为什么呢?

他说,他们人很好,很关心我,很关心我们。

我不得不答应他。我终于在他的带领下,分别去拜见他的所长和书记。

我记得，他的所长见到我的那一刻，突然吃了一惊，好像他认出了我似的，我也吃了一惊。后来，我才明白，所长是为我的美貌而吃惊，并不是认出了我。他的所长并没有怎么盘问我，更多的是在夸赞朱新华，说他真是不简单，出了一趟差，就找回这样一位高水平的对象来。他也向我高度评价了朱新华，说他很能干，很有水平，很有前途。

我感到他的所长，不像个知识分子。他说，所长是一直做领导工作的。我还感到，他是把我展览给他的所长看。他说不是，但他没有把自己的得意掩饰住。

我对他说，你们的所长可不是很讲卫生，衬衣领口和牙齿都不够白净。

他说，所长是一个很朴素的人。

我问他，你喜欢他吗？

他说，所长是个很好的人。

他的书记倒很像一个知识分子，但书记对我的基本情况做了比较多的查问。书记也没有吃惊，他只说，208所也很需要化工人才。他好像立刻就把我当成了人才，总是在同我说话，把朱新华放在了一边。

我问朱新华，你们的书记是知识分子吗？

他说，是，书记是学地质的。

我问他，你也很喜欢他吗？

他说，书记也是个很好的人。

他文雅，他喜欢干净，他喜欢领导，这我都能接受。但他后来一定要我调到他们所里来，我怎么能接受！他说，这是领导的希望。我说，你也这样希望吗？他说，他也希望这样。我说，我的希望呢，你为什么不想想我的希望？

我最后决定离开他，从他的视野中消失，就是因为我断定，他喜欢领导超过了喜欢我。他不可能喜欢我超过喜欢一切。所以，他也不可能得到我。因为我是无法调到他的208所的。当然，这是我决定离开他的一个原因。

朱新华让人喜欢的一点,是他没有强烈要求和我做爱。当然,他也要求过,但在我婉转推辞之后,他就没有再固执那种要求。特别是当我以卫生的理由推辞,他就不再要求了。

如果我以领导的理由拒绝他,那可能会更加有效吧。但我没有这样尝试过。

朱新华,他可能来营救我吗?他只知道我叫白小楠,不知道我叫罗秀君,也不知道我叫孟雨。

5 魏小东

我和笑东又到市里最繁华的服装街去做调查,企图找到一点小加的线索,但仍然没有什么结果。回来到时候,笑东坚持要步行,我也只好奉陪。

我已经注意到了,自从一起接了这个案子,笑东不仅对我有了好感,而且简直就像在追我似的。原来,我曾经追过笑东的,但没有追到,很自卑地退下来了。现在是怎么了呢,真是因为孟雨的关系吗?我并没有追孟雨,想追也没法追啊!事实上,我对孟雨的漂亮啊气质啊,一直也不够敏感,笑东难道还不相信吗?

很有意思。不管怎么说,我追过笑东,现在她又回头来追我,这样就平等了。我也享受一下被追的光荣。很有意思。

"你说我们有可能去一趟深圳吗?"

"什么线索也没有发现,我们去干什么?"

"你不想去吗?"

"你那么想去深圳啊?"

"我问你想不想去!"

"我还真不想去。我们虽说是去出公差,可到了那里,跟要饭的似的,图什么啊,那么伤害自己的自尊心干什么啊?"

"你也有自尊心啊?"

“我怎么就没有自尊心？”

“我早没有自尊心了，在组里，就只能给你喝酒，诱骗各种男人喝酒。”

“现在社会上流行喝酒，我也是不得已啊！我是喜欢喝酒的人吗？”

“社会上也不流行自尊心了。”

“怎么能不要自尊心呢？”

“那么你眼里还有我吗？”

“怎么没有你啊？”

“你眼里恐怕只有那个孟雨了！”

“怎么能这样说呢？”

“那你也该回请我一顿饭吧？”

“好吧，好吧，我借钱也请你。”

“那就算了吧，轮到我就借钱啊？”

“开句玩笑嘛。”

6 刘浩

最近看晚报，我主要是看有关于电脑的广告。我不是想买电脑，在三年前我已经买了一台电脑，是一台杂牌的PC机。那时候，个人买一台电脑，不管是什么档次的，什么品牌的，都是一件可以出新闻的事。在晚报的一位朋友，还真给我发了一条新闻：

一种潇洒——玩电脑

《飞碟》杂志大牌编辑刘浩先生，日前购买一台个人电脑，无师自通，已上机进行编辑作业。人机对话，别有兴味。刘先生所在编辑部，早想购置电脑，实现编辑现代化，也备外星人来访。然终因经费紧张，一拖再拖。刘先生先于编辑部，实现写作、编辑现代化，不玩猫狗玩电脑，也是一种潇洒。

虽然是一条豆腐干大的新闻,毕竟也是新闻。但现在晚报上刊登着的却都是电脑降价的消息,当然这些消息不是登在新闻版,而是登在广告栏中。不管登在哪里,都叫我越看越心疼。286成了淘汰型,386才是普及型,您最好买台486,奔腾586已经进入市场了,更有前途的是多媒体。我的杂牌PC机还能算电脑吗?

我难道就不想换代升级,跟上时代的进步?只是我也遇到了"经费紧张"的问题,无法再潇洒了。编辑部仍然没有什么指望,《飞碟》里没有飞出外星美人来,它的订户不会增加多少的。而编辑部那位老总,又特别坚持科学性、真实性和大众性的"三性"办刊方针,不允许有所动摇,也不允许有所变通。

大众性,现在就是流行性,流行就是畅销,畅销就是赚钱,赚钱就是经费不紧张,经费不紧张就能实现现代化,现代化当然就有最好的电脑了。但我们老总不允许大众性脱离科学性和真实性。

"飞碟"如果是科学的和真实的,它还会那么吸引人吗?现在全世界有关"飞碟"的证据,有95%是不可靠的,我们为什么还要继续办这份《飞碟》呢?现在,地球上的科学,已经对外星人越来越不抱希望了。科学正在证明,地球人很可能是宇宙中的一个特例。可老总仍然说,我们是科普刊物,不是地摊上的流行刊物。没有办法,你说不通。

所以,我最近注意晚报上的电脑广告,主要是想知道自己的电脑以及它的拥有者又贬值了多少。

我怎么也没有想到,在晚报的广告栏里居然看到了这样一则"寻人启事"!"启事"中所要寻找的那个"某女",我是太熟悉了,那不是叶静吗?

"启事"中的照片,印出的效果不是很好,但那无疑是她,叶静。她就像"飞碟"一样突然消失,已经将近一年。她现在终于又出现了,但却是出现在这样的"寻人启事"中。她难道又一次消失了?

我立即给晚报的朋友拨电话,电话通了,但朋友不在。同事说他出差去了,可能一两天内就能回来。我请对方转告一下,朋友回来后,立即同我联系，有件很紧急的事。电话那边是一位女士，问能不能帮忙。我说，谢谢，不麻烦您了，就挂断了电话。

我真想拨通“启事”上公布的那个电话号码，但想了几次，还是没有拨。

是谁在寻找叶静呢？是她的工作单位或父母家人，还是她的新恋人，或者是她的丈夫？我希望是她的工作单位或父母家人，这样，就可以知道叶静在离开我之后，是去了哪里，她又是为什么要离开我，以及她到底是在哪个单位工作，她的父母到底是谁，她的家又到底在哪里。总之，令我痛苦之极和困惑之极的那一切问题，可能就会有答案了。

但如果是她的新恋人，或者就是她的丈夫，那怎么同对方联系呢？我说自己是叶静从前的恋人，对方很可能不会接待我吧？也许还会怀疑，是不是我重新把叶静拐走了？

如果能把叶静拐回来，我会这样做吗？

对我来说，叶静真像是一个神秘的外星人，意外地出现，又突然消失。而且消失得无影无踪，连她的工作单位、父母家人、她的住处，似乎也一起消失了。我打听不到她过去的任何一点真实情况，更不知道她离开后的任何一点去向。我在这个城市寻找了将近一个月，但一点线索都没有抓到。那时，我相信她已经不在这个城市了。

失去了叶静，我真是极端地痛苦，但又无法痛苦，我被“飞碟”一样的困惑笼罩住了。她是那样的美丽，那样的文静，但又是那样的神秘。和她热恋的时候，我太投入了，居然没有注意到这一份神秘，在她突然离去之后，连我痛苦的权利也仿佛被她带走了。

“飞碟”一样的人物，你怎样为她痛苦？

连那么坚强的老总，也怀疑叶静同“飞碟”有点关系。因为老总是亲眼见过叶静的，而且见过不止一次。但老总坚决不同意在刊物上刊登叶静的故事。

编辑部的一位同事认为，叶静有可能是外星人派来访问《飞碟》杂志的一位代表。以这种思路写一篇报道，起码可以达到这样两个比较现实的目的，一是可以使本刊成为一个社会热点，如果叶静真是天外来客的话；二是动员本刊的广大读者，来共同寻找叶静，如果她是地球人的话。

大家都认为这是一个很好的策划。但老总坚决不同意。他说，你们这不是想挨科委和出版局的罚款吗？我当时也不太同意，怎么能拿自己心爱的人来为《飞碟》促销呢？

这天回到家里，我当然没有敢把这则非同寻常的“寻人启事”告诉自己的爱人。

我在今年二月结婚了。我和这位新的爱人没有敢怎么恋爱，就快速结婚了，我害怕她也像叶静一样突然消失。而我的新爱人之所以同意和我快速结婚，也是害怕叶静会突然重新出现。当然，这是爱人在结婚后才告诉我的。结婚后我也发现，在叶静消失之后，爱人之所以那么狂热地追求我，原来是叶静提高了我的身价。因为婚后爱人总是埋怨叶静没有眼光，怎么会看上我这样一个人！

我自己似乎也是这样，我同意和爱人结婚，分明是想填补叶静的空缺。可婚后发现，那完全是一种幻想，爱人与叶静相比，根本是两回事。

所以，爱人对有关叶静的一切，都非常敏感。她要求必须把留有叶静形象和文字的一切资料都统统销毁。我真是没有一张叶静的照片，也没有收到过叶静的一封情书，只是在同叶静恋爱的时候，记过一些日记。那时，我已经买下电脑了，那些日记是记在电脑上的。所以，我就当着爱人的面，把这段日记全文删除了。也就是说，为了不给爱人留下她不懂电脑的借口，我把删除电脑文件的全部程序，都演示给她看了。

我把这段日记调出来，在屏幕上一一显示给她看。然后按动了“全文删除”键，屏幕上出现了提示：确定了吗？Y／N。我对爱人说，电脑在问我，你下定决心了没有？我当然是下定了。于是我就按了“Y”键。接着给爱人解释说，我给了电脑一个肯定的回答，Yes。说时，那段记录着我和叶静热恋的日记，已经从电脑屏幕上消失了。

爱人满意地笑了笑。

其实，我对爱人的这一手是早有防范的。在结婚前，我就对这段敏感的日记进行了“坚壁清野”，早将它复制成一份独立的文件，命名为“埃古碟12”，也就是“埃及古代飞碟疑迹之十二”的简称，插入了“国外古代飞碟疑迹摘编”的磁盘中。所以，我当着爱人的面，能那样坚决地从日记中清除了叶静的痕迹。而在夜深人静，我独自加班工作或写稿创收的时候，常常就会把“埃古碟12”这份文件调出来，和电脑一起重温旧梦。

即使不把这份文件调出来，我坐在自己的电脑前开始“人机对话”，也会感到叶静的存在。我这台电脑虽然是在和叶静艳遇之前购买的，但直到和叶静热恋时，因买电脑所欠的债还没有还清。叶静知道后，就很平静地给我还了债。

这台不断在贬值的电脑，是有叶静这样珍贵的投资的。和电脑对话，也可以说就是同叶静对话吧。

今天，我是那样急切地想同电脑对话，但我仍然得不动声色地完成每天下班后家庭生活的运作程序。那就是和爱人一起做饭，吃饭，洗碗，外出散步，回来看电视。到这时候我才有可能分离出来，坐到自己的电脑前。但有时候还不行。我还得陪她看一阵电视，或者是听她说一段自己或同事的故事，或者是她的一个新的购物计划。然后，或许还得继续下去，直到和她一起洗漱，一起上床。

不过，今天还是比较幸运的，我在听完她的新故事后，就分离出来了。我说有篇比较急的稿子要写，她就放走我了。

我独自坐到电脑前，开了机，调出了“埃古碟11”，先翻看着这篇真正的专业资料。但我什么也看不出来，只是盼望着爱人早点上床去。

今天似乎一切都顺利了，爱人比较早地上床睡去。而且，我最担心的事也没有发生：显然爱人并没有看到晚报上的那则“寻人启事”。

我调出“埃古碟12”，开始重温那些日记。第一则日记，是我和叶静在赴京列车的硬卧车厢中相遇相识；最后一则，是我发现叶静已经搬离了她租住的房子，她所说的工作单位也不承认有叶静这个人，“我如雷击顶”；中间有一则，是我和叶静的第一次性事。当然，以后的所有的性事，我都在这段日记中留下了记录。

我必须和刊登“寻人启事”的人取得联系！

7 高冬至

“寻人启事”登出三天了，陆伟仍然没有报告有价值的消息，只说接到两个电话，问“重谢”是什么意思。

拯救小组最初还比较兴奋，认为既然关心“重谢”的价格，那一定掌握着重要线索。但后来深入一分析，才断定这是两个无聊的电话。因为谁也不可能知道孟雨现在的下落，“西厢”行动也不是为了寻找孟雨现在的下落，而是要寻找孟雨过去的熟人。她的熟人还会要求价格很高的“重谢”吗？

拯救小组的智力水平的确不低，我真应该请他们喝一次酒。不过，现在“西厢”行动刚刚实施，大家都比较紧张，同时也还没有见效果，以后再请吧。

如果孟雨的熟人、亲人看到了这则“寻人启事”，三天之内，也应该有所反应了。如果没有看到这则“启事”，很可能就算白登了，晚报在三天以后谁还会看呢？我真应该在日报上也同时刊登一则“启事”。

我在日报工作的一位同学说，这类启事还是登在晚报上比较有效。现在日报没有晚报发行量大，而且晚报的读者是热情的市民，他们看了“寻人启事”也会议论，传播。日报的读者是冷静的市民，他们看了社论也不动声色，对于“寻人启事”当然就更无动于衷了，或者根本就不看。我听信了这位同学的意见。或者，应该在晚报上连续刊登数次？

拯救小组劝我不要太着急，有关孟雨的信息还正在传递扩散的过程中。

为了“西厢”行动，我已经开始减少每日的酒量了。

这样做，不是为了使自己头脑更清醒，而是为了节约经费。刊登启事，请客吃饭，烟茶招待，都需要经费。所以，我减少了酒量，也减少了去小酒店的次数。这使我感到有些痛苦，但想想这是为了孟雨，也就只好享受这份痛苦了。

这天，我只在吃晚饭的时候，喝了两小杯很市民化的“高粱白”烧酒。这点酒，刚刚能把我的酒瘾唤醒，可唤醒后，就不能再喝了，那真是痛苦。我就是怀着这样一份痛苦，带着孟雨的那一张照片，去寻找曾经同孟雨一起散过步的林荫道了。

魏小东他们一再逼迫我，请你仔细回忆回忆，看孟雨到底向你说明过、透露过、暗示过她的真实身份没有？她一直坚持说，她没有向你和许强隐瞒她的一切，她一再说你们应该知道她的一切。这怎么可能呢？我早已经回忆过多少次了，自从撞到许强以后，我就一直在回忆孟雨的一切。可回忆的结果，仍然是对她的来历一无所知。在和她做过爱的小屋，什么也没有回忆出来。在和她散步的林荫道上，也没有回忆出什么来。在和她一见钟情的那家小酒店里，同样也回忆不出什么来。

也许，在那条遥远的林荫道上，能回忆出一点新情况来？

在学校附近，我们一直没有找到过一条比较理想的有树荫的人行道。学校附近的人行道，几乎都被商贩们占领了，学校现在已经成了小商小贩们企图占领的市场。但孟雨说，她最不想看见的，就是商贩。

有一次，我们出发去寻找安静的林荫道，决定采取“任意漂流”的方法。就是任意选一路公共汽车，一直坐下去，如果没有找到，就任意换一路，再一直坐下去，直到最终找到。那次，我们在换了两次车之后，竟真的找到了一条安静的有树荫的人行道。但是，我们只去了两次，那里也开始有商贩了。

我记得，那次先坐了7路公共汽车，一直到终点站。又换了26路，再到终点站，换成19路，坐了五站，下的车。本来感到没有希望了，才下了车，但走了一百米的样子，就发现那里很安静，有很浓密的树荫。

当时，我们真是高兴啊。

当时，我真想拥抱一下孟雨。但她的高兴是那样宁静，我把冲动压下去了，那也是很痛苦的。

今天，我就决定顺着这条路线，重新“漂流”一次，或许能回忆起一点什么来。我坐了7路，又换了26路，这都没有错。但在换19路的时候，不知道怎么出了错，换成了35路。坐了五站，下车后，发现是一个很陌生的地方，到处都是建筑工地。赶紧看了看站牌，才发现坐错了车。

同时，我也发现天色已经完全黑了，看了看手表，已经是九点四十分。如果是同孟雨一起，出现这样的差错，也许是个很有意思的插曲。但现在我孤零零一个人，来到这样一个陌生而又喧嚣的地方，既不能浪漫，也不能重温旧梦，更不可能回忆出一个新线索来，真是够扫兴的。

在反向的站牌下，我等了十五分钟，没有等到车，连出租车也没有等到一辆，只好步行着向26路的终点站走去。走到终点站时，已经是十点二十分了，最后一辆26路车已经发出去了。我只好叫了一辆出租，回学校去。

在出租车里想了想，感到这几天忍受痛苦减酒所节省出来的经费，可能还不够这次打“的”的支出。

回到自己的独身宿舍，又沮丧，又劳累，但想想这一切也都是为了孟雨，于是就忍受吧。我掏出了孟雨的那张照片，又开了一瓶新的“高粱白”，对着她喝了起来。

对于爱情来说，很可能节约是没有用的。

如果这个时候能够拥抱着孟雨，度过这个夜晚，我还会高兴得痛哭不止的。我不再要求那么高了，不再要求她的参与了。她只要愿意让我拥抱，愿意一件一件脱去衣服，愿意让我进入她那迷人的风景中，我就什么也不要求了。我会无条件地痛哭，不管她平静也好，激动也好，我都会去攀登那个高峰，然后义无反顾地坠落下去。

但现在只是一张照片了。她像是一个无法追查的画中人。

我忽然回忆起，孟雨好像向我说过小加的姓名。但小加具体叫什么名字，我还回忆不起来。那时候，我完全被那种卑下的欲望控制着，只是想拥抱孟雨，想同她做爱，她所说的一切都进入不了我的记忆。

有一次，孟雨说，小加应约去参加一个什么酒会，一位显要的人物，竟然把小加假冒为自己的夫人介绍给大家，小加非常生气。

我不明白那个人为什么要这样做。

孟雨说，那个人是为了做成一笔很大的生意。

我还是不明白。

孟雨说，小加不但漂亮，还有一种高贵的气质。所以那个人想用小加来提高自己的身价。有小加这样的夫人，谁也不敢把他看成暴发户了。暴发户，再带上自己只漂亮、没气质的换届夫人，那是被外商看不起的。

我有些明白了，但我的注意力也由此转到了孟雨身上：我如果有孟雨这样的夫人，那么说我是一个年轻的历史学家，谁也不会怀疑的吧。

可能就是在小加的这一段故事中，孟雨说到过小加的姓名。好像是在酒会后小加怒斥那个暴发户时，使用了自己的姓名。但我怎么也回忆不起这个姓名了。

我当时就没有把这个姓名纳入自己的记忆吗？

外面下雨了。

如果在这样的雨夜，孟雨与我同在这间小屋里，那么，雨夜就不再有黑暗，雨水就是我的泪水，我那卑下的欲望也会高涨起来，在她的光明里暴露无遗。

8　程以

今天结束公务比较早，我没有回家，就直接约了老客去外面喝酒。

车子把我们拉到一个十字路口，我就叫停了车。下车后，对司机说："你回家吧，你可以下班了，不用来接我，你下班了。"

车子开走后，老客问：“你准备到哪儿喝酒啊？”

我说：“还没有目标呢，随便找吧。”

“这个地方哪有好饭店啊？”

“我是随便停的车，我们也不能去好饭店吧，好饭店都能认出我们的。”

“我也希望自己能被认出来，那就不必担心喝假酒了。”

“你也是名人，真正的名人。”

“我在饭店可不是名人，无论高档饭店，还是低档饭店。”

“我真是讨厌现在喜欢分档次的人们。分来分去，还不是想把自己分到高级的档次里去啊？一个人高级不高级，那是能用高级商品和高级服务来标志的吗？”

“那么，他能用干部级别标志出来吗？”

“当然也不能。我一向认为，一个人因为职务高，就被看的什么都高，这其实是一种人格歧视。只要职务高，其他一切方面都可以用很低的标准来要求你，这不是一种歧视是什么？我一直就是这种观点。”

“我就是歧视你的一个人，对不对？”

“当然，但你还不是最歧视我的人。在你面前，吹你拍你的人，那其实才是最歧视你的人。在他们眼中，只有你的职务，根本没有你这个人。”

“好了，好了，你再说得深刻，我也不会写首诗献给你的。”

“你要写我，我肯定就不会请你喝酒了。”

“为什么？”

“那是一种高级，或者高档的歧视。”

“好了，那你在哪里请我喝酒啊？”

“我们随便找一家吧。”

我们走进了一家小酒店。我看出那是搭建在人行道上的一处违章建筑，不过里面装饰得还不错，也相当干净，客人也不多不少。

特别是，老板和客人都不认识我们。

我决定就在这里喝酒，而且坚持要喝“高粱白”。老客反对了一阵，没有成功，也只好屈服了，但提出一个条件：饭后得送一瓶好酒给他。我答应了。

喝了几杯“高粱白”烧酒后，老客问我：“是不是又有什么好消息啊？”

我说：“我能有什么好消息啊？老太太汇报我又是酗酒，又是有搞女人的嫌疑，老茹居然也没有飞回来，她说她太忙了。”

“女人一旦有了自己的事业，那是比男人还要投入的。她也不相信你会搞女人吧？”

“难道我会搞女人吗？”

“我没有这样说吧？但你不是想寻找一个异性朋友吗？”

“那是很纯洁的关系，不过是在一起聊聊天，散散步，开开玩笑而已。”

“程以，你真是越活越年轻，越活越天真了。如果文学读者还都像你这样天真，那诗歌小说也不会像现在这样不景气了。”

“天真，比虚伪，虚荣，贪婪，油滑，都好点吧？现在，天真的小学生也懂得什么关系、路子、金钱、权力的重要，真是让人感到害怕。”

“因为这些比什么都管用。学校的老师，校长，都得用这些来办事，办公事，也办私事。”

“说真的，我感到我自己是有些天真。我不承认我已经官僚化了，但我也不相信我还会产生类似一见钟情那样的事。在伪装成记者，寻找女朋友的时候，我始终清醒地意识到这是一种试验，或者像你说的是一种演出。对那位陶女士，我真是没有动情，真是把她当成了一个新的异性朋友。也正是因为这样，我才敢同你打赌。但是，我自从见了孟雨的照片，就怎么也不能忘记她。我去亲眼见了她本人之后，就更不能忘记她了。”

“我早就看出来了，你对这个孟雨一见钟情了。你第一次拿来她的照片叫我欣赏的时候，我就看出来了。”

“那么明显吗？”

“当然，你伪装得还是很老练。但我是干什么的，没有这点眼光还行？”

“我承认是有些一见钟情。我很奇怪，我怎么还会这样啊？”

“这有什么奇怪的，你不是圣人吧！”

“你不是说我已经彻底官僚化了吗？”

“官僚化了的人，才是自我感觉最好的人，浪漫啊，潇洒啊，他觉得那是理所当然的事。现在，把西服穿得又得体，又高贵的男人，一是大款，一是官僚，你说对不对？”

“我不爱穿西装，我也不是官僚，我对孟雨所产生的那种奇怪的感情，也同我的职务没有多少关系。我所分管的文化、教育、科技、卫生这么大一块儿，有多少出色的女性，我每天又得接触多少出色的女性，又有多少出色的女性希望给我一个好的印象？但从来就没有一个女性，让我不能忘记。这个孟雨，来历不明，又被拘留着，她也没有希望我救助她，但我却不能忘记她。这正是让我感到奇怪的。”

“这有什么奇怪的，一个男人喜欢上了一个女人，这是最正常不过的事了。官僚，或者政治家，自己感觉好，不压抑自己，这种最正常的感情就很容易存活下来。于是你们就有了艳遇，外遇或者罗曼史。当然，你们寻找艳遇也有障碍，但一般都不是来自内部的心理障碍，而是来自于外部。比如担心公众的谴责，这一点，在中国似乎不是那么重要。记者谁敢报道你们的罗曼史啊？新闻不报道，老百姓谁知道你们有艳遇啊？老百姓的小道消息，起不了什么作用。你们最担心的，就是怕自己的艳遇被政敌所利用。这一障碍是最可怕的。不爱江山爱美人的政治家，不多，因为那样的人本来就不是合格的政治家。而政治家的浪漫激情，也正是被政治家俯视人间的地位和心态所衍生出来的。你们一旦浪漫得过分了，也就会伤害到自己的政治家地位，那么你们的浪漫激情也就随之落潮了。所以，你们的浪漫欲望总是异常活跃，但付诸行动的，只是像你这样地位巩固，或者像你这样掌握着不太紧俏的权力的官僚。你的奇怪感，我看只是一种新鲜感吧。”

“老客，可是你设了陷阱，诱导我走上歧途的啊。”

“但是你积极付诸行动的啊。”

“我正是为了证明自己没有官僚化啊!”

“不是官僚,你怎么能有说行动就行动的魄力啊?”

“我不明白你怎么能这样冷静,甚至是这样冷酷地来分析人的最宝贵的感情?你们不是靠感情写作,靠感情安身立命的吗?怎么能这样对待感情啊?难怪你成不了大家,难怪现在的诗歌小说不景气!”

“你又在指导文学工作了吧,你又现出官僚本色了吧?”

“我是想说说我的真实感情,可你,总是对我做冰冷的心理分析!是不是因为今天的酒不好啊?”

“今天的酒就是不好啊。不过,现在最浪漫的是大款和官僚,最冷静或最落魄的是文人,这是我们的时代特色。但这特色是可以同国际惯例接轨的,国外大概也是这样,所以,我以为很好。”

“老客,管它国际不国际,现在说说我,好不好?”

“好啊,但我的分析仍然是冰冷的,你愿意听吗?”

“只要你不是只谈理论,只谈国际,只谈废话,就成。”

“我分析,你从来就没有像样的罗曼史,当你现在身居高位,自我感觉空前好的时候,你就想弥补这一缺憾。如果你利用职权来弥补,那是很容易的,你不想这样做。因为你的自尊心,现在也空前的强大了。而这个孟雨,她的来历不明,她的被拘留状态,在被拘留中还不失高贵的状态,这一切对于构成罗曼史来说,那可是很高档的情节和情境。所以,就对你产生了强大的诱惑力。也就是说,使你动情的,是孟雨可以为你构成一段像样的罗曼史,而不见得是孟雨本人。”

“不对。我和这个孟雨根本不可能构成什么罗曼史,这是非常明显的。首先,我已经公开会见了她,也就是说,她已经知道我是一个官僚了。根据我的经验和你的观点,她要么只能看到我的官僚魅力,要么她就根本看不上我,如果她不喜欢官僚的话。这就是说,从她那方面来说,无论怎样,都不会真正看上我的。其次,从我这方面说,不论我对她怎么一见钟情,如果她不想说出自己的来历,我也是没有办法来拯救她的,我和她之间隔着难以逾越的法律呢。我所奇怪于自己的，正是这一点：明知是根本无望的东西，我仍然动情了，而且不能化解，不能忘记。"

"我想，你是不是受了流行文化的影响啊？流行歌曲、流行报刊、流行影视天天都在倾销无望的爱、难以化解的愁啊。"

"老客，你怎么不能认真一下呢？我说的是真实思想。"

"但我能为你寻找艳遇，出谋划策吗？那我不真成了无耻文人了？"

有一个新到的食客，忽然盯住了我，说："我怎么看着你这样面熟啊？"

老客不动声色地问那个人："你是不是常看市台的电视啊？"

"有好节目，也看。"

"他演过电视剧，但不是主角，只是个群众演员。"

"你是演员？"

"他要是演员，还会喝这种酒吗？他不过是为了赚钱，被雇到电视里，干一些笨重的活儿，明白了吧？"

"钱给得多吗？"

"钱多，我们还来这儿喝这种酒吗？"

"其实，'高粱白'也不比'茅台'差。"

那个人终于走开了。

老客说："这个人肯定是你们文教系统的。"

我不语。

"你不要因为浪漫影响了工作，好不好？"

"我现在的工作效率很高。"

"那你每天早上还是骑着那辆赛车，以锻炼身体为名，去市内各处的晨练场所，寻找新的艳遇吗？"

"这是我的业余生活。但不是寻找艳遇。"

"你仍然相信，不良妇女是不参加晨练的吗？"

"基本上还是这样。"

"那你在骑车的时候，要注意安全。来，为你的安全干一杯！"

“我不和你干这杯酒。”

9 万晓东

早晨浅浅醒来,又没有完全清醒的那一刻,我突然回忆起来了:请程书记喝酒时,我曾经产生过一个激动人心的灵感,就类似在报纸上登一个“寻人启事”,来查明孟雨的真实身份。但一想,这不是高冬至已经想出来的办法吗?

不过,在那次喝酒中间,的确闪出过一个很激动人心的灵感,这个灵感很可能是被烧酒淹没了,怎么也没有能从记忆中打捞出来。那次是用啤酒杯干烧酒,一杯下去,记忆库里就蓄满了“高粱白”。

上班后,我把这个荒唐的回忆说给组长和笑东听时,他们都嘲笑我企图剽窃人家高冬至的知识产权。

我苦笑着说:“我怎么剽窃啊,人家已经把‘寻人启事’,登出来了。我也没有要求你们给我发奖金吧?”

组长说:“这个办法,好像也不起什么作用啊,高冬至说仍然没有得到什么有价值的反馈。这真是怪了,孟雨难道真是外地来行骗的嫌疑犯吗?我们向附近省市发了传真,也没有什么反馈。”

我说:“这是因为高冬至写的那个‘启事’,太没有水平。别看他是副教授,写‘启事’恐怕是外行。再说,他是不是走漏了风声?人家知道了孟雨在押,还敢出面同他们联系吗?”

笑东说:“我的市场调查可能会有突破。我让一个服装个体户看女犯的照片,他猛然吃了一惊。我问他认识这个女人吗?他说不认识,但神情有些反常。我正在进一步做他的工作。”

组长说:“我们是寻找孟雨的同学小加,你让个体户们指认孟雨本人的照片,这很可能节外生枝,发生偏差吧?”

“高冬至和许强都说,女犯和这个小加关系一直非常密切。因此,女犯就应该经常来小加的服装摊位。她既然常来,那认识小加的服装个体户,也就应该认识女犯。现在找到认识女犯的人,也就等于找到了认识小加的人了。再说,我们也没有小加的照片啊?”

我说:“你这是大海里捞针。比较起来,刊登‘寻人启事’这个办法,那要简练多了,这是充分利用现代公共传播媒介来侦破案件。”

“那为什么没有任何效果呢?”

我说:“那是他们操作不当。”

“那我们在电视上打一下这个‘寻人启事’,连女犯的照片也打出来,这样效果可能会好得多。”

我说:“恐怕领导不会同意,那不变成通缉了吗?”

组长说:“头儿嫌我们的办案进度太慢,还说,我们占用的人手太多了,要抽调我们的人员,去支援更重大更紧急的案子。”

“那叫老万去吧,老万灵感多,足智多谋,经验丰富,适合办大案要案。你在这里丢失的知识产权,到那里可以重新找回来。”

我说:“笑东你去吧,你反正不喜欢这个孟雨。”

“那么,老万你是很喜欢这个漂亮的女犯人了?”

我说:“也可以这样说吧。”

“这正是这个案子迟迟破不了的根本原因!你们就不想证明她是一个骗子。”

组长说:“我已经向头儿强调了这个案子的重要性,它的重要性是潜在的,一般人暂时还看不清楚,但程书记已经看出来了,很重视。所以,暂时最好不要削弱我们的力量。头儿说,那你们赶快破案结案。”

“我看,你们对这个女犯是太客气了。所以,她的气焰嚣张!市委领导亲自给她讲政策,做工作,她仍然这样顽固,我们再客气下去,就太不像话了。”

我说:“你说不客气,我们能怎么办?给她灌辣椒水,坐老虎凳吗?现代破案,得靠智力,靠专业技术,科学手段,不能靠暴力,行刑。”

“还靠爱心，对不对？”

组长说：“程书记亲自做了工作，竟然也没有一点效果？”

我放低声音问组长：“孟雨见了程书记，是不是得到了什么暗示，吃了定心丸，所以她才能仍然这样镇静？”

组长说：“程书记接见孟雨的时候，我一直在场。我敢保证他们根本就互相不认识，谈话的内容也很正常，我已经给你们转述过了。”

我说：“他们会那么傻吗？公开传递只有他们两人才知道的秘密信息，你能看出什么来？”

“那他们是眉目传情吗？”

组长说：“我可没有发现任何可疑的迹象。当时程书记一直在讲人才的重要性，希望孟雨不要毁了自己，相信政府，相信政策，相信法律。”

我说：“我当然希望没有这种关系，希望程书记是一位好领导。但孟雨的表现太反常了，总像是有什么靠山似的。”

“老万特别喜欢办大案要案。”

组长说：“老万，我们再也不要企图把程书记扯进来，根本不可能有那回事！”

他对办案工作做了新的分工：笑东继续到市里的服装个体户中调查小加的线索；分配我去协助高冬至，搞好“寻人启事”行动，同时，继续到化工行业寻找线索；他自己呢，继续对孟雨攻心。

10　黄震宇

我是个不看晚报的人，可居然让我看到晚报上的那则“寻人启事”。我想，这可能是一种天意，或者是一种吉兆。我还有希望重新得到沈歌吗？

那天，我在商店买了件全棉文化衫。正在掏钱时，售货小姐就把这件文化衫扔过来了。我一边付款，一边要求小姐给包扎一下。浓妆艳抹的售货小姐白了我一眼，就从柜台下随手抽了一张报纸，撕了一片，扔了过来。

这片报纸，飘飘扬扬落到了地上。

我没有生气，弯腰拾起了这片已经飘落下地的旧报纸，包起文化衫，放进了自己的手提包里。我的手提包里不够干净，有烟丝之类的东西，所以才要求包装的，否则，我也不会要求享受这份凌辱了。

我知道，这类凌辱是随处可见的，就像现在不收费的公共厕所几乎都不卫生一样，你要使用它，就必须接受它的感染和熏陶。你不是买昂贵的精品极品，也就必须接受这样的凌辱。这已经是一种被大家认同的社会待遇了，谁要不满意这种待遇，谁就会显得有几分可笑。因为凌辱人的那些小姐、大哥们，并不知道自己是在凌辱别人。

在回到自己的宿舍以前，我没有生一点气。但回到宿舍以后，第一件事，就是把那片带着凌辱的破报纸，远远扔掉！

就在我拿起这片破报纸，要揉作一团的一瞬间，看见了沈歌。

我急忙把那片报纸展开，仔细看了看，虽然印在“寻人启事”栏中的照片效果是那样差劲，但那绝对是她，沈歌！

沈歌，你几乎要了我的命啊，怎么突然出现在这样一张旧报纸上？

我想寻找出这张报纸的日期，但没有找到。那个浓妆艳抹的小姐，是把晚报的下半截撕给了我。但我得万分感谢你啊，凌辱了我的小姐，你知道你把什么扔给了我吗？你简直是代表了上帝之手，把我最想要的扔给了我。

没有找到日期，我就重新阅读那则“寻人启事”，发现了电话号码。

我立刻冲出宿舍，跑向附近的一个公共电话亭。等待了一分钟，我终于拿到了话筒，开始拨号。忙音，又是忙音，总是忙音，怎么回事！

我终于没有拨通。

如果是单位的电话，已经下班了，还会这样忙吗？如果是个人电话，什么样的人会这样忙呢？“启事”上说，是“正常外出”未归，那这则‘启事’可能是单位刊登的。既然是单位，为什么又不公布是哪个单位，而只留了这样一个永远是忙音的电话号码？如果是个人登出这则“启事”，那么，是谁呢，是她的父母，还是她又一次抛弃了的男人？

我当时为什么就没有想到也登这样一则寻人启事呢？

我一直不知道沈歌为什么抛弃了我。她是那样突然弃我而去，消失得无影无踪。

最后一次约会，沈歌没有来，她是从来不失约的。但我安慰自己，在这样多的约会中，有一次失约，那也是正常的吧。在任何精确的设计中，都得留出误差率。更何况，当时我和沈歌的关系，已经进入了比较牢固的阶段。我满意她，那是没有什么可说的。我能看出，她也很满意我，而且是满意我这个人，不是满意我这份比较热门的工作。我向沈歌提出过结婚的要求，她说结婚只是一个形式，何必要那么着急呢？当时，我也没有房子，就没有急于结婚。

就是在这样关系良好的情形下，她突然消失了。

在她失约后的第三天，我去她们单位找她，传达室的那老头居然说，他们单位没有叫沈歌的人！这怎么可能呢？

我几乎和那个口气生硬的老头吵起来。

我跑到他们的办公室，办公室一位年轻人也说，他们单位没有叫沈歌的科技人员，还年轻漂亮，那就更没有了。他们所里，年轻的都不怎么漂亮，有一两个算漂亮的，但已经是中年了。

我当时非常冲动啊，固执地认为是沈歌做了那个老头和这个年轻人的工作，让他们不承认单位里有她这样一个人。她是要躲避我吧？但她为什么要躲避我呢，我们不是正在热恋着吗？

离开她的工作单位，我就直奔她的住处，她租住的那间民房。

她说，这是她租到的，单位给她报销房租。她们单位没有单身宿舍，她又不想像别的单身那样住办公室。沈歌带我去过那里，她的屋子里书很多，又大半是专业书籍，中外文的都有。但非常俭朴，清雅，没有一点浓艳浮华气。这更使我对她着了迷。

但那天，房东对我说，沈歌已经搬走了，她说单位给她分了房。我看了那间房，真的已经空荡荡的了。

她是什么时候搬走的呢？房东说，搬走已经五六天了吧。

当时我是那样地冲动，固执地认为沈歌是借这次分到新房搬家的机会，躲避开我。但她为什么要躲避我呢，我又没有伤害她啊，我有什么地方让她失望了吗？

从那天开始，我在那个轻化所的门外，整整守候了一个星期。当然，我是在马路对面隐蔽起来守候的——出了一笔钱，我在对面那家小饭店的临街窗口，坐着瞭望了一个星期，吃饭当然还得另外付钱。

但我始终再没有看到沈歌的影子。

当时我还想，沈歌一定是出差了。决定过一段时间再来守候。

又托了一个关系打听，结果也是：轻化所的确没有沈歌这个人。我仍然不相信，朋友给我复印来一张轻化所的工资表，那电脑打印出来的表格中，也的确没有沈歌的姓名。

后来，关于沈歌的父母、家庭，都得不到任何真实的证明。

那么，这个勾去了我的魂魄的沈歌，是从哪里来，又到哪里去了呢？

在那段时间里，我感到整个世界都失序了，感到自己的世界观也彻底改变了，神鬼也可能存在了。但对许多人的猜测：这个沈歌可能是一个骗子吧，我是绝对不同意的。她什么都没有骗走我的，怎么会是骗子？钱？她没有骗走我的一分钱。我的工作不错，收入也不错，但她不让我给她买任何东西，说我是一个购物的外行。

她绝对不是骗子。你们可以说她是一位女神，或者是一个鬼魂，但她绝对不是骗子。我也去过文化宫的交谊舞培训班。这种培训班还在办，可能因为很赚钱吧。但那里也没有沈歌的影子。

我就是在那里和沈歌相遇的，她也是来这里学交谊舞的，和我一样。

培训班开班的第一天，当我发现同期的学员中有沈歌这样一位女性时，真是受到了不小的震撼。实在说，我自己也并不是一个舞迷，更没有迷到不惜交一笔可观的学费，来这里学高雅的贵族化的舞姿舞步，以及王子一般的风度，就像培训班的广告所宣称的那样。我肯付出代价参加这样的“班”，可以说就是为了来寻找出色的女人。

这里出色的女性，一般比你在舞场舞厅里遇到的舞伴，要可靠一些。因为入“班”者，都要登记、交费，你能知道她的底细。同时，来这里的女性一般志趣要高一些，知道提高自己的修养，而不是只知道一味浓妆艳抹。特别是，在办“班”期间，你可以同她安定地相处一个时期。当然，这是别人向我介绍的经验。

坦率地说，谁不想有一个出色的女人？我现在工作不错，收入不错，为什么不找一个出色的女人？出色的女人，当然应该是漂亮美貌的女人。但只有漂亮美貌，好像还不够。因为我的工作不错，收入不错，还能不断揽点私活，外快也相当可观，所以来找我的漂亮女子，美貌女孩，真还有过一些。只是，她们的漂亮美貌大多让我觉得，那是化妆出来的，美容出来的，即使并没有化妆，美容，也给人一种经过装修的感觉。所以，总觉得不大可靠，怕经过一点雨淋日晒，美貌就荡然无存了。这就像给一座陈旧的建筑，改装上流行的玻璃幕墙，好像有了现代风格了，其实是比陈旧还叫人惨不忍睹。更要命的，是那种给新建筑设计的玻璃幕墙，叫人看了，也好像是为了遮蔽本来陈旧的主体。主动来找过我的一些女性，总是给我这一类的感觉。在没有见到沈歌以前，我曾经怀疑自己，是不是太挑剔了。但又一想，既然自己现在条件不错了，为什么就不可以挑剔一下呢？

在建筑设计这一行还没有太热起来的时候，我就几乎匆匆忙忙，马马虎虎地结了婚，幸亏女方挑剔了一下，没有结成，使我能单身跨入事业发达、收入骤增的好时光。既然赶上了这样的好时光，我就得耐心挑选一个出色的女人，那才对得起自己。而且，应该由我来挑选她们，不能由她们来挑选我。所以，坦率地说，我入这样的“班”，就是为了来挑选女人。

在那个“班”里，一见到沈歌，我就知道了这便是我要挑选的女人。而且，我得承认，一见到她，我就失去了一向的耐心。我是那样急切地想把她“预定”下来。同时，我也得承认，在她面前，我更失去了一向的自信。

对我这一份不错的工作,不错的收入,可观的外快,她可能根本就不会放在眼里吧。倒不是她显得怎样更富有,不是。她很简洁,明朗,清雅,但又显得深远,好像有那么种深不可测,远不可及的意味似的。她也毫不张扬。学舞方面也很有悟性,一点就通,一通就能化手舞足蹈为一种很美丽的语言。我真不知道怎样才能接近她。

她也总是被“班”里的许多人包围着,这是可想而知的。我挤进那个包围圈,能引起她的注意吗?我越来越没有这样的自信。然而沈歌却挑选了我!我一直不明白她为什么挑选我。也不再计较是她挑选了我,不是我挑选了她。我只是觉得自己的命太好了,在事业发达,收入骤增以后,终于又有了这样出色的女人。我觉得整个世界都大变了。我甚至开始相信具有民间特色的风水学说,老家祖坟的风水可能真的不错。

但是,在这种巨大的幸福降临之后只过了三个月,她却突然消失了,而且消失得这样无影无踪。

在几乎精神失常的状态下,我曾经由朋友引见,请一位“预测大师”给算了一卦。大师要求我先报一个数字,一至九,任意报一个。我当时立刻就想到了现在人们都喜欢的“八”和“六”,但又怕太流俗了,不准,就报了一个“七”。大师就用计算器算出了三个数字,然后画出一个卦来。大师指着这一卦,断言,我的这一段爱情,已经完全没有希望了。

大师这个令人失望的预言,我相信了。骗人的卦术,面对我那种痛不欲生的样子,一定会给我指出一个美好的,同时也骗人的希望来。但这位大师,很无情地告诉了我真实的谜底。就像以毒攻毒似的,我当时就清醒了不少。

再加上,当时我们设计院的领导,也对我的精神失常失去了同情,正式通知我:如果还不能承担设计任务,那就吃“老保”吧。吃“老保”,就不仅意味失去了那份不错的工作,不错的收入,同时也意味不再会有私活可揽。谁会找一个精神失常的人搞工程设计啊?这样,我才没有正式精神失常了。

现在，是不是应该带着这片晚报，去请那位"预测大师"再给我算一卦呢？

11 许强

我想找魏小东他们请教一下：我和罗秀君的婚姻关系，是不是已经无效了？如果仍然有效，怎样才能正式解除？

事实上，我和罗秀君之间的关系，已经完了。我既然已经把她送给了公安局，那也就等于把她送走了。她曾经是那样地使我着迷，那是一个令人迷醉，甚至是动人魂魄的过程。只是，那个过程已经过去了。也许不应该这样冲动，这样鲁莽地结束这个美好的过程，但作为一过程，它总是要过去的。高冬至还想拯救她，但那是无法拯救的。即使能把她从看守所拯救出来，显然也不可能恢复到已经消逝的过程中了。

现在我所关心的，只是罗秀君到底是一个什么样的人，或者说，她到底是谁？

我想解除和罗秀君的婚姻关系，还有一个很实际的原因，那就是现在我又有了一个新的女伴。这个女伴是知道我和罗秀君的关系的。所以，她现在要求我正式结束那种关系。

我说，事实上已经结束了。她说，是从正式法律手续上结束。

我说，那本来就不是很合法。但她说，不合法也应该有个最后的说法。

这真是很女人的思维，但你也没有办法改变她。罗秀君对所有正式的规范、手续、程序，都是很讨厌的。在事务性的问题上，她不那么女人化。但那个美好的过程已经过去了。这个美好的过程，使我更不能过一种没有女人的生活了。特别是，要继续独占那间宿舍，我也不能没有女人。

就在这个时候，我受到了老万的传唤。原来，老万是同我讨论"寻人启事"的事，我放心了，也有些扫兴。

我问老万："启事登出去以后，引出什么线索来了吗？"

"高冬至说,还没有什么反应。"

"现在广告、启事之类的东西,有几个人看呢?"

"不,高冬至想出的这个办法,很不错。可以说有相当水平的,当然我指的是智力水平。只是,他们具体操作不当。"

"那哪里是高冬至想出来的?那是他的几个学生想出来的。"

"学生们能想出这样的办法,更不简单啊。"

"学生嘛,正喜欢想象。"

"你现在也还算是学生吧,你怎么就没有先想出这样一个办法啊?"

"你也曾经是学生吧,你更应该想出比这还好的方法来破案吧?"

"我对你说,利用现代的新闻媒介来调查孟雨的真实身份,我还真想到了。"

"那你们为什么没有先实施呢?"

"我们不便于出面刊登这类启事。人家一查,是公安局的电话,想联系,也会有种种顾虑,你说是不是?以我看,请你出面,那才最好不过了。"

"为什么我出面最好?"

"你是孟雨,说错了,你是罗秀君的丈夫啊。"

"你们不是说过,那张结婚证是不合法的!罗秀君是谁?世界上可能根本就没有叫罗秀君的女人。"

"你在办理结婚证时的作假行为,我们还不急于做处理。现在,首先要搞清孟雨或者是罗秀君的真实身份。你是原告,你应该积极配合我们。在你们的结婚证没有正式判定无效以前,你出面寻找自己的老婆,这不会有任何法律问题。"

"'寻人启事'不是已经刊登出去了吗?"

"我准备重新搞,重写一个'启事',重选一张照片,重新在日报上刊登一次,这一次是以你的名义。"

"是不是在'启事'上要公布我的姓名?有知其下落者,请同本市轻工业学院许强联系,电话号码多少多少,是这样吗?"

"是这样。"

"你知道,我目前的处境比较困难。受骗后,本来我的名誉已经在学校里受到了影响,再公开刊登这样一个'启事',那算怎么回事啊?"

"你不会做些解释吗?许强,在这次行动中,你如果配合得好,将来在处理结婚证作假的案件时,可以考虑给你一定的宽大。"

"什么时候才能处理结婚证问题啊?"

"必须在本案了结后,另案处理。我们必须先查清孟雨或者罗秀君到底是谁。"

"老万,我请你吃顿饭,好不好?"

"许强,我发现你很大方。我想问你一个问题,当然这个问题同本案没有关系,纯粹是个私人问题,可以吗?"

"问吧,公私问题都可以问。"

"据我所知,研究生可是挣不了多少钱啊?你的大方是靠什么支持啊?是不是你们老头很有钱,或者很有权啊?"

"研究生一般说来,可能是现在城市里最穷困的一个阶层了,他们和大学生阶层相比,贫富悬殊很大。大学生是受宠爱的阶层,他们接受父母的后援是理所当然的。可是你做了研究生,父母的宠爱就比较勉强了,起码他们就失去了打肿脸充胖子的兴致了。而你做了研究生之后,也不想再接受宠爱,你不好意思再不断地向父母要钱。研究生名义上也有一份工资,但那连午餐费都不够。我就更惨了,在做大学生的时候就没有受到应有的宠爱,我的父母打肿脸也胖不起来,他们还是贫下中农。所以,我就得靠自己。我的大方,完全是靠我自己支持的。"

"打工吗?上大学你就打工吗?"

"我不打工,什么工也不打。"

"那你怎么发财呢?"

"不管我怎么发财,我不违法。"

"我并不调查你的经济问题,你放心。"

“老万，你也放心，我没有发多大的财，但足够请你喝酒了。”

老万还是坚决不喝我的酒，我们又一起去吃了一顿快餐。

事后，我才意识到，这次和老万吃快餐，我又说了太多的话，坦白了太多的情况。我坦白了自己已经又有了一个新的女伴。

老万问我，是不是又经常睡在一起？

我就坦率地说，有女伴还不经常睡在一起，图什么？

老万立刻就瞪了眼骂我，好像还拍一下桌子：你小子真不是东西，孟雨还关着呢，你就又骗了一个女孩子来睡觉，孟雨真是瞎了眼了，怎么能看上你这样一个穷小子。骂得非常难听。

老万当时的举动，引起了餐厅里客人的注目，不过很快就都文雅地收回了目光。我也没有怎么在意。我继续坦率地说，我并没有和孟雨睡过觉，老万你为什么总是叫她孟雨不叫她罗秀君啊？是不是高冬至把她描绘的好得不得了？

老万毫不客气地说，你小子就是配不上孟雨，孟雨就是真犯了罪，也比你小子宝贵，叫她孟雨有什么不好啊，我们都喜欢这样叫。

我很克制地笑了笑，继续坦白说，你们其实不知道，罗秀君在和你睡觉做爱过性生活享受人类最原始也是最神圣的快乐时，也是文文雅雅，平平静静的，甚至像是无动于衷的，她的外表时刻都在诱发你的这种激情，可她自己却从内心涌现不出这种激情，她始终是一池平静的湖水，你怎么折腾，也激不起波浪，永远是一片寂静。

老万继续骂我，说我是穷小子，不会吃天鹅肉，说那是孟雨讨厌我，看不起我。

老万一定是想伤害我。老万显然是喜欢罗秀君的。也许，老万是故意这样，想引诱我继续坦白？

其实，我当时早已什么也不在乎了，就对老万说，那深层次的问题，你不知道。接着坦白了：我现在这个女伴她是什么，她是一条奔腾的江河，你在这样的江河里，就能翻腾搏击，上天入地，生死自由，痛快淋漓，从浪头上坐一道长长的滑梯，一直滑下去，永远滑下去。有了这样的女伴，你就更知道你没有办不到的事情。

老万立刻就问我：今天你想求我办什么事？

我说了希望正式作废那张结婚证的要求。

老万铁了脸说，没门！

我不明白，自己明明知道老万有些铁面无情，怎么还要同他一起吃快餐。向他坦白了自己新的私生活，那能构成新的罪行吗？

12 孟雨，或者沈歌

这样下去，我可能要疯了的。我不知道我还能镇静多久，从容多久，向他们微笑多久。他们可能是等待我失去忍耐力，到那个时候，我可能就要坦白了。

但小加说，你不能随便坦白。她是在很久以前对我这样说的，她那时说的经验，现在还管用吗？

我现在感到了饥饿，一种真正的饥饿。饥饿是健美的一种方法，但当饥饿影响到你做健美操的时候，可能就已经开始有损健美了吧。但我还是要坚持做操。我做健美操不再是为了健美，而只是为了有一件事情来做。我必须有一件事情做，否则，我就会更快地失去忍耐力的。

她们和他们都认为我是在跳舞，而且是在跳一种很风流，甚至是很淫荡的舞。我说，我是在做操，电视台公开教过的一种体操。他们和她们都不相信。不相信就不相信吧，我不在乎了。我做操，反正只是为了我自己。

有时候，我真能进入一种忘我的境界，节奏越来越快，我离这个世界越来越远，我在旋转，我在飞舞，我在远去。然后就发现出了许多的汗，感到了软弱，感到了饥饿。

许强再没有给我送过什么东西。高冬至从来就没有送过什么东西。

魏小东在审问我的时候，也变得严厉起来了。他说，我看你也不像是个罪犯，不像犯有什么重大的罪行，你为什么不肯说出你的真实身份呢？你总是这样不肯说出，那我们对你的怀疑也不得加大，这样对你是不利的。市里领导这样重视你的案子，我们压力也很大啊。你还是不相信我们吗？

我还是说，我并没有向许强和高冬至隐瞒我的一切，我并没有犯罪。

我平静地笑了笑。我不知道我还能这样平静地笑多久。

也许我还是必须求助于小加吧？

小加说，她最怀念的，还是最初在街头“练摊”的那几年。那时候，全市就那么短短两条个体服装街。

那时候，买卖双方都还没有学坏。

那时候，她是最有文化的，也是审美最大胆的服装个体户。所以，那时候全市有文化的爱美的女人，都到她这里来寻找新潮和时髦，寻找港气。

那时候，还是有文化的女人最先接受新潮，不就像现在珠光宝气总是最先在没有文化的女人身上闪耀一样。

那时候，她也没有被要求付出那种歧视性的代价。

小加总是说，只有像你这样上了大学，我才认为是有文化的人。

她说，每当一对有文化的年轻夫妇，或者是一对恋人，从她这里买走衣服，相依相偎着一步一步远去的时候，她就会凝视了不忍放弃。

她说，我是多么羡慕人家，羡慕你们啊。

我总是对她说，你不能看这外表的一幕。

她说，我看了多少幕了。

她看到过我现在这一幕吗？我就是被有文化的人，同我相依相偎着散步的人，送到了这里。也许，我应该早一步离开他们，但我想看他们怎样为我而决斗。他们没有决斗，甚至也没有争吵，他们很平静地联合起来了。

小加，你看到过这一幕吗？

除了小加,谁还能帮助我呢?

朱新华如果愿意,他一定要请示领导。他们所的书记如果知道了我在这里,还愿意把我调入他们的208所吗?

白小楠,这是我比较喜欢的一个名字。我告诉朱新华我叫白小楠的时候,我对他是抱着多大的期望啊,我想我可能寻找到了我想寻找的人了,虽然当时他并没有完全被我吸引住。那些立刻被我吸引住的男人,我见得太多了,那不是一见钟情,那是想立刻把我剥得精光的贪婪目光。朱新华也许没有这样贪婪,但我也不应该把白小楠这样一个美好的名字留给他。

沈歌这个名字也是我比较喜欢的。但黄震宇却说,他听着总像是省歌舞团的简称,省歌。你是不是很想进省歌舞团啊?你这样出色的舞蹈天才,为什么不进省歌啊?一个很美的名字,被他做了这样很实用的分析,我也真是有些失望。

我当时把这样一个有点诗意的名字留给他,我当然也是对他抱有希望的。他学习跳舞,的确没有多少天分,但也没有贪婪地围在我身边,把蠢话当格言向你炫耀。

我问他,你也非常喜欢跳舞吗?

他说,是的。

我说,你是不是想参加什么比赛,再拿一个什么奖?

他说,不是那样,只是想把舞跳得正规一点。你没有发现吗,现在舞场舞厅里装修得越来越高档,可舞却跳得越来越丑,越来越不讲究。现在,中国人都克服了心理障碍,敢于在任何场合献丑了。许多漂亮的地方,也就被污染了。

当时,我感到他说的是聪明的格言。我说,你经常去舞厅跳舞吗?

他说,不常去,得有时间,又得有情绪。这样的时候,比较少。你常去吗?

我说,我也不常去。舞厅很美,舞蹈很丑,你总结得很好啊。

他说,我是设计院的。在业余时间,搞一点歌厅酒吧的内部装修设计,赚点小钱吧。现在做舞厅的装修，已经很专业了，常常参照国际潮流，可舞蹈者却仍然是克服了心理障碍就大胆献丑，这真叫人惨不忍睹。

我说，你这样聪明，怎么看不出来，现在的舞迷，迷的不是舞，而是人啊？你没有发现吗，舞迷们都有一双猎人的眼睛？

他说，猎人的眼睛，你也总结得很好啊。

我说，因为我就常常是许多猎人追捕的目标，即使在这里也是这样啊。

他说，你非常喜欢跳舞吗？

我说，是的。

他说，你也想参加什么比赛吗？你是肯定能拿奖的，大奖，或者是金奖、银奖。

我说，我和你一样，不想参加什么比赛，只是想把舞跳得正规一点。

其实，我参加那个舞蹈培训班，也是为了"猎"人，而不是为了学舞。我"猎"到了这个黄震宇，我也以为我找到了我要寻找的人。

我对他说，我叫沈歌。我把沈歌这个好听的名字留给了他。他后来也说，他参加那个培训班，其实也不是为了学习跳舞，他是为了来寻找我。

他说，他终于把我找到了。

但他并不是我要寻找的人，只是我已经不能把沈歌这个带点诗意的名字带走了。

我知道，黄震宇也是救不了我的。

我应该尽力保持平静。

13 刘浩

给"启事"上的那个号码打过好几次电话，都没有打通，有时候是占线，有时候是没人接。

晚报社的朋友给我打听过了，那则"寻人启事"是师大历史系的一位学生来办理的。这里只有非常简单的登记，什么都看不出来。要想知道更多的情况，恐怕得去见见这个学生，能查到他的名字。

朋友还说："我专门找来那张晚报看了，那不像是叶静啊？"

我说："是。"

我绝对敢肯定，那就是叶静。我已经反反复复看过多少次了，一点问题也没有，那就是叶静。

我真想去找找师大历史系的那个学生。晚报社的朋友已经给我查出来了，这个学生叫陆伟。只是，这样鲁莽地出面，是不是合适呢？先电话联系一下，还是必要的。

自从在这则"寻人启事"上见到叶静之后，我的神色一定显出了不正常。因为爱人已经询问过几次了："刘浩，最近你是怎么了，是偷偷炒股票炒煳了，还是又和叶静联系上了？"

她的怀疑真是一针见血，叫你心惊肉跳。不过，叶静的出现，对我的冲击也是太大了，我实在无法装得若无其事。

我说："我是输了钱了。"

爱人非常吃惊地反问："你还会赌钱啊？"

我说："正是因为初次输钱，才这样心神不安。"

她说："一个男人，现在不会赌钱，也是太纯洁了。但你是什么时候赌啊，你天天晚上都不出去啊？"

我立刻意识到，要想向爱人这样的女人撒谎，那可能比同外星人对话还要困难。你向她说出一个时间，她肯定要问地点，同伙，赌资的金额，等等。我不应该说输了钱，应该说我遇到了外星人。

我说："我是在一家新开的电子游艺厅输的钱。"

这次，她笑了，她可以嘲笑我了。她说："电子游艺机，那是专骗小孩钱的，你怎么去那里赌钱？那也算赌吗？"

我说："那是新开的成人电子游戏厅，跑马机，老虎机，你在港台电视里没有见吗？那可是比打麻将速度快，赢得快，但主要是输得快。"

她不笑了。

我说："我心神不安，主要还不是因为输了钱，而是输了钱之后，我叫他们给我开了一张发票。前不久，游艺厅被查封了，我怕顺着发票存根，把我清查出来。"

我的这个谎言，爱人有些相信了。这是一个靠灵感创作出来的谎言。而且，这个谎言是有证据的。有叶静照片的那张晚报上，就登了查封这种游艺厅的消息。这则消息在第一版，叶静是在第四版。消息上说，赌客想开什么能报销的发票，他们就给开什么发票。我想到自己还有一张购买电脑软盘的发票，如果爱人要查证，他就把这张发票拿出来。

她说："发票报销了吗？多少钱？"

我说："编辑部经费紧张，一直没有给我报销。"

她说："你开了一张什么发票？"

我说："开了一张购买电脑软盘的发票。"

爱人相信了，她不再怀疑我，也没有要求拿出发票来验证，还安慰我说："现在这种事多得很，谁能查得过来，谁又肯认真查？"

我说："万一给查出来，恐怕就没有升任编辑部主任的希望了，将来当主编可能就更没戏了。"

她说："你们那破杂志，还不知道存在几天呢，考虑那么长远，累不累啊？"

我感到我终于取得了心神不安的权利。

夜晚，我也有权利早早坐到电脑面前了，因为我可以装成更勤奋地写稿的样子，声称增加创收，尽快把被老虎机吃掉的钱弥补回来。于是，我就可以比较早地调出"埃古碟12"这份文件，重温旧梦了。

7月5日

上午阴天，午后下起了中雨，后来变成了小雨。我不记得这是不是今年的第一场好雨，但这场雨给我带来了怎样的幸福啊。

叶静是中午到的，那时候还没有下雨。我们一起到外面的小饭店吃了午饭，又是她付的钱。回来后就下起了雨，很不小，我估计是中雨。

我感到门外的雨，把我和叶静送到了一个安全的孤岛上。我大胆地说，我能不能握一下你的手？静说你握吧。我就握住了她的手。她的手有些凉，可我感到很热。我不是第一次握她的手了，就又大胆地说，我能拥抱一下你吗？静说你拥抱吧。我就拥抱住了她，她的身上也有些冷，但我浑身很热，我做梦都想拥抱你，我时刻都想拥抱你！我这是第一次拥抱她，我就想进一步大胆提出那个要求，但我没有太大的把握。我也不知道该用哪个比较文雅的词汇，可以既准确又文明地表达那个要求。我当然不能用骂人的粗野话中的词汇，但用“性交”恐怕太露骨，没有诗意，没有感情。用“睡觉”，也有些粗俗。叶静是那样的高雅，我拥抱着她，不知道该怎样高雅地表达那个最想表达的要求。

我已经不自觉地开始使出蛮牛似的力量把叶静抱得越来越紧，幸亏及时警觉了，放松下来。我在和她亲吻的时候，也在想怎样提出性交的要求。我已经等待了太长的时间了。我做过的许多暗示，叶静都没有反应，她是太高贵了。

我忽然对叶静说，什么时候能让我看看你的秘密呢？这肯定是我在什么小说里读到过的一种表达法，但在这时突然涌现出来，那也肯定是一种灵感。

叶静深深地叹息了一声，就说，你放开我。

在雨声中，叶静开始一件一件脱去自己的衣服，第一件是真丝上衣，第二件是皮凉鞋，第三件是长丝袜，第四件是黑色的裙子，第五件是乳罩……

这则我不断在电脑屏幕上加以修改、补充、丰富的日记，每当显示到这里，我仍然会冲动起来，所以也总是感到文不胜意。我想把这个最激动人心的过程，尽量详细地记录下来，但这样显得很啰唆，很平淡。当时我是血压升高，呼吸困难，怎么可能那样像记流水账似的，记着第一件是脱什么，第二件是脱什么？我曾经考虑到，自己当时注意的焦点不是叶静的衣服，而是脱去衣服之后展现出来的秘密。所以，我也曾经把这些秘密展现在屏幕上。脱真丝上衣，我看到雪白的胳膊、肩膀、肚脐；脱去丝袜以后，又看到了雪白的小腿、脚、脚趾……这又像是解剖记录。

激动人心的这个七月五日，我也只是看了叶静的秘密，全部的秘密，但并没有性交的行动。叶静那天在雨中说，今天不能，请原谅。我就只好热血沸腾在看着叶静的秘密。但那天叶静其实也没有让我怎么看，她好像突然感到了不舒服，或者是突然没有了情绪，很快又把她的秘密隐藏了起来。所以，这则日记，“看”就是高潮，而且是很短暂的一看，非常不好写。自己的亲身经历，激动人心的经历，但非常不好写，因为你不能虚构，但太实太细了，又像人体解剖记录。

这天晚上，我又企图再修改一次，但试了几次，仍然没有灵感降临。只是使自己同爱人温存的兴趣，再次降到了零点。这样长久下去，可能也有问题，或者是危机。

第二天，我终于拨通过了那个电话号码。接电话的却是一个口气生硬的女孩子，有很重的乡下口音，反应也很迟钝。

我问：“是你们登报要寻人吗？”

她说：“就是。”

“你们要找的是个年轻女子吗？”

“就是。”

“多大年龄了？”

“不知道。”

“怎么能不知道？”

“就是。”

“这个女子叫什么名字啊？”

“不知道。”

"怎么连名字也不知道?"

"就是。"

"你们的地址在什么地方?"

"不知道。"

"你是那个女子的什么人?"

那边挂断了电话。再拨,就一直是忙音。

这是怎么回事啊?

14 朱新华

刚上班,我就被所长叫去了。我以为有什么重要的事呢,没有想到是叫我看晚报上的一则"寻人启事"。

"小朱,你看这个人像谁?"

我拿过报纸一看,这不是白小楠吗?我立刻将启事迅速看了一遍,"正常外出未归",她出事了?

"你看像不像白小楠,小朱?"

我正想肯定那就是白小楠,忽然又犹豫了,就说:"有一点像,可照片印得太差了,我不敢肯定是她。"

"我看,很可能就是白小楠。你是不是联系一下?"

"联系?"

"那上面不是有电话号码吗?"

"我也不知道她现在的下落啊?"

"你打听一下她的有关情况嘛。你平时也不看晚报啊?已经登出一个星期了,我天天看晚报,怎么也没有发现啊?昨天,锅炉房的师傅告诉我的,他们都说像白小楠。"

"我不敢肯定。"

"联系一下嘛,先问问是不是白小楠。"

我只好含糊地答应了。

白小楠突然神秘地消失之后，我自己已经受到了很大的打击，感到十分痛苦。在这种痛苦外，还有一种痛苦，那就是怎么看待白小楠的离去，所长和书记产生了比较大的分歧。

所长认为白小楠很可能是个骗子，小朱你上当受骗了。

书记认为可能是我采取了什么过激行动，把白小楠惹怒了，把关系搞砸了。

所长说："砸就砸了吧，为什么她的单位也不承认有她这样一个人，为什么她连宿舍也搬了呢？"

书记说："这正是女孩子才玩的游戏啊。如果白小楠在我们208所，她对我们说，有个她看不上的男子纠缠她，希望我们对男方说，208所没有她这个人，你不要来找了，我们能不答应吗？"

书记把我评价为白小楠看不上的男子，使我非常伤心。再说，我对白小楠采取了什么过激行动啊？实在想不出来。白小楠是比较稳重，文雅，甚至有点高贵。但现在谈恋爱，有接吻拥抱行为，已经不能算是过激行动了。我连这类不算过激的行动，也很少使用过。我当然也希望有点这类行动，可她总是不给我这样的机会，我也没有强求。

是我不够大方吗？但每次需要付钱的时候，白小楠总是不允许我付。她说，现在女人好像更应该花男人的钱了，我不想这样被歧视。而且，白小楠显然是一个不很喜欢消费的人。有一次，我说我想送你一件高档的服装，因为是外行，如果不满意，请不要介意。她立刻做出了激烈的反应，好像触动了她的什么敏感点似的，连说千万不要给她买服装。

我说，我是真心诚意的。

她说，千万不要买，她穿衣比较挑剔，她有一个做服装生意的好朋友小加，她从小加那里已经买了太多的服装了。

我以为她是客气，就把我看上的一件进口羊绒裙装买回来送给她。她见我真这样做了，只是苦笑了一下。她说我很高兴，谢谢你，但连试都没有试一次。显然我花了高价买回来的礼物,也并没有讨得她高兴。这件礼物,一直还在我这里放着。

吃饭,白小楠也不喜欢到豪华的地方去。我也不喜欢去,因为我去不起,当然也怀疑豪华将不卫生的内幕掩盖起来了。

总之,书记说我把关系搞砸了,让人难以接受。我和白小楠是在列车上偶遇,然后互相一见钟情的啊。

所长说我是上当受骗,也使人感到伤心。自己上当,那是不光彩的事。把白小楠说成骗子,我也不能接受。白小楠要骗我的什么,又骗走了我的什么?

但不管怎样,书记和所长对我的评价,都因为白小楠的失踪而大大降低了。特别是,两位领导还因此产生了比较大的分歧,他们会不会为了证明自己的正确,而继续竞相贬低我呢?

能够解除自己的痛苦,同时也在领导那里扭转自己的不利形象,只有一个办法,那就是重新找到白小楠。即使是她真的已经不爱我了,那也应该把一切说清楚啊。但找了多长时间了,哪里有她的一点影踪?

时间已经使这件事淡化了,领导的分歧也淡化了,当然我的痛苦也有些淡化了。我一直在努力树立自己的新形象。

和白小楠短暂的恋爱,也使我取得了宝贵的经验。我非常深刻地认识到,找一个漂亮而又气质好的女朋友,对于树立自己的新形象,提高领导以及群众对自己的评价,很可能是最有效也是最可行的一条捷径。当然,你如果能在业务上拿一个国际性的奖,不管是大奖、金奖,还是别的什么奖,那就更有力了。但这不是那么好操作,据说也得花不少的钱,恐怕还得以硬通货支付。

所以,我必须比较坚强地而又比较迅速地克服失去白小楠的痛苦,重新开始寻找一位漂亮的女朋友。这也是为了争一口气。

但寻找一个漂亮的女朋友,又有白小楠做样板,也不是一件容易的事。同白小楠那样出众的女子,偶然相遇,一见钟情,这样的幸运,可能再也不会降临于我了。更无奈的，是这样的幸运无法去寻找，可遇不可求。这一辈子，幸运之神可能只给了我那样一次机会。在以后的出差中，再也没有一个十分漂亮的女子与我同座了。而且，就是那些不够漂亮的女子，好像再也不注意我了。

也许，是白小楠的阴影还一直笼罩着我吧。

甚至，我开始同意别人给我介绍对象。对象，就是女朋友吧。只是，令我满意的，还没有人介绍；介绍来的，好像对我也不是那么满意。

现在，白小楠又突然出现了，去不去寻找她呢？要不要去问明她的真实情况呢？她会重新给我带来好运，还是再次带来不幸？

刊登启事的，是她的家人，还是新的受骗者？

我还是忍不住拨了那个电话。一次就拨通了。

“请问，你们要找的人是白小楠吗？”

“不是！”

那边挂断了电话。

不是白小楠？我又仔细看了那则“启事”上的照片，不，肯定是她，白小楠。

再拨那个号码，就一直是忙音了。

15　高冬至

“寻人启事”刊登出去后，一直得不到希望得到的反馈。除了询问“重谢”是什么意思的无聊电话外，有一个什么杂志的记者要求采访的电话。

这位记者说，他代表的是本市最畅销的一家杂志。他看到那则“寻人启事”后，就立刻感觉到，这将是一个很畅销的故事。他计划从现在开始，就跟踪采访寻人的过程。当然，他们这是有偿采访，也就是说，他们想买下这个故事。

拯救小组一开始还想答应这个要求。他们说，答应的目的，不是想得到那笔卖故事的钱，而是想把这个记者吸收到他们的“西厢”行动中。记者是神通广大的人，对查清孟雨的身份，也许会起一定的作用。

我坚决不同意。怎么能拿我和孟雨的故事去卖钱？再说，让一个陌生的记者打入我们内部，孟雨在押的消息，还怎么保密？

陆伟他们同意了我的意见。

要等的电话等不来，无用的电话却这样讨厌，我非常焦急。拯救小组的四个年轻人，也有些坐不住了。他们同意尽快再刊登一次“启事”。他们也计划尽快再策划一个新的拯救方案。

专案组的老万建议重新起草一份“启事”，以介绍孟雨相貌特征的形式，简要描述一下孟雨的美貌和气质，照片也要换一张更漂亮的，以引起更多人的注意。

我也不同意这样。我对他说：“对孟雨应给予必要的尊重。”

老万说：“那好吧，尊重你的意见。但如果再登一次‘启事’，仍然没有效果，那我就要接管这一行动了。”

老万所说的接管，就是由许强出面，重新刊登更吸引人的“寻人启事”。这正是使我感到焦急的重要原因。怎么能把“寻人启事”变成招徕人的广告呢？孟雨难道从此就不再在社会上露面了吗？许强能同意这样做吗？

老万说，许强同意这样做。

这个寻人的创意，虽然不是我想出来的，但也是我付诸实行的。如果因此演变成一种对孟雨形象或名誉的伤害，那怎么对得起她呢？

我反复问过陆伟，你姑妈家的电话没有问题吧？任何时候都有人守着电话吧？陆伟总是说，什么问题也没有。有问题，那个流行记者能不断打进电话来吗？

这个记者，好像总是晚上打电话来纠缠。我记得陆伟是这样说的。在焦急之中，我也忽然产生了一个灵感似的念头。

我赶到教研室，给陆伟的姑妈家拨了一个电话。这就是在“启事”中向全市公布的那部联系电话。电话那边一直是忙音。

放下电话，等待了几分钟。再拨，那边仍然是忙音。又等了几分钟，再拨，还是忙音。今天，这部电话真忙啊。会不会有什么情况呢？不会这样巧吧？陆伟说过，姑妈家的电话不多，平时就是一个小保姆在家，电话更没有人用。那么，现在是谁占着电话线路呢？

我又拨了一次，那边依旧是占线的忙音！

半个小时过去了，我拨了七八次，那边一直是占线的忙音。

这个事实，证实了我的一个猜测：那部联系电话会不会有问题呢？现在是上午十点多钟，这部电话就不畅通！

离开教研室，我急忙去找陆伟。但直到中午，也没有把陆伟找到。

中午，我又喝起了“高粱白”，越喝越感到沮丧。陆伟难道也能这样不负责任吗？拯救行动，还起了一个漂亮的代号，“西厢工程”，形式上多么像回事啊，就像是一个历史事件，或者是一个传奇故事。但形式之下的真相，却是令人沮丧的。许强能在名片上印着一个电话号码，自己却没有一个可以依赖的电话号码。也许，我真应该回到独身主义的立场上去。

只是，一想到孟雨，我就不能自已。

下午，把陆伟找到了。我向陆伟说明了那部联系电话并不畅通的事实。

陆伟不相信。他自己亲自拨了五六次，果然一直是忙音。

他立刻骑了自行车，冲出了学校。

大约过了半小时，陆伟又骑车冲回来了。

他说：“这个小保姆，原来这样狡猾！我回去的时候，你们猜她在哪里？她串门去了，但电话话筒给摘下来，放在一边，电话怎么能打进去？我打听了半天，才把她找回来。我真是生了气。原来给她交代任务的时候，她答应的多好啊，姑妈也说，你放心吧，这孩子不会误事。谁想到她会这样？她这是跟谁学的啊？”

“小保姆们为什么喜欢串门？就是为了交流这类经验。”

“你们只给她分配了新任务，没有支付新的劳务费，所以她这样来怠工。我们违背了市场经济的规则了。”

陆伟说：“她还真承认是跟别的小保姆学的。我说，你们还真会唱空城计啊，但你们这样做是会被电信局罚款，知道吗？结果，她交代了，除了接到不少电话，问重谢是给多少钱以外，还接到几个电话，是问丢的那女人叫什么名字。有一个问，是不是叫田姐，还有一个问是不是叫白小男，还有一个她听不清是叫什么金，还是什么银。我问她，你为什么不把这些情况告诉我？她说，你不是说那个丢了的女人姓孟吗？姓都不对，那肯定是找错人了。你们看，她倒自行做主，把反馈回来的信息做了取舍！”

听了陆伟的这些话，拯救小组的其他人都有些兴奋起来，原来早有信息反馈了。他们策划、设计的这个拯救行动，已经开始取得预期的效果了。

“陆伟，你还审问出什么有价值的情况没有？”

“她说，打电话来的人，还问到过我姑妈家的情况，名字叫什么，在哪上班，住址在什么地方，她都没有告诉他们。因为我交代过她，不许说这些情况。”

“陆伟，你审问人，还有点水平啊！”

“我是突然袭击，抓住了她的把柄了。”

“但你暂时还不能把她的狡猾，告诉你姑妈吧？因为我们还得依靠她。”

“我早想到这一点了。她请求我不要向姑妈告她的状，我说那可以，但你必须守好电话，不能再离开，并把电话里说的情况记清楚。她说，一定，你放心吧。我说，我说不定什么时候打电话来，看你在不在。她说，你打吧。”

“陆伟，你还真行。”

“其实，突然袭击，还是高老师先想到的。”

我一直没有说话。看到自己的这几个学生沉浸在兴奋中，我自然也很受鼓舞。“西厢”行动的意外进展，使它更像他们想象中的“西厢”行动了。但这个行动的关键，也就是现在常说的“瓶颈”，却被一个既没有文化又狡猾的小保姆把持着。这个问题，我是早就应该注意到吧？我既不应该像学生们那样被浪漫的想象迷住，也不应该像魏小东他们那样，把它作为一个与己无关的案件，进行冷静的侦破。

这是我自己的事啊，拯救孟雨，难道不就是拯救我自己吗？

我一直没有太投入，否则，像今天这样的突然袭击，早应该进行了。我比较投入的是什么事呢，伤感地喝酒？

你必须戒酒了。

那部至关重要的联系电话，似乎应该由拯救小组的成员，轮流守候。还有，由谁，又以什么身份，出面接待即将被召唤出来的孟雨的家人，或者是孟雨的知情者呢？

也许，拯救小组还没有发现吧，他们策划的这个“西厢”行动，可能有一个难以克服的逻辑错误。正常情况下，刊登“寻人启事”者，是应该完全熟悉被寻找的那个人的，只是不知道这个人现在的下落；而被“启事”召唤出来的知情者，只知道那个人现在的下落，但并不知道这个人的其他情况。“西厢”行动正好反过来了。我们知道孟雨现在的下落，但不知道她的其他任何情况；应召而来的知情者，倒是知道孟雨的所有情况，只是不知道她现在的下落。由于这样，难点就出来了：我们和知情者怎么对话？我们只要一张口，就必定要出现错误。比如，人家问，你们寻找的这位女士叫什么名字，我们怎么回答？你们是她什么人，我们又怎么回答？如果是魏小东他们，当然可以出示证件，要求知情者说出他们知道的情况。可我们不能这样做啊，一旦知情者对我们产生了怀疑，我们可能什么情况也了解不到。

我夸奖了陆伟几句，就指出了“西厢”行动所存在的这个逻辑错误。我问大家，“这个难点，我们能够绕过吗？”

没有想到，这个逻辑错误的发现，反而使拯救小组的成员非常激动。

他们都愿意出面和孟雨的知情人对话。“随机应变,那可能很富有挑战性!”

陆伟说:“我们每人准备一个对话方案,由高老师来评价,不更好吗?”

他们被形式迷住了。

我没有像他们那样兴奋,只是说:“暑假里,这样耽误你们的时间,我心里很不安。”

“这你不必担心,请我们喝次酒就成了。”

我想说,我决定戒酒了,但没有说。

16 程以

清晨,有云,只是很薄,淡淡的,但无风。

老太太反对我骑车外出晨练,我当然不会听。出门跨上那辆十二速赛车,很快就远离了这个家。

在这淡淡的晨光中骑行,真是一件很惬意的事。

清晨五六点钟,肯定是这个城市最好的时候了,因为将要淹没城市的人流和车流还没有启动。街道上比较安静,空气中可能还没有多少废气充斥,这时候连人的情绪也比较安详。如果有一点轻风就更好了。

我也只有在这个时候,才能感到一点轻松,才能感到自己是属于自己的,或者说一句漂亮话,才能感到世界是美好的。

我已经彻底喜欢上这种晨练方式了。穿着阿迪达斯牌运动衣,骑着跑狼牌十二速赛车,你的运动天地立刻就扩大了,你尽可以把整个城市当作你的运动场。更重要的是,你冲出了政要们的小圈子,更像是一个成熟而又仍然有朝气的记者,不会有人认出你是书记,领导。

骑着这辆能够变速的赛车,虽然几乎没有使用过变速器,但总是感到潇洒自如,比坐那辆轿车,要舒畅得多。轿车总是引人注目地把你带到一个早已经确定的地方,而这辆赛车却完全听命于自己,可以不受干扰地去寻找。想寻找什么,就去寻找什么。

有许多的真记者,报社的,电台的,电视台的,都要求采访报道我的这种新晨练,一律被我坚决地回绝了。

我说:“你们谁敢报道我的晨练,我就没收谁的记者证,这不是谦虚,也不是玩笑,不信你们试试。我连一个安静的早晨也不能有吗?”

让记者们把我晨练的形象曝了光,我还怎么在这美好的时光里冒充记者呢?

现在泛滥成灾的假冒伪劣,招摇诈骗,那都是以次充好,以小充大,以无充有,坏人冒充好人,穷人冒充大款,小人物冒充大人物,那是一种恶性的冒充吧。我冒充记者,也许应该算是一种良性的冒充,就像过去的地下工作者,他们冒充某一种人,并不是为了做坏事。清官的微服私访,也是一种冒充吧。

我开始加速。

加速才能使肌肉得到锻炼。加速,也是为了能尽快赶到新的目的地。

结束了和那位陶女士的友谊之后,我转移到了一个新的晨练场地,只是路途更遥远了。那是一个几乎要废弃的灯光球场。现在人们在灯光下观看一场篮球比赛,已经是不可想象的事了。所以,这里白天出租给台球个体户,早晨还是普通市民健身的场所。虽然,现在连早晨的健身项目也只有跳舞了,但我知道晨练的舞场,也仍然是以健身为主要目的的良性场所。这不仅是我“微服私访”所得出的结论,公安部门也证实了这一点。他们说,全市所有晨练的场所,都不配备警力维持治安。

晨练场所如果有不良少女,不良大女,不良妇女,我还敢来这里寻找异性的友谊吗?一天之中最美好的时光,也是不会留给不良男女的。不良男女正好都喜欢夜晚,灯红酒绿的夜晚。夜晚已经使得他们太疲劳了,他们起不来了。

清晨是属于好人良人的。这很像一句格言。程以格言?

在一天之中,也只有清晨这段美好的时光,我可以独自支配,自己享受。当然,我也希望能有一个人来和自己共同享受这段美好的时光。就在那个遥远的将被废弃的灯光球场里,我似乎又找了这个希望。她甚至在某些方面有点像孟雨。当然不是很像。我也怀疑可能是自己的一种错觉。但这种错觉,能一天天得到加强吗?

在好人的清晨中快速骑行,真是很惬意的。何况今晨还有淡淡的云。何况前面还有希望在等待着你。

在那么许多人中间,我一眼就发现了她。她没有跳舞,一边在活动四肢,一边在和一位中年妇女交谈着什么。

其实,她本来就很容易被一眼发现。她当然没有孟雨漂亮,也没有孟雨那么年轻,但在这里她是最出众的。或者是来这里健身跳舞的其他妇女都太平常了吗?这里本来就是一个平常人自发来锻炼身体的平常场所。她肯埋身在这样一个平常的场所,这本身就是一种魅力。

我也活动着四肢,非常自然地走进了健身的人群中,直接向她走去。

她发现了我,很大方地向我招了招手。

我走到她们跟前,问:“你们在交谈什么啊?”

中年妇女说:“听说这个灯光球场,要卖了,卖给香港人,要盖摩天大楼。你是记者,你听说了吗?”

她也问我:“你听说了吗?”

我说:“没有啊。”

她说:“他都不知道,也许是谣传吧?”

中年妇女说:“不是谣传,我是听设计院的人说的。他们也不同意盖摩天大楼,说咱们这儿是地震带。”

我说:“盖高楼,这个场地也小了点。”

中年妇女说:“周围都要拆。”

她说:“你给打听一下,看有没有这回事,好吗?”

我说:“好吧。”

中年妇女说:“反映一下群众的意见,盖那么多摩天大楼干什么呀,老百姓连锻炼身体的地方也没有了。”

我说:“好吧,好吧。”

据我所知,这里并没有建造什么大楼的立项啊,也没有听说要把这一带地皮卖给港商。不过,现在的事也很难说,谣言常常带着很多真实的信息。只是,在这样美好的时光里,我绝不是来做微服私访的。

我开始同她跳舞。她仍然在继续着摩天大楼的话题。我这样近地望着她,仍然觉得她有些像孟雨。相貌有明显的差异,但总给人相似的感觉。或者是她的气味?

她没有漂亮女人几乎都有的那种太强烈、太刺激、太招摇的化妆品气味,只有淡淡的一点香气,其中有刚刚能觉察到的那么一种甜味。

孟雨也没有太强烈、太招摇的化妆气味,或许是因为她在被囚禁中。那么,她呢,是因为清晨还没有化妆吗?

她说她不喜欢过分的化妆,因为她不需要。

她说:“现在发达的化妆、美容、整容,似乎能把所有的女人都变成美人了,那么像人家那种天生的美人,不就太吃亏了吗?”

我说:“你是不是认为你天生就很美啊?”

她说:“我不是说我。”

我也没有当面赞美她,只说:“天然美是一种美,人造也是一种美吧?人人都有爱美的权利,也有利用现代科技使自己变美的权利。”

她说:“你说话带着领导的口气。”

我吃了一惊,但没有表现出来,只说,“记者的口气有时比领导的口气还要吓人。”

她说:“你是想吓我吗?”

我说:“记者只喜欢吓唬领导。”

她还说:“我不想去歌厅舞厅,就是因为那里的人造美人太多了。那里是鱼目混珠的地方。”

我说:“现在是一个仿真的时代,珍珠几乎都是通过人造的方式培养出来的,倒是鱼目都是天然的。”

她说:“你这又是领导口气。”

我说:“我这是记者口气。记者也有当领导的野心。”

她说:“女人都想做美人,男人都想当领导,这就是现在的潮流吧?”

我说:“你这是什么口气呢?”

她是不是知道我的真实身份了,或者是怀疑我的记者身份?这是在晨练中时时笼罩着我的一个敏感问题。今天,她一直不肯把这个灯光球场将被出卖的话题放下,是不是又在考察我啊?

“真是,盖那么多摩天大楼干什么呀?”

“你不看我们的报纸吗?我们的城市要变成一个大都市了!”

“大都市里是不是只住机器人啊?”

“你是说,机器人不需要锻炼身体?”

“机器人也不需要散步,也不需要呼吸空气。”

“也不需要友谊,也不需要跳舞。”

“所以,你要呼吁一下,大都市也是要住人的吧?”

“我们离大都市还差得远呢。”

“所以就特别想盖什么摩天大楼?”

可能我的回答总是太正式,太像一个领导。于是,我说:“还想建造更多鱼目混珠的场所!”

17　万晓东

头儿决定把我调往一个新设立的专案组,那是侦破一件特大凶杀案。

组长说,他再三陈述本案已到关键时刻,希望不要将组里的主力调走。但头儿这次态度很坚决,说那个凶杀案是市委一把手要求限期破案,你不要多说了,好不好?

他只好不多说了。

我想了想，决定服从调动。因为不服从也是不可能的，到那个新的专案组去，或许还是个新的机会呢。在这个小组里，我本来可能产生一些很不错的破案灵感，结果还因为喝酒而没有能及时抓住。在这个组里，我遇到了市委程副书记，到那个组里，我将遇到市委第一把手。能被领导看到自己的才能，这绝对是一种有利的机会。

或许，我的机会要到来了。在新的机会面前，我是绝对不能多喝酒了。

组长说："我请客，请大家到外面喝一次酒，欢送老万。"

我想了想，就答应了。反正是在这个旧组里喝酒，可能不会对新的机会造成什么影响吧，而且到那个新组里就不喝酒了，这次要喝它一个不醉不休。

在选酒的时候，我坚持要求喝"高粱白"。那次，就是同程书记喝"高粱白"把突然闪现的一个灵感给淹没了。今天喝"高粱白"，正是要记住这个教训。

组长说："喝'高粱白'，太掉我的份了，就是倾家荡产也不能请哥们喝'高粱白'啊！"

笑东也说："老万，想喝什么好酒，尽管点，我可以赞助组长。"

我说："那不成了你请客了？就喝'高粱白'。"

笑东说："你也想学程书记的派头啊？"

组长说："不喝太好的，喝'孔府家酒'怎么样？"

我说："那酒还能喝啊？就喝'高粱白'，今天我想多喝，喝醉，'高粱白'喝得再多，再醉，也容易很快醒过来，我就图这。"

笑东说："那好，老万我陪你喝，看你究竟能喝多少！"

组长说："好，你们就尽兴喝好了，反正我们都穿着便衣，喝醉了也不怕。"

在笑东的提议下，我们三人又用啤酒杯喝起了"高粱白"烧酒。

在开始的时候，我们谈起了孟雨的案子，组长请我预测一下案子的结局。

我说:“能预测到结局的案子,那还有什么意思啊？孟雨案,是一件充满魅力的案子。所以,我不想离开。”

笑东说:“恐怕还因为案犯也充满魅力吧？”

“那当然也是一个因素。孟雨的魅力,正是使得这个案子难以预测结果的一个重要因素。”

组长说:“老万说得很深刻。”

笑东说:“那就为老万的深刻,干杯!”

我说:“也为你们办好这个充满魅力的案子,干杯!”

笑东说:“为老万在新案子中再显身手,干杯!”

干杯。

“老万,你对孟雨的来历,总有自己的看法吧？”

“我对孟雨是谁,的确有许多的猜测。但不能把这许多的猜测集中于一两点、三四点,那也就等于没有我们的猜测。”

“你们总是把这个女人想得过于复杂,这正是案子没有进展的根本原因。”

“我们把孟雨想得简单,也得有证据啊？”

“那我们就为孟雨的简单,干杯!”

“我不为她干杯。”

“那我们为她的复杂干杯!”

“我更不为她的复杂干杯。”

“组长,那只好我们哥俩干杯!”

“好,我们哥俩干杯!”

干杯。

组长再三请我说出对孟雨的主要猜测,我就列举了四种:“大款”养的外室,某大官浪漫的女儿,患遗忘症的病人,很现代的知识女性。

“这还是我们分析过的那几种啊？”

“所以,在离开你们的时候,我感到一无所获。”

“我们也是啊。”

“你们不同。你们有一个很大的收获。”

“我们有什么收获啊?”

“你们又恢复了恋爱关系,对不对?”

组长说:“哪里有这回事啊?”

“笑东,你说有没有这回事?”

她说:“这事我们也没想瞒你啊!”

“为你们的新爱情,干杯!”

“哪有这回事呢?”

干杯。

用啤酒杯干了许多杯烧酒,但在最后我们都发现,自己并没有像开始所期望的那样彻底喝醉。是不是喝了经过稀释的假酒了?

18 冯文森

我又按那个号码,拨了一个电话。电话立刻就通了。

“请问,您是谁?”

“您找谁?”

“请问,是您在晚报上刊登过‘寻人启事’吗?”

“是的,我们刊登过两次了,您是不是能为我们提供帮助?”

“你们要寻找的人,是不是叫田婕?”

“我没有听清,我这边,电话有杂音,您再说一遍,好吗?”

“你们要寻找的人,是不是叫田婕,听清了吗,田——婕?”

“对,对,就叫田婕! 你是不是知道她的下落?”

“请问,您是她的什么人?”

“我,您是问我? 我是她弟弟。”

“啊,你是田婕的弟弟! 我什么时候能见见你呢?”

"您真知道我姐姐的下落吗?"

"我,我知道她的一些情况,我很想见到你!"

"我们也很想见到您。可以请问一下您的尊姓大名吗?"

"我叫冯文森,在社科院哲学所工作,田婕没有向你们提起过我吗?"

"提起过吧,姐姐不怎么愿意多向我说她自己的事情。"

"是啊,田婕也不怎么向我多谈你们家里的事情。"

"姐姐出了事,我们家里非常焦急。我能尽快见到您吗?"

"我也想尽快见到你们。请告诉你们家的地址!"

"因为发生了这样的事情,家里的人异常焦急,情绪也有些失控,啼哭,抱怨,怀疑,悔恨,恐怕接待不好您。我们先在外面约个地方,见面谈谈,好吗?"

"那也好,很好。"

"在我们师大校门外,有一家金园酒楼,其实是一家小饭店,我们就在那里见面好吗?因为假期我在学校还有些活动,所以只好请你多跑一段路了。"

"没有关系。那你定一个时间吧。"

"明天真是抽不出时间,后天吧,后天下午三到四点,在金园酒楼见,怎么样?"

"好吧,好吧。可我们没有见过面,怎么互相识别呢?"

"我叫田伟。我们各拿一张刊登'寻人启事'的晚报,为识别的暗号,好不好?"

"好的,很好,那我们到时不见不散。"

"对,不见不散!"

我放下电话,既松了一口气,又被事态的新发展所激动。

田婕的弟弟,我终于要见到田婕的弟弟了。我不记得田婕说过有这样一个读历史系的弟弟。她说得比较多的,是她的好朋友小加,小加没有考上大学,当了服装个体户。田婕已经是科研人员了,仍然不忘旧情,同小加保持着那么好的关系，这使我非常感动。

田婕这个人，真是太好了，无论哪一方面，都是太好了，好到了不像一个真实的存在。实在说，那时在全世界我也只是专注着田婕一人。光芒四射的田婕，把她周围的人虽然都照亮了，但我只能看到她的耀眼光芒，而看不清那些人们。田婕或许向我说过她的弟弟田伟，但那时我怎么可能去记他？

我正处在那样极度的狂热中。

但是，田婕就是在我的这种狂热之中，突然消失了。她带走了一切，她的工作单位，她的家庭和家人，她的朋友和熟人，她的完美，她的光芒，她为我打开的那个令我发狂的世界。

她把整个世界都带走了。

我疯狂地到处奔跑，几乎跑遍了整个城市，但始终没有追寻到她的一点影踪。

如果不是朋友们证明，他们也千真万确地见过田婕，不止一次见过田婕，那我就要相信，光芒四射的田婕肯定是我的一个梦想，一个幻觉，或者说是我的一个理想。

朋友们也四处为我寻找田婕，同样是毫无结果。

这是在二十世纪末出现的一个难以解释的奇迹吗？

我可以肯定，田婕不是骗子，绝对不是。她什么也没有骗取我的，反而给我送来了一切，从物质到精神，从金钱到感情。世界上，哪里有这样好的骗子呢？二十世纪末，中国的一大不幸就是骗子骗术横行，这同时也带来了另一大不幸：把一切不能解释的事，统统说成骗术；把一切不能理解的人，统统划为骗子。这两大不幸，都是我们的悲哀。

说田婕是骗子的人，我替他们感到悲哀。

我是在“省工博”开办的舞蹈培训班上，遇到田婕的。她的光芒，立刻就像一张网似的把我罩住了。我不敢说那是一见钟情，只愿意说我是在顷刻之间被她俘虏了。

能有这样巨大的幸运，我要感谢大刘。是大刘逼迫我去参加舞蹈培训班的。

我一向认为，汉民族早已过了跳舞的年龄了，一个高龄而又文弱的民族，还跳什么舞啊？但大刘说，你看看现在歌厅舞厅有多“火”吧，怎么能说中国人不爱跳舞？大刘还说，你到舞场歌厅，总是干坐着，有什么劲啊？我并不想去火热的歌舞厅，但大刘一定要带着我去。他说，你不但应该跳舞，而且还应该跳得有“派”，特“绅士”才成。这样，大刘就把我送到了“省工博”的舞蹈培训班。他说，那是全市水平最高的舞蹈班，当然收费也最可观。大刘叫我不要考虑收费多少。

大刘当然不会预料到，在这个全市水平最高的舞蹈培训班上，会让我遇到光芒四射的田婕。

田婕使我改变了对汉人跳舞的看法，我几乎是在不知不觉中变成了一个会跳舞的绅士——大刘很满意的那种水平。我自己既不年迈，也文而不弱，为什么不来跳舞呢？

田婕也使我改变了对“省工博”的看法。我原来认为，一个省级的工业博物馆，设计得又是那样具有现代风格，可建成后，几乎天天都在做举办展销会、舞蹈班、美容班、气功班、沙发大世界之类的广告，真是让人扫兴。这样的博物馆如果是没有必要，或者是虽有必要但又养活不起，那何必要花巨额投资，建造这样一个伟大的建筑物呢？用这样一个伟大的建筑物来进行这种小打小闹的商业创收，这算一回什么事呢？

我一直感到那是种具有现代风格的讽刺。

但田婕使那里成了一个光芒四射的世界。我不再考虑博物馆有没有讽刺意味了，这似乎应该交还给它的主管部门去考虑。

田婕甚至使我疏远了大刘。她显然不怎么喜欢大刘。我说，其实大刘是一个很好的人，不能把所有的个体老板，都归于一类。

田婕说，她不喜欢所有的老板。

我疏远大刘，还有一个原因：大刘对田婕充满了一种过分的热情。这种感觉，我没有对田婕说，更不能对大刘说。

我疏远了大刘，疏远了一切，她却突然消失了。

重新在晚报上发现了田婕，真是太偶然了，因为我是不大看本市的晚报的。那天，在单位开一个很无聊的什么会。因为缺席的人多，我不得不坐到有桌子的前排。这样，我就在无聊中，从桌子的空抽屉内，摸出了那张叫人大吃一惊的旧晚报。当时，我无聊地看了所有版面的所有文章之后，就开始看所有的广告。当看到田婕那张印得很差的照片时，我几乎惊叫了起来。

我立刻就冲出了会议室。

我终于同那个无法想象的电话取得了联系。我终于将要见到田婕的弟弟了。在二十世纪末，我亲身经历的这个难以解释的奇迹，就要揭开它的谜底了。

田婕到底是谁？她为什么要离开我？她是怎样突然消失的，她为什么又失踪了？她现在又可能在哪里？

第三部

1 陆伟

我们已经接到两个知情者的电话。一位叫刘浩，听声音肯定是男性，他说他在《飞碟》杂志编辑部工作。另一位叫冯文森，也肯定是男性，他说他在社科院哲学所工作。他们都说了解孟雨的一些情况，而且都急于要求来访。

我们按照事先的策划，不管是谁接电话，都以孟雨的弟弟自称，并且，都把接待来访的时间，约定在"后天"。这是为了留出"明天"的时间，为会见知情者做必要的准备。因为这种会见，既像是演戏，又像是冒险。大家都希望，演出要精彩，冒险也不要牺牲得太早。要充分发挥拯救小组中每个成员的才智，保证"西厢"行动的成功。

接到刘浩的电话以后，我们就感到接见将有一定的难度。刘浩在电话中谈到的情况，有两点出乎我们的意料，一是他说孟雨叫叶静，二是他已经知道了陆伟的姓名。

叶静，这是孟雨的真实姓名吗？小保姆接到的电话中，孟雨已经有了两个姓：田和白。田，也许是“甜”之误，不是姓，那么“白”呢？如果孟雨姓白，那么，叶静就只是她的名字了？孟雨的真实姓名，应该叫白叶静？

这也是一个很美的名字啊。

按照小组的策划，确定由我出面接待所有来访者。因为以孟雨的弟弟自居，在相貌方面，就得上点档次才应付得过去。姐姐那么美，弟弟那么丑，再怎么说，真实性也要受到影响吧。在我们拯救小组的四名成员中，我有幸算是最英俊的，又从小在城市中长大，他们说我的气质还行。虽然在长相方面，我没有随孟雨的任何一点痕迹，但也只能如此了。

高老师也同意由我出面接待来访者。

现在来访者已经知道了我的真实姓名，我还怎么能冒充白叶静的弟弟？不知道这个刘浩是怎样打听到我的姓名的，可能是通过晚报吧。姐姐叫白叶静，弟弟叫白陆伟，这样也可以的。只是，接电话的当时，当刘浩问，“你姐姐叫叶静，你怎么叫陆伟啊？”这边只好急中生智，说：“我姐姐是姓了我妈的姓，我是姓了我爸的姓。”电话不是我接的，是小组的另一个同学接的。事后大家还觉得这个回答特机智。知识分子家庭，才有这种两姓现象啊。

现在看，这一机智的回答，反倒把事情弄得更混乱了。

到时候，我也只能以本名本姓出场了，出场后的其他方面，也只能随机应变了。刘浩既然在《飞碟》杂志工作，那一定不是个头脑简单的人物。他可能是孟雨的什么人呢？真是分析不出来。你得胆大心细，从容镇静。可以去找几本近期的《飞碟》杂志看看，谈话出现难点的时候，不妨先同对方谈谈飞碟。

当然，我还是感到非常兴奋。我渴望着这场非同寻常的会见。

但是在约定的那个“后天”，刘浩并没有出场。我在金园酒楼异常激动地从下午三点一直等到五点，终于没有等来那个手持晚报的来访者。

我沮丧之极。经过背诵台词，细心化妆，酝酿情绪，已经完全进入角色了，大幕却迟迟不见拉启。最后，演出被取消了。这算怎么一回事啊？

小组的其他成员，当然也很扫兴。不过，他们很快就认为，有曲折，那才有意思，对不对？假如，今天你顺利地会见了这位刘浩，他也很圆满地说出了孟雨的真实的一切，公安分局很快将孟雨释放，“西厢”行动成功地结束，那还有什么劲啊？

就是在此不久，我们接到了冯文森的电话，多少感到了一种挑战的意味。

冯文森的电话，是我自己接的。我故意说电话有杂音，对方便大声喊道：“她就叫田洁。”是田洁，不是甜姐，这次可一点也没有听错。可以肯定，田，就是姓。我对冯文森说，我叫田伟，对方也没有异常的反应。洁，还不能确定是不是这个“洁”。我们查了字典，作为女性的名，同音的只有两个字比较确当，一个是“洁”，一个是“婕”。但不管叫田洁，还是田婕，她都姓田。

那么，孟雨是姓田吗？那个不肯露面的刘浩，称她为叶静，叶静仅仅是她的名呢，还是她的姓名，她的另一个姓名？她又姓叶啊？她还姓白。对了，她还姓孟，姓罗。也许，叶静，田洁，还有白小南，也是孟雨使用的假名，就像孟雨、罗秀君是她的假名一样？

那么，刘浩，冯文森，还有称孟雨为白小南的那个男人，他们都是些什么人呢？显然不大可能是孟雨的家人，也不大可能是她的同事、同学。

他们可能是孟雨的什么人，因为高老师在场，我们没有往下分析。不管是什么人吧，都要见一见。他们之中，肯定有人了解孟雨的一些真实情况吧。在叶静、田洁、白小南，以及孟雨、罗秀君这些姓名中，也应该有一个是她的真实姓名。所以，必须同所有的来访者接触，把他们所了解的情况都掌握到手。

“西厢”行动刚刚有了反馈，就出现了这样复杂的局面，孟雨也变得更加神秘莫测了，看来遇到了真正的挑战。

不过，我们所有的人，都被这样意外的局面吸引住了，感到欢欣鼓舞，甚至感到挺刺激。我也是这样，不仅感到自己将要参加一种隆重的演出，而且简直是要在现实中扮演一个真实的侦探。这肯定将是一段令人难以忘怀的经历。

还有一点,没有定下来。我们虽然同金园酒楼的关系很熟,但在那里接待来访者,费用必定要加大。不在酒楼之类的地方接待来访者,不像"重谢"的样子。特别是,从事态的发展看,接待任务可能还不小。高老师的工资本来就很可怜,小组成员的赞助也是有限的,公开募捐恐怕也不妥当吧?

反正是在假期,大家是不是要出去打一点工呢?

高老师不同意我们为此去打工。所以,这个议题没有定下来。

2　高冬至

我看着拯救小组的学生们,一个个都那样欢欣鼓舞,心里真不知道是一种什么滋味。我已经痛苦地预感到了,打来电话联系的这几个男人,似乎有些像是许强一类的人物,也就是说,"西厢"行动最先是把自己的新情敌召唤出来了。

孟雨真有这么多男人吗?我不愿意相信这样一个可怕的事实。

以我对孟雨的了解,她也绝不是这样一个滥情者,一个浅薄的风流女人。如果是这样,我也绝不会有什么痛苦了,把这样一个女人送给了公安部门,虽然有点无情,但也决不会悔恨的,更不会采取这样一个"西厢"行动,去拯救她。

只是,这些人又可能是孟雨的什么人呢?孟雨为什么要分别留给他们一个不同的姓名?孟雨对许强说,她叫罗秀君,她对刘浩、冯文森等人似乎也是这样吧?

她对你,也是这样吗,她并不叫孟雨?

她对所有这些人,是不是也精心策划了那种一见钟情的艳遇?她同所有这些人,是不是也发生了性关系?

我实在不能想象下去。不，孟雨不是那样的人，不是像魏小东他们所猜测的那样，是一个性解放者。我知道她绝对不是那样的人。倒是我自己，在孟雨面前有种很强烈的性解放倾向，也就是向孟雨彻底解放自己的性欲，每次约会都想解放自己的性欲，让烧灼着自己肉体的性欲，能在孟雨那里自由燃烧。但是，孟雨却不肯解放我这沸腾的性欲。她如果是一个性解放者，为什么不向我解放呢？她和我艳遇，热恋，一见钟情，甚至发生性关系，但我知道她始终没有向我解放。在这方面，她非常严谨，非常吝啬，甚至是非常冷漠的。难道她仅仅对我才这样吗？

不，我知道她不是那样的人。

我甚至想让拯救小组停止“西厢”行动，不要把那些人召唤出来了，不要同他们见面，不要问他们更多的情况。或者，只有孟雨的父母和兄弟姐妹，才接待，别人一律不见。但是，我又很想知道，那些人究竟同孟雨是什么关系，很想通过他们，证明孟雨不是那样的人！

我又独自一人，对着孟雨的那张照片，喝起了“高粱白”烧酒。

我不再去校外的小饭店喝酒了，是在自己凌乱而冰冷的单身宿舍里喝。这与其说是为了节约经费，不如说是为了便于对着孟雨的照片喝酒。我已经不再企图戒酒了，因为那是根本不可能的，除非是孟雨叫我戒酒，或者是我已经把孟雨拯救出来了。

还有这两种可能吗？

我曾经向孟雨提出：“我们什么时候，外出旅行一次，好不好？”

孟雨问我：“你喜欢到什么地方去旅游？”

我说：“去南方怎么样？”

她问：“你喜欢南方啊？”

我说：“你不喜欢南方吗？”

她说：“我不喜欢南方。”

我说：“那我们去海边吧，青岛，或者大连？”

她说：“为什么一定要去海滨呢？”

我说："海滨，你也不喜欢吗？"

她说："那里太拥挤了。那里只有人，而没有风景。"

我说："你喜欢去什么地方？"

她说："我们什么时候，去你的故乡旅行一次，怎么样？"

我说："我的老家？"

当时我没有想到，孟雨会提出去我的老家旅行。现在回想，孟雨提出去我的故乡旅行，那其实就是说，她喜欢我的故乡。她说她不喜欢南方，也不想去海滨，而只想去我的故乡，那其实就是说，她喜欢我。

可惜在当时，我立刻表示，故乡没有什么玩的，没有什么风景名胜。其实我心里是想，回故乡，怎么可能和孟雨实现一次很"解放"的旅行啊？她喜欢去我的故乡旅行，那也说明，她是不喜欢什么"解放"的。

她还说："秋天吧。你不是喜欢秋天吗？"

现在回想，孟雨答应秋天同我去故乡旅行，那也许暗示我，在秋天以前，她将和许强分手了。但秋天还没有到，我就和许强实现了这样一次错误的联合。

3　许强

朋友说，在今年的教师节，市电视台照例要搞一台综艺晚会。他问我还愿意不愿意去"坐场"当观众？如果愿意，今年可以安排主持人对我做一分钟的现场采访，虽然只是作为对普通观众的随意采访，但保证能让我出半分钟的特写镜头。不像去年，只把我安排在领导人的背后，虽然也出了不少镜头，可总是做头儿们的陪衬，谁也不会注意。半分钟的特写镜头，又出形象，又出声音，还不要你的一分钱赞助，够意思了吧，哥们儿？

这位朋友是够哥们儿。不过，我现在已经挤进"热门话题"栏目，被"特邀"去"座谈"过两次了，一次是话"追星"，一次是议"公厕收费"。"话"，"议"，"座谈"，就是"侃"吧，侃起来自然要给你出镜头，有形象，有声音，半分钟一般打不住。所以，半分钟的特写镜头，对我已经没有太大的吸引力了。

朋友提到领导人，倒引起了我的兴趣。我现在正迫切需要认识一位市里的领导人。我一直渴望认识各级领导人，各种领导人，这是一种很正当的爱好。就像比我年轻些的大中学生喜欢“追星”一样，我这样的年龄，“追权”，或者说“追”政治明星，应该是正当的，应该是一种成熟的表现。如果我没有这样的爱好和这样的成熟，我怎么能在学校住房那样紧张的情况下，独占到一间宿舍，筑起一个爱巢呢？

现在，我迫切想认识一位市里的领导人，也可以说正是缘于这个爱巢。

新的女伴一定要我尽快了结那张已经没有意义的结婚证。可万晓东说，现在不仅了结不了，将来还要另案处理。那天，万晓东铁面无情地说了这样严厉的话，我才有些感到了形势严重。老万还说，罗秀君的案子，已经引起市里领导的注意。所以，我必须尽快认识一位市委领导人。

我对电视台的朋友说，我愿意去“坐场”当观众，也愿意被“随意”采访，希望能把我的座位，仍然安排在领导人的后面。是不是市里的领导人都要出席，并“坐场”到底？

朋友说，今年要争取市里的主要领导人全员出席，至少分管文教的程副书记是一定要出席的，还有管文教的副市长也答应出席。不会像去年似的，只有人大、政协的头儿“坐场”。

我说，“那就把我安排在程书记的后面吧，一定，拜托了，哥们。”

朋友答应尽量活动。

我记得，老万所说的重视罗秀君案件的市委领导，好像就是指这位程书记。

为了证实这一点，我给万晓东打了一个电话。接电话的，是吴笑东。她说：“老万已经调到其他专案组了，有什么情况，对我说好了。”吴笑东对我一直不够客气，所以我也不好打听，就说：“也没有什么新情况，只是想问问案子有没有新进展。”

吴笑东说:“有没有新进展,你还顾得上关心啊?”

我说:“我怎么能不关心呢?我还想再给罗秀君送点东西,不知道允许不允许?”

吴笑东在电话里冷笑了一声,严厉地说:“你还记得罗秀君?”说完,啪的一下,把电话挂了。

吴笑东对我这样不客气,一定是老万把我有了新女伴的事,告诉给她了。女人的思维。但吴笑东的这种思维和态度,对自己了结那张结婚证,肯定是不利的。所以,更得尽快认识一位市里的领导人。

我从魏小东那里,证实了过问罗秀君案子的,就是程书记。电视台的这场教师节综艺晚会,也许就是认识程书记的一个良机。必须抓住这次机会。

朋友说,教师节前后,程书记要外出开会,不在市里,其他领导人在那几天也有更重要的活动。所以台里就决定,把晚会的现场直播改成播放制作好的录像。

于是,晚会就在领导人有空的一个下午,提前开始录制了。

我提前很多就赶到了市电视台。我想在晚会正式开始以前,就能利用一切可能利用的机会,同程书记接上头。

因为据朋友介绍,在晚会结束以后,领导人一般都会被演员们,特别是漂亮的女演员们包围,别人很难接近。而在晚会开始之前,演员们一般都在酝酿感情,调整状态,不会去包围领导。不过这时,早到的领导人一般都在贵宾室等候。晚会当中的幕间休息,领导人一般也在贵宾室。在贵宾室里,领导人一般也是被包围着,被有身份和有办法进入贵宾室的人们包围着。这主要是低一级的领导人,路子畅通的名流,舍得出赞助费的厂长、经理等人物。所以在这种场合,接近领导人,对于一般人来说,恐怕是比较困难的。

但是,对我来说,除了这样的机会,还可能有更好的机会吗?没有了。事在人为,我必须抓住这个机会,接近领导人,结识领导人。这是关系个人命运和前途的大事。

经过仔细考虑，我认为只有一个时机，最可能被抓住利用，这就是程书记刚赶到电视台，被引往贵宾室的途中。这时候，我抢先一步，很礼貌地拦住程书记，自我介绍以后，就以罗秀君案件的当事人身份，和领导开始交谈。因为还不到晚会开始的时候，那些企图包围领导人的小权贵们，应该都守候在贵宾室。这时程书记就有可能停下来，和我交谈几句。如果能达到这一步，我就提出，请程书记安排接见我一次。

如果这个时机抓不住，其他时机，恐怕就更没有希望了。

因此，我早早就守候在市台主楼大厅的电梯附近了。

但是，从比较冷清到最热闹的高峰过去，仍然不见一位领导人到来。一直到离预定开机时间的前十分钟，才有领导人到来。先是政协、人大的几位领导，还有连二线也退出了的老领导，接着是市委书记和市长，几位副市长，另一位副书记，宣传部长……只是这位程书记，却迟迟不见驾到。

我看了看手表，已经剩最后三分钟了，如果再不赶快去占朋友为我安排的那个观众位置，恐怕连演播大厅也进不去了。

我冲进了演播大厅。

领导人还没有一位就位。只有一名副导在给坐场的观众讲话，无非是要求大家在演出期间，要热情洋溢，要庄重乐观，要多多鼓掌，允许笑，但不要走动，不要喧哗，不要吸烟，不要咳嗽，不允许交谈。

我坐到了自己的位置上。看看自己前排的软椅靠背上，果然贴着一张写有“程书记”的条子。如果这时程书记已经到位，我还是可以抓紧接上头的。可惜，近在身边的这个重要位置，现在还是空着的。

预定开机的时间已经过了，但领导人还没有出场到位。他们是遇到了特殊的包围圈了，还是在等待迟到的程书记？

主持人过来和我叮嘱了一下，不要紧张，要口齿清楚，绝对不能说多余的话。

差不多又过去了一刻钟，领导人才依次出场了。

坐场的观众鼓起了掌，领导人向大家招手致意。

在这领导人的行列中，我发现了程书记。

程书记在就座前，和我握了一下手，但好像连看也没有看我一下，那是一个下意识式的握手动作。

领导人就座以后，模拟晚会就立刻开始了。

节目没有什么意思。女主持人的漂亮程度、气质风度，都不能和罗秀君相比。我近在咫尺地望着程书记的"项背"，却无法和他交谈一句。我想，只有在接受采访时表现得出色些，以便引起程书记的注意。

节目中间，依次穿插着采访了市长、程书记、教委主任，还有一位校长、一位老教师。也许是有偏见，在这所有接受采访的各位人物中，我感到还是身前的程书记，最有风度，讲话也最有水平，最有风趣。比如，只有程书记在这样应景式的场合，坦率地承认了平时对教师和教育，还是重视不够，"否则，我们今天也不必来这么多人，表示我们的重视了。"这种坦率是非常策略的，非常有水平的。这就等于说，我们并不是来应景的啊。

必须在自己接受采访时，也显出很高的水平来。或者，我可以比较委婉地赞美一下程书记。

只是，采访完那位老教师后，已经到了幕间休息的时间。我更万万没有想到，宣布休息后，市委书记站起来，先向台上的演员招了招手，然后说："我们还有个会，先走了，你们继续把这台晚会的录像录好，谢谢大家了。"

说完，又向观众们招了招手。

程书记也要走吗？

是的，所有在场的副书记、副市长、常委们，都跟随着书记、市长鱼贯而去。只留下了人大、政协的领导人，还有已经赋闲的老领导人，坚守阵地。

我真是失望极了。

我也想离去。但女主持人又来叮嘱我了：请做好准备，休息结束后，演完第一个节目，就采访你，注意时间，不要说多余的话。

4 孟雨，或者罗秀君

魏小东拿来了我的羊绒衫、毛衣裤之类的衣物。他说，是在房东在场的情况下，为我取走了这些东西。

我说："谢谢你了。天快凉了，会需要这些的，谢谢。"

他说："不用谢，你只要转变态度，什么都有了。"

我说："我的书籍，受到你们的保护，也应该谢谢你们。"

吴笑东说："你想一想，我们能一直这样给你当保管吗？"

魏小东说："我们估计你也没有多大罪恶，你为什么不能说出你是谁呢？"

我说："应该由你们来证明我有罪，或者无罪。我说出我无罪，你们不相信。"

吴笑东说："我们真还没有见过你这样顽固对抗法律的人！"

我说："因为我并没有向许强和高冬至隐瞒什么。"

面对着这样的指责，我能说什么呢？其实，我什么也不想对抗，我只是想对抗自己的命运。现在，我几乎连这一点也不想对抗了。但我怎么向他们说明呢？

吴笑东说："小加的情况，你也仍然不想告诉我们吗？"

我说："我已经说过了，我绝不会牵连小加！"

魏小东说："我们对小加也并不想怎么样，只想同她取得联系，给你必要的帮助。"

我说："我不想连累小加。我已经和她失去了联系。"

魏小东说："你只要把小加的一些基本情况告诉我们，我们就能设法同她取得联系。同她取得了联系，起码就有人给你送点生活必需品吧？你应该相信我们。"

吴笑东说："你不配合，我们也能把小加找到！"

我说："你们可以继续去问许强和高冬至，他们不是知道小加的许多情况吗?”

吴笑东说:“你说,还是他们说,那是不一样的。”

我说:“我不说,你叫他们说!”

我激动起来了,我失去了平静。

每当他们向我询问小加的情况时,我就会难以控制地失去平静。许强和高冬至为什么在这样的时候,要把小加牵连进来呢?在需要他们关注小加的时候,他们却不关注她!

但是,我还得努力恢复平静,我不能使自己的情绪失去控制。

我真的没有想到,许强和高冬至会向魏小东他们说出了小加。其实,他们知道小加的什么啊?我向他们说了小加的多少事,辉煌的和悲惨的,我说了多少!但我不知道他们记住了多少。他们在听小加受凌辱的故事时,没有激愤,没有流泪,他们说,现在都是这样的。他们说,那是应该付出的代价。

更多的时候,他们什么都不说。

我知道,他们并没有留心听我说小加的故事。他们只是在想我,想怎么亲吻我,拥抱我,怎么和我做爱,就像那些生意场上的男人,看见小加就只想让她献身,让她做秘书,做情人,做小老婆,做公关夫人一样。

他们说,现在到处都一样。

的确是一样。许强、高冬至,还有朱新华、黄震宇,他们都是一样的,小加的故事都一样没有感动他们。他们都一样没有问过小加的姓名!现在,魏小东他们要我说出小加的姓名,不,在这样的处境下,我不能说出小加的姓名。我本来是愿意对许强和高冬至说出小加的姓名的,但他们从来没有问过我!

我希望有人问起,但没有人问。

魏小东他们能找到小加吗?他们已经掌握了重要线索?我不相信许强和高冬至能为他们提供什么有价值的线索。

也许,我应该向魏小东他们提供一个人的姓名。他们找到这个人,肯定能了解到小加的许多情况。这个人，就是小加最痛恨的那个家伙。

他说，他的靠山高大的不得了，高大得一般人无法想象。否则，他怎么能做出口配额生意？我认为这个家伙很可能是在吹牛。现在中国的生意人都在学习吹牛，广告就是一种吹牛大赛。日本电器的广告，比起我们中国商品的广告来，显得多么谦虚，多么羞怯，多么的不够理直气壮，简直就像是做贼心虚似的，哪里有半点我们那种誉满全球的冲天气概啊？所以，吹大牛的，一般都是不能信以为真的。他的靠山有多么高大呢，他为什么不说出来呢？

小加说，你不知道，这个家伙不是那么简单。这个家伙做得大多是不做广告的生意。他说他的父亲，曾经有恩于一个大人物的子女。

我问，是在革命年代？

小加说，是"文革"年代。

那是多大的一个人物？

谁也不知道有多大。

他怎么能要求你做他的社交夫人？

小加说，他不是要求我那样做，而是告诉我必须那样做。我知道他已经养着许多情人和夫人了。但他说只有我才能改善他的公关形象，他说我的气质高贵。我说我是真正的平民百姓。他说他也是贫农出身。那家伙整个一个农民，永远是一嘴口臭，一身汗腥，我怎么能改善他的形象？

小加说，我不是来这里淘金的打工妹，也不是来这里寻找梦想的女秘书，不是来这里撞大运的公关小姐，我是一个已经奋斗了多年的服装商，我有自己的资本，我有自己的事业。但那个家伙说，他能使我变得一无所有。

小加说，我失去了我的事业，我就变得和其他女人一样了，我也就失去你所看重的魅力了，我还怎么能改变你的形象？那个家伙说，你那点事业叫什么事业，有没有，还不一样？这个家伙太可怕了。

我说，小加，你怎么就遇到了这样一个家伙？

我还说,你真不应该去南方。

小加说,有时候,你是必须往前走的。因为你有事业。我为了自己的事业,已经把女人最看重的东西,看得不那么重了,谁让我是一个漂亮的女人呢!就像现在公路上许许多多的非法收费关卡,你为了前进,就必须付出不应该付出的代价。一个拿着公章的人,他说你必须亲我一下,他为什么要提出这样下流的要求?因为我必须盖他这枚公章。有时,你想进一批比较理想的货,货主也会提出无耻的要求。别人都说,漂亮的女人好办事,但他们为什么不说我们要付出额外的代价?我付出的代价已经够多了,够惨重了,我必须用这些代价换取自己的强大。我为什么不能去惩罚那些无耻下流的家伙?但这个家伙竟然要整个地买断我这个人!

我说,你离开那鬼地方吧,你急流勇退吧。

小加说,我付了那么可怕的代价,还什么也没有得到。

但小加还是离开了深圳,她说是机智地离开了。那就是说,如果她不机智,可能还逃不走啊?

小加给我说过这个家伙的姓名。小加不说,我也必须问出这个家伙是谁。所以,我能把这个家伙的姓名,包括他的公司的名称,告诉给魏小东他们。他们敢去调查这个家伙吗?这个家伙能接受魏小东他们的调查吗?这个家伙会命令魏小东他们把小加给他找回来吗?

这也许是很有意思的。

不过,我不想同魏小东他们开这样的玩笑。特别是魏小东,他是一个好小伙子,善良的好小伙子。

我也不能太激动了,还是要努力保持平静。

5 陆伟

下午三点以前,我就来到了金园酒楼。

老板说:“今天的约会,不会再泡汤吧?”

我说："你是怕我们给不起你茶水钱吗？"

"开句玩笑嘛，女朋友是不是很漂亮啊？上次，她可把你害苦了，你真成了热锅上的蚂蚁，我们看着都着急。"

"少说废话。"

"今天天气不错，你可能有好运。"

是的，今天天气不错，天空非常蓝，也就显得非常高远，这是非常少有的。但我的心情，仍然很紧张。

三点刚过，一个手握报纸筒的男人，走进了酒楼，进来后就张望起来。我赶紧拿起那张晚报，也卷成一个纸筒。其实，这时候饭店里的顾客，就只有我和这位刚走进来的男子。很自然地，我们就对望起来了。

"请问，您就是田伟吗？"

"是的，我就是田伟，你就是冯文森吗？"

"是呀，是呀，我终于见到你了！"

冯文森过来和我握手。我请他坐下，并把老板叫来，让先上茶。

老板说："你原来是谈生意啊？"

"少说废话。"

我已经不太紧张了。这位冯文森，虽然是第一次谋面，但并不感到陌生，在校园里这样的人满目都是，孟雨也能看上这样的人吗？

冯文森说："我看到那则'启事'，怎么也不能相信那是真的！"

我说："我们也一样啊，不相信这是事实。你一定给我们带来了好消息吧？"

"你姐姐，她是怎样失踪的，你先说说情况，好吗？"

"你先说说，我姐姐她现在在哪儿啊？"

茶送上来了。

"你姐姐是怎么失踪的呢？一个像她那样出众的人，怎么可能失踪呀？她是不是受到了什么刺激、打击？"

"我们不知道她发生了什么事，在出事以前，我们没有看出她有什么异常。”

“她是上班，还是出差，然后就没有回来？”

“是上班。”

“她是和你们住在一起吗？”

“不，她住在单位的宿舍里。她喜欢独立生活，你应该了解吧？”

“是的，田婕喜欢独立。你们登出‘启事’后，得到什么线索没有？”

“没有。你们是什么时候认识的？姐姐好像没有给我们说过你。你是她的同事，还是同学？”

“我是你姐姐的男朋友，或者应该说，曾经是她的男朋友。可以说我们是一见钟情，感情非常好。在那三个多月的美好时光里，感情一直非常好，可她就突然不辞而别了，直到现在我也不知道她为什么要离开我！她没有向你们提起过我吗？”

“没有。我姐姐不喜欢向我们说她这方面的事。”

“我有一个非常不好的预感，田婕她很可能出事了。”

“我姐姐她可能出什么事？”

“自杀，她有可能自杀了。”

“不，我姐姐不是那样的人！你们在恋爱时，发生什么可怕的事了吗？”

“不，我们之间没有发生什么不愉快的事。但是，我知道她非常讨厌一种人，憎恨一种人，如果这种人污辱了她，她一定会自杀的。”

“那是一种什么人？”

“我想先问一下，你们是一个什么样的家庭？”

“我姐姐应该告诉过你吧？”

“她告诉给我的，我后来发现都不是真实的。田婕不辞而别后，我一直试图找到你们，但我怎么也找不到。因为她没有说出你们真实的情况。”

“我姐姐喜欢用这种独特的方式，寻找男朋友。”

“她为什么要这样啊？”

“我怎么能知道？也许，是为了彼此分手时，比较简练，从此谁也见不到谁了?"

"可是,我们已经……已经……她为什么还要同我分手呢?"

"我也不知道。姐姐从不说她自己的这些事。"

"你们是怎样一个家庭,能给我说一下吗?"

"我姐姐既然没有告诉你,现在也许没有这个必要了。她现在又下落不明。"

"她很可能自杀了。"

"但你应告诉我们,她可能受到了什么人的污辱?"

"今天,我在这里请客,我们好好聊一聊,可以吗?"

"我们一直心急如焚,实在没有心情在这里吃饭,请原谅。本来,我们是期望你能带来好消息,由我在这里请你喝几杯酒,先表示一点我们的心意。"

"你们的心情,我能理解,完全能理解。那么,我们稍聊一会,好不好?我的确感到情况比较严重。"

"那好吧。但我实在不能久留,我有许多事,再说,心情也不好。"

我向拯救小组做汇报时,一直沉浸在高度的兴奋中。自己表演得真是好极了,一点差错也没有出,冯文森完全相信我是田婕的弟弟。我从来还没有发现自己有这样出色的表演能力,这样出色的应变能力!

"也是撒谎的能力。"

"你怎么能这样说?在整个接待过程中,我的大脑一直处于高度的紧张状态。这个冯文森,肯定比我了解孟雨,我不能出现任何差错啊!"

"但,你从这个哲学家口里,不是什么也没有了解到吗?"

"正如我们所料,他也是孟雨的一个男朋友。和孟雨恋爱了三个月,被孟雨抛弃了。孟雨好像也是向他隐瞒了自己的一切真实情况,或者是他知道孟雨的真实情况而不肯说出。因为他一直强调孟雨可能自杀了。"

"孟雨自杀?孟雨现在不是还活得好好的吗?孟雨为什么要自杀,他说了吗?"

“我问他，他不说啊，他一定要我先说出‘你们是个什么样的家庭’，我哪知道孟雨有个什么样的家庭？就这样僵持住了。”

“你不能随便虚构一个吗？反正他也不知道孟雨有个什么样的家庭。”

“如果他知道，故意不说呢？”

“先不要侃了，高老师正等着你的消息呢。陆伟，在高老师面前，最好说得简单一些，不要显得那样兴奋。”

“这我还不知道吗？”

6 吴笑东

我从那个服装个体户嘴里，终究也没有了解到任何有关小加的线索。他仍然一口咬定，根本不认识照片上的女人，只因为她太漂亮了，才吃惊，她也太像自己崇拜的一个明星了。

我问他：“像谁？”

他说：“像翁倩玉。”

他的眼光还够高级的，一个四十多岁的黑脸汉，头发油腻，黄牙，显然也没有多少文化，还追星，而且还是追这样高雅的日本星，真叫人难以相信。

我当时又看了看孟雨的照片，哪里像翁倩玉啊？根本不像。不能不承认，孟雨是长得相当美貌，但同翁倩玉相比，没有任何相像之处。

就是在那时，一个念头突然闪现在我的脑际：是不是小加长得有些像翁倩玉啊？

凭直觉，我总感到这个黑脸汉在看孟雨的照片时，所表现出来的那一种吃惊反应，是不应该轻易放过的。在以后的调查中，这个黑脸汉也总有一种想极力掩饰什么的紧张神态。他一再否认自己认识孟雨。既然不认识要他指认的人，为什么还要那么紧张呢？

很有可能在他处于紧张状态时，无意间说出了小加的特征。

从这个人的自身条件、素养、趣味来看，他似乎不是崇拜什么高雅的翁倩玉，而是迷上长得像翁倩玉的小加了。那时小加也许就在他的附近设摊，或者由于他太注意小加了，自然也就认识了常来看小加的孟雨。再说，孟雨也够漂亮，他就更容易记住了。他会不会曾经对小加有过什么企图或不轨之举？所以，他看到孟雨的照片，就紧张起来？

非常有这种可能：小加的相貌特征有些像翁倩玉。

本来，我想把这个很有价值的念头及时告诉给魏小东，但又改变了主意：我要不动声色地进行自己的侦破，在取得突破的时候，再给他一点颜色，或者是一个惊喜看看。我找来几本有翁明星玉照的流行杂志，又通过朋友请来一位画画的朋友。以翁倩玉的相貌为模特，加上我自己的想象，指导这个画家画了一张小加的模拟肖像。这幅肖像，主要是去除了明星的华贵和艳丽，特别是重新设计了发型，也就是画成了八十年代后半期中国大城市流行过的那类发型。

许强和高冬至都听孟雨说过，小加的服装摊位，曾经是全市场最吸引知识女性和外国留学生的地方。这样的情况，只可能发生在八十年代后期，那时才是知识女性领导服装新潮流，不像现在是有钱女人领导潮流。

那时，全市成气候的服装街，或者叫服装集市，也只有两个地方，一个在口子路，一个在海边街。现在，这两条服装街虽然还很热闹，但已经成为推销假冒名牌的廉价服装市场了。特别是，八十年代在这里创业的那批个体户，几乎已经没有了。那时赚钱比较容易，大多在赚到一定数量的钱后，就放弃了辛苦的地摊生意，去寻找其他更好的发展了。

像那个黑脸汉那样，在老服装街从八十年代练摊一直练到现在的摊主，我没有找到几个。从侧面了解，这位老龄摊主，果然是又好赌，又好色，只是不好钻研生意。我请他提供几位当年一起练摊的同业，这个家伙也不肯提供，总是说，早没有来往了，不知道都干什么去了。

我也到工商、税务部门查过档案资料。不幸那时对个体户的管理比较粗放，而且，许多资料已经残缺不全了。费了不少功夫，仍然没有收获。

所以，尽管有了小加的模拟肖像，调查起来，仍然是不容易的。

有一次，我听一位中年出租司机说，他媳妇八十年代曾经在口子街卖过服装。我就请他辨认小加的模拟肖像，他看了说，对这个人没有什么特别的印象。我就去访问了他媳妇。这位肥胖的妇女看了模拟肖像，说好像见过。

“在哪里见过？请回忆一下。”

“记不清了，只感到有点面熟。”

“当年，你们在口子街卖服装的，是不是有这样一位漂亮的女摊主？”

“没有，长这么漂亮，还用去干那种雨淋日晒的辛苦营生呀？那时候，哪像现在呀，尽雇漂亮妮子招揽生意，那时干个体，谁瞧得起呀？”

“我听人说，那几年有个年轻漂亮的女摊主，卖的服装也‘港’，生意挺火，你记不记得有这么回事？”

“那是在海边街吧，不是在我们口子街。”

“你还能记得这个女人吗？她长得像不像这张画像？”

“那时，海边街人俏货也俏的摊主，有好几家呢，至于人怎么俏，我也没有专门去看过，那时哪有那闲心呀？人家进货的路子跟我们不一样，所以也没有什么来往。”

“总有一点印象吧，有没有像这张画像的？”

“哪有这么俏的？她们肯定没有这么俏。”

“你能记得她们的姓名吗？”

“她们的姓名？在当时也没有打听过。”

对这位肥胖妇女的调查，虽然令人失望，但她向我提供了几位当时的同业。

我在走访了这几位当年的个体户后，虽然查访到一个“白玫瑰”的外号和一个“刘彩云”的姓名，但能看出，这些人的指认和回忆，都有些勉强。

我首先拿这个外号和姓名，去看孟雨的反应。

孟雨没有特别的反应。

这个孟雨，你要开开口，何苦还要我费这么大的事啊？

自从万晓东调走以后，我也以孟雨来称呼这个女犯了。

“小东，你能陪我出去散步吗？”

“什么时候？”

“晚饭后。”

“今天我……”

“不要找借口，你愿意不愿意吧？”

“怎么不愿意？只是……”

“没有什么只是，愿意，我就等你。”

“我是怕影响……”

“影响什么，什么影响？我这些天外出调查，够辛苦了，作为领导，你也应该陪我散散步吧？”

“好吧，好吧。”

散步散到一处树荫下，树荫挡住了灯光。在夜晚这样的树荫下，常常能见到静静地拥抱着的情侣。于是，我就在这里拥抱住了魏小东。

我想把自己的那个灵感和这一段的调查，告诉他，但我什么也没有说。就这样静静地拥抱着，可能比什么都好。

7 陆伟

下午三点前，我又来到了金园酒楼。

这一次，老板客气多了：“陆伟，真看不出，你在谈生意啊，那天客人怎么那么巴结你？你在做什么生意？”

“反正不是贩毒，也不是买卖人口。”

“你们是在倒钢材？”

“倒钢材，现在能赚了钱吗？”

“我也说呢。现在什么钱也不好赚了。”

“倒点文物,或者你也搞点三陪,肯定你能赚钱。”

“我要有那胆量,还在这里伺候你们这些穷学生啊?”

这时,有个客人犹犹豫豫地走进了饭店。

“请问,这里就是金园酒楼吗?”

老板忙说:“就是,欢迎光临。”

我已经发现,来人手里拿着报纸。我也拿起了那张晚报。这时候,饭店里也仍然是只有我们两位客人。

“请问,您是刘浩先生吗?”

“是的,你是陆伟吧?”

“是的,请坐吧。”

“好的,谢谢。这里不好找啊。”

“也不难找吧?老板,上茶。”

“酒楼,酒楼,我想起码应该是楼吧?冲着楼房找了一遍,哪儿有啊?跟人打听,才发现在这儿!几间简易房,也叫酒楼啊?你是不是跟这儿的老板比较熟?”

“本来也不熟。你不是说到‘金园酒楼’这个招牌了吗?我们和老板的关系,也是从这个招牌开始的。你能想象出开业时,门外那四个金字招牌是怎么写的吗?老板说还是花不少钱请写家给写的。什么写家呀!那字写得特臭不说,居然把‘酒’字,写成了‘洒’字。‘金园酒楼’,成了‘金元洒漏’,还想赚什么钱啊?”

“这是你们编的故事吧?”

“这可是真有其事,等会儿你可以问问老板。当时,在学校传为热门笑话,可是就没有人对老板说。我们几个,看着有那么点于心不忍,就跟老板说了。说是有错字,他才不在乎,可一说又洒又漏,钱都跑了,聚不住财,还做什么生意?他才慌了。”

“老板就特别感激你们?”

“他说,自从重新制作了招牌,生意果然就不错了,所以有点感激我们。”

“要知道是这样一家酒楼,那天我就来了。实在对不起,那天我准备好的那张晚报,不知道给谁包东西拿走了,急得我真没有办法,丢了接头暗号,怎么来接头啊？我以为是怎样一个热闹的酒楼呢。真对不起。”

“没有什么。我那天一直等到五点多钟,我们当然更想早日见到你。因为姐姐的事,我们全家焦急万分,度日如年。今天你终于给我们带来好消息了吧?”

“我们喝点啤酒好吗?”

“我不怎么会喝,再说,心情也不好。”

“我能理解,不过,也不能只着急。我们边喝,边聊,好不好?”

“那我去叫老板。”

“什么你都不用管,我来,我来。”

两瓶啤酒,几碟小菜,很快上来了。

“不知道你给我们带来了什么消息?”

“实在对不起,我并不知道叶静现在的下落。我过去认识叶静,所以看到‘寻人启事’就很吃惊。不知道她是怎么失踪的?”

“你是我姐姐的同学,还是……”

“我是,怎么说呢,我曾经是叶静的男朋友,当然,主要是我追求她,有一段时间,我们处得还不错,可以说关系非常密切。所以,我看到她失踪的消息,也非常不安。”

“后来,你们是不是分手了?”

“是的。这使我很痛苦,但我并不感到意外,我知道自己配不上叶静。我们越相处,我就越感到自己配不上,你姐姐太出色了,各方面都那样出色!我越了解她,自己就越感到自卑。所以我们分手是不可避免的,我们很平静地走到了那一步,谁也没有伤害谁。当然,分手对我是残酷的,我内心的痛苦也是难以形容的,但这并不是叶静有意对我造成的伤害,只是因为她太出色了。我相信,我也没有对她造成伤害。我们是非常理智,非常平静地分了手。本来,我们之间也没有什么承诺和契约。”

“你们是怎么认识的呢?”

“那是很偶然的一次机会。那次,我们在赴京的列车上,座位碰到了一起。于是,交谈起来,一路上,话都没有说完。就那样,我们认识了。”

“姐姐从来不说自己的这些事。”

“她是怎么失踪的呢?我简直不相信,叶静怎么可能失踪?”

“那天很正常的,她像平时一样去上班了。可从此就一直没有回来。”

“会是这样?”

“我们不会同你开玩笑的。”

“她最近是不是卷入了什么事件?”

“我们没有听她说过。”

“那么,我有一种猜测,可能性比较大,她是不是出国了?”

“不可能吧?她出国为什么不和我们说呢?”

“她过去没有提出过要出国的事吗?”

“没有。她即使想出国,家里也没有人反对呀?”

“如果她想出国,你们家在经济方面不会有什么困难吧?”

“当然。我姐姐是不是向你提过她有出国的打算?”

“没有说过,但我知道她终究会出国的。难道你不想出国吗?”

“我目前还没有那样的设想。我姐姐如果出国,单位也应该知道啊?”

“单位也不知道?她还在原来的单位吗?”

“是的。”

“但我不相信她会失踪,她很可能出国了。”

“你估计我姐姐不会出事吗?”

“你们应该比我更了解她啊?”

“可她感情方面,恋爱方面的事,很少对家里说什么。我们不知道她发生了什么事,发生了什么感情危机。”

“据我所知,她在感情方面的自控能力是很强的。而且,她的心胸也很开阔，她是有事业心的人。”

“你估计我姐姐会不会发生什么不测呢？”

“不会，肯定不会。喝酒，先喝酒。”

这次，我退场比较早。到四点半钟的样子，刘浩就主动告辞了，说编辑部还有个碰头会，他必须走了。他留了一个《飞碟》编辑部的电话号码，说有什么新情况，请与他及时联系，需要帮忙的话，也请不要客气。他还留了一本新出来的《飞碟》杂志。

从刘浩这里，也没有了解到孟雨的任何真实情况。我极力想从刘浩的嘴里套出点孟雨的真实情况，就是无法得逞。这个刘浩似乎比较狡猾，他不给你可以利用的话头。

“你可能太骄傲了，太轻敌了，太得意于那天的应对自如了。”

“这个刘浩，是不是已经打听出我们的底细，起码知道了我们的大概情况？他既然能探听出你叫陆伟，为什么不能探听到你的更多情况呢？”

“你看他的神色怎么样？是不是有种故作姿态，也就是表演的样子？”

“我也是在表演啊！”

“如果他要真知道了我们的底细，我们该怎么办呢？”

“那也没有什么吧？我看，下一步，我们总得同刘浩、冯文森这些人，互相亮底吧？”

“他一再强调，叶静可能出国了，而不是失踪了。也不知道这意味着什么？”

“一个说孟雨可能自杀了，一个说孟雨可能出国，差别这样大！”

“我想，我在同他们这些人会见以前，就应该进入角色，显出焦急、沉痛的样子。今天，我在同老板聊天的时候，刘浩就进来了。那时，我的表情，可能不够痛苦。”

“好了，陆伟你已经很不容易了。还是先向高老师汇报一下吧。”

我简洁地向高老师汇报了刘浩的情况，高老师忧郁地提出：请暂时不要向魏小东的专案小组汇报刘浩、冯文森等这类人的出现，以免引起他们对孟雨的更多误解,好不好?

我说,好吧。

8　老客

程以又请我出去喝酒。我说如果还是喝“高粱白”,坚决不去。程以答应,你想喝什么,就喝什么。但他建议步行去。我也只好答应了。不过,我提出,今天的饭店由我来选。程以也答应了,说只要保证他不被认出来就成。

出门的时候,他家的老太太一直在向他讲解酒精对人体的危害。他说,又想当领导,又不想受酒精的毒害,那是根本不可能的。

这天夜晚,有一点风,风带来了那么一点凉爽。程以说:这点凉意,使他感到非常舒畅。

我说:“但这个时候,也可能是空气中汽车废气含量最多的时候。城市里,哪里还有美好的夏日,哪里还有宁静的傍晚啊!”

程以说:“所以,我不想坐车。”

“但是,你的司机很可能已经开着你的车,去拉亲戚办事,或者去歌厅舞厅卡拉OK去了,并没有因为你不坐车而减少对空气的污染。”

“我的司机不去歌舞厅那些地方。”

“你怎么知道?现在已经是绝大多数公务员停止办公的时候了吧,但你看看,你们各级官员坐的车,也就是计委所列支的公务用车,不是还在满街跑吗?”

“我们不谈这样沉重的话题了,好不好?”

“谈谈城市中这美好的夜景吗?满街的小汽车,就像流动的星河,真是美啊!这是现代城市必有的一种景观吧。这美丽的星河,如果不是由至少二分之一的公务用车在其中支撑的话,我就为它写一首诗。”

“老客,你是对步行有意见吧?”

“是啊,我什么时候才能热爱步行呢?”

“步行非常有益于健康。”

“太健康的人,他不会怎么热爱健康。”

“这又是老客格言吗?”

“是的。成天坐车的人,才热爱步行。成天喝好酒的人,才热爱‘高粱白’。成天出入大酒店的人,才热爱小酒店。”

“你还是说我啊?”

“这是我创作的格言。”

“牢骚而已。我们的时代毕竟在进步,我们的民族也毕竟在进步。这样的城市夜景,就是在十年前,也是不可想象的。”

“没有牢骚,也是不可想象的。”

“好了,我们的话题又太沉重了。”

经过二十分钟的步行,我把程以带到了一家叫“巴黎酒家”的小饭店里。里面简朴的程度,使特意寻找简朴的程以,也感到有些太简朴了。

我把程以带进了那个唯一的单间。

老板已经跟来了,我介绍说:“这就是这里的女老板,这位是我的朋友,老程,当官的,不过不大。”

女老板客气了一番,出去了。

程以问我:“你是不是常来这里喝酒?”

我说:“是常来。我给你说过这家饭店啊,你一点也记不得了?”

“你给我说过?就是这家巴黎酒家?”

“是的,肯定给你说过。”

“不可能。”

“我的一个写诗的朋友,去西藏算是采风吧,出了车祸。刚才那位就是他的妻子,出事后没多久,她的一头秀发几乎都白了。那才是感人的爱情啊。但她总得生活下去吧,我们大家就帮她开了这家巴黎酒家。你没有看出来吗,她的头发是染黑了的。”

“有点想起来了。我说呢,本来是漂亮的女人,怎么那么憔悴。你们怎么给起了‘巴黎酒家’这样不好听的名字?”

“原来叫国风酒店,但生意不行啊。”

“改成巴黎酒家,看来也不发达吧?”

“比原来强了。以后,请你多往这里介绍些生意。”

“这里的接待能力太有限了。”

“生意多了,接待能力也会提高的。今天,我点了这里最高档次的菜和酒,也算是你的一次慈善义吃。”

“我说过,一切由你。”

菜上来前,程以又聊起他在晨练中新遇到的那位女士。我说,在这样的酒店,在进行这样一顿“义吃”的同时,聊这样的话题,是不是有些太沉重啊?

他说,他非常需要和我议论一下,看这位女士是否值得信任,他真害怕再一次上当。

菜很快一道一道地上来了,都不名贵,但看着很精致,悦目,味道也相当怡人,没有特别的修饰,也没有特别的强调。

酒,是坛装的老白汾酒。

我说:“既然是义吃,就请不要那么讲究,你不是也在追求不讲究吗?怎么样,还行吧?”

他说:“相当不错!这是不是特别招待我们?”

“我们肯出钱,当然会受到特别的招待。”

“我是说,如果平时也是这样的水平,生意怎么会不好呢?”

“现在哪有几个是吃饭的啊?都在吃场面,吃派头,吃潮流,吃名气,吃豪华。”

“你说得很对。我很想向女老板表示一下我的敬意。”

“她可能顾不上接受你的敬意,她正亲自给你炒菜呢。”

“那就更应该表示敬意了。”

“向我表示敬意就可以了。”

“老客,你对采访孟雨,仍然没有兴趣吗?”

“孟雨是谁?” 、

“那个身份不明的知识女性。”

“那个你喜欢的女人?她现在怎么样了,侦破是不是有了新进展?”

“可以说,案子几乎没有任何进展。”

“没有任何进展,对她仍然一无所知?”

“是的。他们甚至在晚纸上刊登了一则‘寻人启事’,但也没有任何突破。”

“寻人启事?”

“他们假拟了一则孟雨失踪的启事,目的是想把那些了解孟雨真相的人寻找出来。结果,社会上的反应,据说只引出了几个对‘重谢’感兴趣的人,却没有引出一个了解孟雨的人。”

“那我们先为这个神秘的孟雨,干杯!”

“干杯。”

“你是不是对采访孟雨有兴趣了?”

“你真以为我比你们专业的侦探还能干吗?”

“你不可能在他们的专业方面比他们强,但在研究孟雨这个人上,你也许会比他们有作为。”

“你请我吃饭,就是想让我做这件事啊?”

“我只是建议。”

“建议我去做你的私人侦探,去侦察一个你喜欢的女人?”

“那就算了。我绝不是要你为我去做这件事,我只是觉得孟雨是一个值得研究的人。如果我真是一名记者,我早就去做这件事了。”

“那我们就再为孟雨干一杯!”

“你是不是想做这件事了?”

“我只想为她干杯。你干不干?”

“干杯。”

在这天晚上，程以既没有能说服我去采访孟雨，也没有能同我深入分析议论那位新结识的女士。这真是一次名副其实的“义吃”。

9　陆伟

“这里就是金园酒楼吗？”

“是。您是黄震宇先生吧？”

“是的，是的，你看，这不是那张晚报吗？”

“请坐吧，我就是沈伟。”

“啊，你是沈伟，你就是沈歌的弟弟！”

黄震宇很激动地过来同我握手，久久不肯松开。我尽量保持着一种痛苦而又不安的神态。我看，这个黄先生也是个很平凡的人。

“请坐吧。”

“谢谢。”

“黄先生你是喝饮料，还是喝啤酒？”

“不，不，沈伟，你想喝什么，我来买！”

“不，我们得表示一下心意，我们盼望你给我们带来了好消息。”

黄震宇已经把老板叫来，饮料，啤酒，小菜，都要了。

“黄先生，你太客气了。”

“哪里，哪里，我看到‘启事’，真恨不得立刻见到你们！”

“黄先生，你知道我姐姐目前在什么地方吗？”

“沈伟，先喝点，喝点。”

“你喝吧，我实在是不想喝。”

“你们的心情，我非常能理解。因为我也像你们一样，看到这则沈歌失踪的‘启事’，我简直不敢相信这是真的！沈歌这样一个出色的人，成熟的人，怎么会失踪呀？一定是发生了什么重要的事了，我真是焦急得无法形容，立刻就打电话同你们联系。但是，电话总是打不通！这几天，我真是水深火热，坐立不安。”

“我姐姐的下落，你也不知道啊？”

“坦率地说吧，我的确是不知道。自从两年前沈歌离开我之后，我一直没有再见到她。但在这两年中，我是无时无刻不在想念她，她已经把我的灵魂带走了。我一直不知道她为什么要离开我，她离开我的时候，什么也没有说，这正是使我感到最痛苦的地方。你姐姐沈歌，她太完美了！也许我配不上她，但她对我一直是那样好，谁能想到突然间她就神秘地消失了，消失得无影无踪。如果，不是今天见到你，我真不敢断定她是人是神！”

“我姐姐也是一个普通人，她只是喜欢用比较独特的方式恋爱。我们正是担心她的这些独特行为，给她带来什么不幸。”

“独特的恋爱方式？她恋爱过几次？”

“我不知道，她从来不向我们说她这方面的私事。”

“那么，她是怎么失踪的呀？”

“像平常一样，她去上班，然后就一直没有回来。”

“她怎么可能也这么神秘地离开自己的家？”

“的确是这样。”

“什么原因也没有说，什么话也没有留下，一张纸条也没有留下，就这样神秘地消失了，对吗？”

“是的。所以我们非常焦急。”

“两年前，她也是这样从我身边消失的！你们可以想象，当时对我的打击有多大。”

“你们之间发生了什么不愉快吗？”

“没有啊，什么事也没有发生。失踪时，她是去什么单位上班啊？”

“我姐姐没有告诉过你她的工作单位吗？”

“她告诉我说，她在市轻化所工作，但在她神秘地离开我之后，我去轻化所寻找过她，可轻化所不承认有她这样一个职工！我还不相信，在轻化所门外，整整守候了一个星期，仍然没有等到她！沈歌她到底在什么单位工作啊？”

“我姐姐可能是不想把家人和单位，牵连进自己的恋爱中。”

“又不是搞什么非法活动，怎么会牵连家庭和单位？”

“她说，恋爱也是一种选择。她也有权利选择。”

“你是说，她没有选上我？”

“我不知道你们的具体情况。”

“她是不是又恋爱了？”

“不知道。我们没有发现她有任何异常。”

“是的，是的，她在离开我的时候，也没有任何异常！她是不是又恋爱了？”

“我们真的不知道。”

“她肯定是又恋爱了！肯定是这样的！”

黄震宇一方面激动地向我表达他对沈歌强烈的爱，一方面又怀疑沈歌另有所爱了，这样反反复复，使这次会见也延续了比较长的时间。

他非常激动地说，找到沈歌以后，一定要让他和沈歌再见一面，让他明白为什么没有被选中，请沈歌放心，他不会纠缠住她不放，而是想让沈歌把他的灵魂还给他。

我答应，如果能同姐姐取得联系，一定设法让她满足他的这个要求。

10　陆伟

在会见了黄震宇的第二天，就得会见朱新华，真是太紧张了。

朱新华是下午三点很准时来到金园酒楼的，但他一到达，就开始怀疑一切了。他对这家简陋的酒楼充满了疑虑，不断地察看着周围的一切。他不敢很踏实地坐到椅子上，不敢挨桌子，很惊慌地挥手驱赶着一只飞来的苍蝇。

接着，他就同样疑虑地打量起我来。

“你就是白小伟吗？”

“是的，我就是。”

“我是朱新华，请你看，这是那张晚报，这是我的工作证，这是我的身份证。”

“不需要这样，我们是相信你的。”

“对不起，我能看一下你的学生证吗？”

“学生证？我没有带着，对不起。你不相信我吗？”

“不是，不是，但这样是必要的。现在什么事都可能发生，对不起，不是不信任你。那么，你还带着什么证件吗？身份证，带着身份证吗？”

“对不起，我什么证件也没有带。因为我们在电话里已经把会见的时间、地点、识别暗号，都约定了，这就是为了防止出错。”

“电话是不可靠的。”

难道有人窃听了电话？我感到今天碰上了一个可怕的对手。但看这个朱新华，很文雅的样子啊。是不是自己现出了什么破绽？我一直保持着痛苦和不安的样子啊！

我想缓和一下气氛，就请老板上了茶水和几听饮料。

“请先随便喝一点吧。”

“不，不，我什么也不喝。”朱新华简直像是惧怕中毒似的，拒绝了茶和饮料。

“朱先生，您要这样不相信我们，我也不想勉强您的。自从姐姐和我们失去联系以后，我和家人心急如焚，不知所措，所以才求助于社会。如果您想帮助我们，我们将感激不尽，如果您信不过我们，我们也不会对您有什么意见。”

“那么，你先告诉我，白小楠是什么单位的，从事什么工作的？”

“您既然这样不相信我，那我们还谈什么呢？我们又不是在谈生意，也不是向您募捐，您如果知道我姐姐的下落，就请告诉我们，如果您不想无偿提供这个我们急于想知道的信息，就请不客气地开一个价吧！”

“我不是这个意思。”

“我姐姐是搞化工研究的，是不是有人企图用暴力手段，抢夺她的研究成果啊？”

“不，不，我不知道这些情况！”

我这才稍稍松了一口气。

朱新华也不再坚持要查验证件了，但仍然不肯喝茶和饮料，仍然充满疑虑地打量这间简陋的饭店。我紧逼着要他说出白小楠的下落，或者是开一个有偿信息的价格。朱新华才终于承认，他并不知道白小楠目前的下落。

“我是小楠的男朋友，但她已经离开了我，我不知道她为什么要离开我。他离开我以后，我在哪里也找不到她，找到哪里，人家都说没有这个人。我们领导都说我上当受骗了。请你不要误会，我不是不相信你，你同小楠长得太不相像了！”

“我怎么知道会这样呢？人们都这样说，姐姐把我们全家的精华都一人独占了。她是我们家的灵魂，所以她的失踪，简直是要我们全家的命啊！”

“你们差别太大了，谁也不会相信小楠会有你这样一个弟弟。”

这个家伙，怎么能这样说话，这不是公开侮辱人吗？

“我姐姐也一直没有说过有你这样一个男朋友。”

“她也没有向我说过有你这样一个弟弟，所以产生了误会，请原谅。”

“没有什么，请随便地喝点吧。”

“不，不，我什么也不喝。”

他仍然害怕茶和饮料中有毒啊？

11 陆伟

我们除了接到冯文森、刘浩、黄震宇、朱新华四人的电话以外，再也没有接到新的电话了。而"西厢"行动首先召唤出的这四位先生，都没有提供有关孟雨的任何新情况。他们是本来知情而不肯贸然说出，还是像高老师和许强那样，对于和他们一见钟情的人，什么也不知情？或者，像孟雨现在所坚持的那样，她并没有向他们隐瞒什么，只是他们没有认真记忆，细心体悟？

孟雨居然同这么多的男人，做这种有趣的隐身游戏。这也许就是"西厢"行动首先揭示出来的新情况吧。这个新情况，虽然使孟雨变得更加神秘莫测，但也使我们的"西厢"行动本身，增加了神奇色彩。至少，比我们起初所想象的要有意思许多倍。

只是，这六位先生，除了高老师，我一个也看不上，包括那个许强。我向小组的其他同学，提出了自己的一种看法："见过这四位来访者后，我感到这几位孟雨的追求者、崇拜者，似乎都是同一类型的人，这个类型可以把许强，甚至高老师也包括进去。他们都是年轻的知识分子，但都不是那么杰出，无论是事业上，还是相貌上。以孟雨那样好的条件，她为什么不去寻找更杰出的人呢？"

"哪得能找到啊。"

"她要想找，什么样的都不愁找，有钱的，有权的，有海外关系的，老外，我看都能找到。"

"要是那样，我们还会拯救她吗？"

我说："我感到，孟雨坚持想在这类人中寻找爱情，不怕失败，是一种很感人的精神。但她是不是觉得，现在貌似杰出的那类东西，都不够可靠呢？"

"不杰出的人，难道就可靠吗？"

"那么，孟雨就可靠吗？"

“我看孟雨是杰出的。”

我说:“刚见过的这四位,我不敢说他们就是可靠的。他们好像预谋好了似的,异口同声都说,他们是如何狂热地爱过孟雨,但又如何对孟雨一无所知。他们是不是有意在回避什么呢?”

大家都同意我的这种分析。我们必须继续同这四个家伙接触下去,争取能有意外的突破。我对继续出面“接待”这四位,现在已经有了比较大的把握。不能说有把握玩弄他们于股掌之上吧,至少是不会被他们玩弄。只是,用什么借口请他们再出场呢?

还得继续策划。

大家策划了半天,认为还是虚构一个孟雨身陷冤狱的故事,比较合适。说孟雨被劫持、贩卖,太悬了,难以使人相信。说重病住院,那很难将她“隔离”的,他们要见孟雨怎么办?相比之下,按孟雨现在的真实处境,虚构一个身陷冤狱的故事,既可使孟雨蒙难,又能使她的崇拜者难以见到她。

你们深爱的人,现在身陷冤狱,你们能不去营救她啊?你们要营救她,就得首先证明她的真实身份吧?

但究竟虚构一个怎样身陷冤狱的故事,我们一直策划不完美,虚构的几个故事,总是留有漏洞,无法弥补。我忽然灵机一动:我们为什么不能来个真实的虚构?我们完全可以对那四个家伙说,我们终于知道孟雨的下落了,但是非常不幸,她被关起来了。为什么?和她恋爱的一个男人,说她是骗子。她坚决不承认自己欺骗过这个男人,又不肯和警方合作,案子一直僵持着,这就像孟雨的真实故事那样。你们既然也爱过孟雨,能不能出面证明她不是骗子啊?如果他们想打败自己的情敌,重新得到孟雨的爱,那他们应该愿意出面,并尽自己所知,说出孟雨的真相吧?

大家听了,感到有点以毒攻毒的味道,但还是有漏洞:你既然是孟雨的弟弟,为什么不能出面向警方证明她的清白,包括她的真实身份?

有漏洞,那就继续策划吧,反正“西厢”行动得继续进行下去。

大家还认为，应该再刊登一次“寻人启事”，继续寻找真正了解孟雨的人。难道孟雨真是一个天外来客吗？她的家人亲戚，同学同事，邻居朋友，全部都不看报吗？

12 高冬至

我最不愿意看到的结果，终于成了事实。学生们策划的这个“西厢”行动，一下子又给我召唤出四个情敌。尽管陆伟一再说，他们这几个人，都不怎么样，肯定是被孟雨抛弃的失败者，但我仍然感到太难以接受了。

孟雨竟然同这么多的男人恋爱过？

像孟雨这样才貌出众，这样富有魅力的女性，在和我一见钟情以前，那是不可能没有恋爱史，浪漫史的。孟雨不可能一直为我保留着处子的纯真。我是能够想通这一点的。我甚至接受了许强和自己分享孟雨的爱这样残酷的事实。

当然，也正是因为我一时难以接受这样残酷的事实，才鲁莽地将孟雨送进了公安局。当时如果冷静一些，理智一些，也许就不会有什么“西厢”行动了。但是，我再冷静，再理智，再大度，再宽容，也不能再接受四个许强啊！

这四个许强，也都分享过孟雨的爱！

孟雨看上了他们的什么呢？陆伟一再说，这四个人都不怎么样，他一个也没有看上。但孟雨却曾经看上过他们！特别是，孟雨同这四个男人的恋爱方式，几乎是和我的恋爱一模一样的，就像我的一见钟情和许强的那样一模一样。

孟雨是把我与许强以及这四个男人划到一起，一样地看待，一样地对待吗？

我无法抑制自己莫名产生的一种愿望：我想见见这四个男人，我必须见见这四个男人！我要看看他们是什么样的人，是不如许强，还是比许强出色？我知道同这四个男人见面，是一件比较难堪的事。但既然已经和许强相遇了，为什么不能再见见另外几个许强呢？

对这四个男人的评价，将关系着我对孟雨的评价。

我终于向拯救小组提出了自己的这个要求。

陆伟和其他同学都说，高老师，何苦呢，见他们，多没劲呀！

我说："不，我不能只坐在宿舍里，什么也不参与吧？"

"高老师，那你以什么身份出面啊？"

"什么身份也成，你们安排我扮演什么角色，我就扮演什么角色。"

"高老师，你能扮演什么角色呢？扮演孟雨的哥哥吧，你同陆伟长得毫无相像之处。扮演孟雨的父亲，又显得太年轻。扮演孟雨单位的领导，你还真不像一个领导，没有一点现在官僚们的那种派头，或者是气质！除了这三个角色，其他角色就不宜出场了。"

陆伟也说："高老师，就算你能成功地扮演一个合适的角色出场，你能受得了这四位向你倾诉他们对孟雨的爱吗？他们向我说得最多的，就是对孟雨的爱，强烈的，狂热的，不能忘记的，痛不欲生的，带走了他们灵魂的爱。你怎么能受得了？"

我说："我能受得了，能受得了，就当是对我的惩罚，对我的鞭挞，还不行吗！"

"高老师，你不要太激动，请不要这样。"

"何苦呢，你没有必要这样。"

陆伟说："高老师，为了下一步的拯救行动，我们请求你不要出面。这是为了孟雨，也是为了你。"

我无话可说了。

我早已意识到，拯救小组已经开始独立于我，已经把我放在一边了。

许多情况，他们已经开始向我保密。许多时候，他们是单独商量什么，不再请我参加。陆伟会见那几个许强之后，向我汇报的情况越来越简单，越来越含糊。他们掌握了什么不能让我知道的情况呢？是不是这几个许强，都和孟雨有过狂热的性爱啊？

我认识的孟雨，我爱着的孟雨，不是一个狂热的孟雨，更不是一个狂热地喜欢性事的孟雨。那时，连作为独身主义者的我，也认为孟雨是古典的。我痛苦地等待了将近一百天，试探了将近一百天，祈求了将近一百天，煎熬了将近一百天，才实现了那个梦想，登上了那个高峰，释放了那久蓄的痛苦。

如果孟雨是狂热的，那她为什么不向我狂热呢？

也许是我自己不够狂热？

我望着孟雨的照片，喝着"高粱白"烧酒，品味着一种真正的痛苦。

拯救小组不允许我出面去见那四个许强，却再次给我施加了压力：请继续认真回忆回忆，孟雨是怎样向你介绍她自己的，也许她真的把什么都告诉给你了。她是不是以一种非常特殊的方式，向你透露了她自己的一切？你不要以为自己太聪明，也不要怕自己显得太傻，如果当面向我们说不方便，那么写成书面材料也行。

孟雨很少说到她自己，她肯定是不喜欢谈自己。她已经把自己完全向你打开了，还需要说多余的话吗？

和孟雨在一起的日子里，我的记忆力好像也处在暂停状态似的，除了孟雨，什么也进入不了记忆。这是爱得太投入了吧，不是太傻。

我真的必须给他们写一份材料吗？

15　许强

我静静地坐在接待室里等候着。

这里等候的人虽然不少，但大家都非常安静。我也只好静静地坐下来，等候程书记的接见。接待室里充满了一种静穆感。

这里窗明几净，显然每天都要经过认真的清扫。这在现在的公共场合，已经很难见到了。当然，这里不是公共场合，不是候车室。这里是真正的权力机关。室内随意摆放着的那几盆鲜花,似乎更衬托出这里的庄严。

在这样庄严的场合,我不知道这次被接见会有什么结果。

为了见到程书记,我托了许多的关系,包括关系的关系,最后终于同程书记的秘书接通了关系。但秘书表示,安排同程书记见面,那可是相当困难的,书记每天的工作日程,永远是排得拥挤不堪。

秘书说:"这不是打官腔,因为谁在这个位置上,都是这样的。"

我说:"那么安排在书记下班以后,见见他,不论什么时候,都成,好不好?"

秘书说:"下班以后,那更不可能了。书记市长们是很难下班的,所以他们的下班时间就非常宝贵了。特别是程书记的公余时间,那简直是神圣不可侵犯的。程书记说,他如果没有正常的公余时间,那他就很难保证自己是一个正常的人了。一个不正常的人,怎么可能胜任那么繁重的领导工作啊?"

秘书说:"连我也很难占用程书记的一点公余时间。"

我说:"那就请设法安排我在办公时间见一见程书记。"

秘书说:"必须得有足够重要的理由,足够重要的事情。再铁的关系,我也实在无法安排他与程书记聊天。"

我说出了自己与罗秀君案件的关系,并说:"程书记很重视这个案件。"

秘书说:"我没有听说过这个案件呀?"

我说:"公安部门也把这个案子称为孟雨案件。"

秘书这才说:"孟雨案,我知道。我可以给你请示一下书记,看书记有没有时间。"

结果,程书记同意接见我。人们都喜欢叫她孟雨,这多少使我有点伤感。喜欢这样叫,就这样叫吧,反正我的罗秀君已经不存在了。

秘书说,程书记只能接见我十五分钟。而我必须提前一小时来这里等候。

十五分钟。在这十五分钟里,我怎么可能同程书记建立起良好的关系呢？但无论如何，也必须争取到一个良好的开端。我已尽最大的努力，收集了有关程书记的情报。

这是一位很有政绩又很有个性的领导人，六十年代的大学生。他分管的计划生育、城市卫生、扫盲、职工教育、群众文化等等工作，都受到过全国性的表彰奖励。在竞技体育上，本市拥有一批国内的金牌选手。高考升学率，本市也一直保持着高水平。在解决本市教师住房问题上，程书记口碑甚好。

但他似乎不容易接近。一般人很难给他送礼。也没有打听出他的亲信，或者说能够影响他的是哪些人。他的爱好，也不好利用。他喜欢运动，比如骑车，比如气功，都是单独的个人项目。他还喜欢碑帖，是原拓的碑帖，不是印刷品。碑帖虽然使用的是一种特别的纸张，研修造纸的我，在这方面却完全是外行。

所以，我还没有找到接近这位领导人的比较合适的切入点，对即将到来的这十五分钟，我感到有些紧张。

接见比原定的时间，提前了十分钟时间。这就是说，程书记还可能压缩预定的接见时间，或者说，程书记在接见来访的时间里，不会听你抒情，讲故事，说废话。

我被秘书召唤进程书记的办公室后，只感到这里充满了庄严。

"你就是许强吗？"

"是的。"

"请坐。"

"谢谢。您这样忙，您的时间这样宝贵，我来打扰您，感到非常不安。"

"不要这样说。如果不找我，你也能办了事，你肯定不会来打扰我了。有什么事，请说吧。"

"我叫许强，轻院的研究生。"

"你的情况，我听秘书介绍过了。"

"我是罗秀君案件，也就是孟雨案件的当事人。"

“这个情况，我也知道。你直接提你的问题或者要求，好不好?”

“这个案件，到现在基本上没有进展。”

“你是希望加快办案的速度?”

“不，我能理解专案小组，他们也很辛苦，很想早日结案。”

“那么，你是想把孟雨保出去?”

“不，我不想提这种无理要求。罗秀君，也就是孟雨，真实身份搞不清楚，我也不敢保她啊。我不能继续受她欺骗了，我这次受骗的教训，是深刻的。”

“那么，你是希望加快办案进度?”

程书记一直在追问我的具体目的，但我一直不知道应该把这个目的定在哪里。这一点，秘书预先是提醒过我的，但没有引起我的足够注意，我太相信自己随机应变的能力了。我没有料到，程书记不得到一个具体的请求，就不会同我交谈下去。我不能把这个具体目的定在“希望加快办案进度”上，这样，很可能会得罪魏小东他们。又没有太多的考虑时间，我只好把这个目的确定为：希望现在的高校学生，能接受我的教训，不要犯此类上当受骗的错误。

程书记对我的这个要求，显然不是那么感兴趣，只是很平淡地说：“那很好啊。你可写成文章，投到青年刊物上。不过，写文章，恐怕还得等到搞清楚孟雨的真实身份吧？现在，你知道受到什么样的骗了？骗你的人，又是怎样一个人？这些基本问题，你都不明白，怎么写文章啊？目前，你还是好好配合魏小东他们，尽快把案子查清。同时，也不要太影响学习。国家培养一个研究生，不容易。”

就这样，程书记结束了这次难得的接见。时间虽然刚够十五分钟，我却没有能找到一个借口，或者是一个话头，可以加以发挥。我本来是设法抒发一下对程书记的敬意，赞扬一番程书记可观的政绩，反映本市的年轻人是如何喜欢程书记这样的领导，因为您有个性魅力啊。

这些设想，整个地没有实现。十五分钟，毕竟太有限了。

14 刘浩

8月3日

天很闷热。天气预报说有雨,但到下午了,太阳还在薄云中穿行。

叶静建议到外面散一会儿步,然后她就回去了。但我们出去还是找不到一个比较凉快而又安静的地方。叶静说她喜欢安静的林荫道,但附近哪有这样的林荫道呢?

叶静说,那她就回去了。我不想让她走,但我用什么来挽留她呢?

这时候,就忽然刮起了风,很大的风,尘土飞扬。看看天空,天也阴起来了。我心里真是高兴啊。自从在7月5日那个雨天,叶静向我公开了她的全部秘密,我就一直渴望着最后的突破,我以为实现这一步,已经不难了。但叶静总是说,"今天不行,请原谅。"

后来,她说:"那就等再下雨的时候吧,好吗?"

这以后,"天气预报"预报过好几场雨了,但只下这一场,也不大,而且那一天,我怎么也和叶静联系不上。

今天,真是要有幸福的雨水降临吗?

我说:"要下雨了。"

叶静说:"下点雨就好了。"

说着,就响了一声雷。接着,闪电,雷声,雨点,都蜂拥而来,风也更大了。我拉起叶静的手,开始往回跑。在雷电风雨中奔跑,叶静显得那样地兴奋,那样地开心,甚至显得那样地幸福。她是那样紧紧依靠着我,我搂着她的腰,在风雨雷电中幸福地往回奔跑。

跑回我的住处,外面已经大雨如注了。我紧紧地拥抱住了叶静。我说:"终于下雨了,这样大的雨!"

她说:"下点雨就好了。"

我说:"你忘了吗?你说,等再下雨的时候。"

她依偎着我，柔情似水，静默了半天才说："那好吧。"

我要亲手给她一件一件脱去衣服，她说："不。"

当她自己再一次一件一件脱去衣服，向我敞开了她的全部秘密的时候，我发现她好像失去了一切兴趣，她刚才的激情和柔情，都退潮了。但我已经不能多想这些了，我终于彻底拥抱住了她，没有任何间隔地拥抱住了她，狂喜万分地拥有了她……

外面仍然大雨如注。那是幸福的大雨。

我总想把那个删节号所省略的情景，重新再现出来。但一直都没有实现，自己的文笔在再现这种最惊心动魄的亲身经历时，总是显得非常无能。我不惜借鉴了文学名著和黄色书刊中的许多性描写，但仍然不得要领。因为没有一种描写，能符合我当时的感受。这个删节号就留在那里，一直在召唤着我去完成一种独创性的性描写。

不过，现在我重新把这则日记展现在电脑屏幕，并不是想删节这个"……"，而是真正在重温这段经历。我这样拥抱过的叶静，怎么会有陆伟那样一个弟弟？

我反复回想了同陆伟的见面过程，总是感到陆伟一点也不像是叶静的弟弟。

同胞姐弟之间，在外貌上可能存在极大的差异。但陆伟给我的感觉，不仅仅是这种外在的差异，而是一种内在的陌生。在和叶静有过那么亲密的关系之后，我应该在陆伟身上感应到某种熟悉的东西，如果陆伟真是叶静的弟弟的话。

可从陆伟那里，我没有感觉到任何一点熟悉的东西。

陆伟也没有告诉我任何一点有关叶静的新情况。我故意说，叶静很可能是出国了，企图探听到有关叶静的一些情况，但什么也没有探听到。叶静这位可疑的弟弟，简直是守口如瓶。像谜一样神秘的叶静，也依旧是一个神秘的谜。而这个可疑的陆伟的出现，反而更增加了叶静的这一份神秘。

当发现“金园酒楼”原来就是那样一家简陋的小饭店时，我就感到可疑了。叶静是不喜欢豪华的，我和叶静也没有到豪华的饭店吃过饭，但叶静也是绝对不会同意进这样的饭店吃饭的。它的卫生条件太差了。

陆伟和叶静分别姓父母的姓，这像是叶静的家庭里发生的事。选择这样的饭店请客，就不像是叶静的家庭办的事了。

因此，那天我采取了非常谨慎的交谈策略：强调自己和叶静已经不存在亲密的关系，我们是非常理智地分了手，而不是叶静突然消失了。这是一种必要的防范，再说，我已经结婚了，也不能陷得太深。

我没有能在第一次的约定时间去见陆伟，就是因为那天下午，爱人坚决要求我必须陪她上街去。我说编辑部有事，她也不答应。我只好失约了，幸亏我很容易地找到了一个接头暗号丢失的借口。我已经不是自由身了，不能陷得太深。

然而，这个陆伟肯定是知道叶静的一些情况的，他是至今唯一承认认识叶静的地球人。陆伟的出现，至少可以证明叶静不是外星人。叶静只答应在雨天和我做爱，这也不能被看成是外星人的习性了。

但是我不知道陆伟的出现，意味着什么，预兆着什么，又会给自己带来什么。即使这个陆伟真是叶静的弟弟，叶静还能重新回到我的怀抱吗？即使有这种可能，实现的难度也太大了。

在那次会面一周后，我又接到了陆伟的电话，说他们有了叶静的新情况，如果愿意知道，就再见一次面。

我问：“电话里不能说吗？”

陆伟说：“电话里说不方便，还是见面说好。”

我问：“是不是有了……下落？”我不想在编辑部里，再说出叶静的名字。

陆伟说：“情况比较复杂，见了面说吧。”

我就答应了，因为当时在场的同事好像都在注意我。会见陆伟，再次企图探明叶静是谁，我没有在编辑部张扬。我害怕消息会传到爱人的耳朵里，麻烦太大。所以，我迅速答应了陆伟。会见地点，仍然是在那个令人扫兴的金园酒楼。

“有了新情况，情况比较复杂”，这意味着什么呢？听陆伟的口气，好像不是怎样危急。

不过，我还是如约再次来到了金园酒楼。

像上次一样，陆伟已经在那里等候了。除了我们俩人，饭店里就再没有别的顾客了。陆伟站起来，和我握了握手。他的神情也没有什么异样。

“请坐吧。刘先生，喝点什么？今天我们请客。”

“喝茶就行了，我今天时间不多。麻烦告诉老板，请把茶杯洗干净点。”

“那么，来听饮料吧？罐装饮料比较卫生。”

“不，谢谢，就喝茶。”

陆伟吩咐老板重新冲洗一下茶杯，朝我笑了笑，说：“你们的《飞碟》很有意思。”

“谢谢。”我觉察到他似乎在用这笑容掩盖一种紧张。

“你们编辑部，有人见过飞碟吗？”

“有一段时间，我怀疑叶静就是从飞碟上飞来的人。”

“你真幽默。为什么呢？”

“她太神秘了。你们是不是已经知道她的下落了？”

“我要先向你说明，我并不是叶静的弟弟。我之所以要那样做，也不是想欺骗你，我们实在是负着一项同叶静有关的使命。这是我的学生证和身份证。陆伟是我的真名。”

他的这番话，并没有使我感到意外，反而证明了我的某种预感。我看他的学生证，没有什么错，他的确是师大历史系的学生。但我无法预料他要说出怎样的新情况。

“我不明白为什么要让我查看你的证件。你不是叶静的弟弟，那么你同她有什么关系呢？”

“可以说，我同叶静什么关系也没有，我们并不认识她，直到现在，我们也不认识她。我们只是在帮助她，我们也希望得到你的帮助。上次，我冒充叶静的弟弟，就是想得到你的帮助。”

“我听不明白。你说得有点条理好不好？首先。叶静现在究竟怎么了？她需要什么样的帮助？其次，你们既然不认识叶静，那是怎样知道她需要帮助的？你们为什么要帮助她？第三，那个‘寻人启事’到底是怎么回事？最后，请明确告诉我，我怎么就能帮助叶静？一项一项来，好不好？”

“好吧。首先，叶静并没有失踪，她目前是被作为一名嫌疑犯收审了。”

“你说什么？收审？嫌疑犯？那真是叶静吗？”我失去了平静。

“‘寻人启事’上的那张照片，你不是确认了吗？”

“但叶静怎么会犯罪？她犯了什么罪？”

“目前她只是嫌疑犯，不是罪犯。我们也认为她可能是无罪的，所以才想帮助她。”

“她是什么嫌疑犯？”

“骗子。有人举报她是骗子。”

“谁，谁举报她是骗子？”

“一个正和她恋爱的男人。”

“他控告叶静怎样欺骗了他？”

“隐瞒了自己的真实身份。”

隐瞒了自己的真实身份！叶静也向这个男子隐瞒了自己的真实身份？不过，听到这个情况后，我似乎得到了某种安慰。

叶静对别的男人也是这样啊。只是，难道这也是一种罪行吗？

陆伟说，因为公安部门也查不出叶静的真实身份，所以就将她收审了。

“这个男人也太乏味了，太没有幽默感了，简直太操蛋了！”

“是的，是有些太不像话了。叶静非常痛苦，但她不肯做任何解释，不肯向警方说明自己的真实身份，她说她并没有向那个男人隐瞒什么。也就是说，她不承认自己有罪。但是那男人说，他对叶静的确是一无所知。警方又查不清楚。就这样一直僵持着。”

“太操蛋了！”

“你愿意帮助一下落难的叶静吗？顺便说一下，叶静和那个男人恋爱时，用的是另一个名字，叫罗秀君。你能肯定，叶静是她的真实姓名吗？”

“你同叶静到底是什么关系？你所说的我们，又代表谁？”

“我和叶静素不相识。我们是指我和我哥哥。我哥哥是个记者，也不认识叶静，只是听说了这个奇怪的案子，就跟踪采访起来。越采访，就越同情叶静。于是，他就和警方一起策划了那个‘寻人启事’，想把熟悉叶静的人召唤出来。他们请我出面扮演叶静的弟弟，接待知情人。”

情况也真够复杂了，我真不知道应该不应该相信陆伟所说的这些新情况。不过，既然涉及警方，那他就不可能撒谎吧。

“那么‘寻人启事’，就找到我一个知情人吗？”

“暂时就你一个人。他们计划在日报上把那则‘启事’再刊登一次。”

“不可能吧？不可能就只有我一个人认识她吧？”

“他们也觉得奇怪。也许，现在一般人很少注意这类‘启事’了？”

“不可能只有我一个人看到了这则‘启事’！”

“是啊。但不管怎样，你如果真是爱过叶静，并且至今还相信她是个好人，不会犯罪，那就请你提供叶静的一些基本情况，以便我们尽快同她的单位或者家人，取得联系。你直接和我们说也行，或者，向负责这个案件的警察说，都行。他们现在都非常想找到一个认识叶静的人！”

“我对叶静的了解也非常有限。”

“那就尽力帮助一下她吧。你们毕竟相爱过。”

我必须谨慎从事。我还不能向他们暴露自己对叶静的真实身份也是一无所知。说出这样的事实，他们肯定不会相信，那不知将有什么麻烦。

陆伟向我提供了一个警官的姓名和电话号码。

15 朱新华

白小楠是不是欺骗了我，这是我一直想澄清的事实。所以，我去见了白小伟。但这个白小伟，怎么可能是白小楠的弟弟啊？在我的想象中，小楠的弟弟应该是一个极英俊的小伙子，气质上也应该像小楠那样脱俗，可这个白小伟太叫人失望了。小伙子既不英俊，也不脱俗，而且是在那样一个肮脏低级的小饭店里接待我。这一切都无论如何不能同白小楠联系起来。

出人意料的恶劣景象，使我所抱着的全部希望都被吓跑了。我感到自己是真实地落入了一个骗局。实在说，当时我真有几分惧怕。

白小伟不肯出示他的证件。白小伟也没有提供白小楠的任何情况。

只是，如果白小伟真是一骗子，'寻人启事'真是他设下的一个骗局，那么他是要诈骗什么呢？钱吗？至今还看不出他是企图诈骗钱财。我也不是现在那种有钱的人选吧。他好像只是要我说出白小楠的下落。这个可疑的白小伟，难道和我抱着同样的目的，都是想知道白小楠的详细情况。这可能会构成一个什么骗局呢？

这次会见以后，我也感到无法向领导汇报。所长很关心这次会见，可我怎么向他叙述这次会见呢？我说，这个自称是小楠弟弟的师大学生，根本不是小楠的弟弟，我又受了一次欺骗？你再三受骗，那也太丢人了。所以，我决定，自己也欺骗一次领导。

"'寻人启事'上要找的那个女人，不是白小楠，是一个有精神病的妇女，没有什么文化，根本不是白小楠。"我对书记和所长，都是这样说的。

我不想再让白小楠影响我和领导的关系，以及领导和领导之间的关系了。虽然，所长对我的谎言还有怀疑："怎么这个妇女和白小楠长得那样相像呀？"但我坚决为这场"寻人启事"风波画了句号："那个妇女，根本不是白小楠！"

现在，白小伟又打来了电话，说有了白小楠的新情况，再次约我去那个可怕的金园酒楼面谈。如果我能断定白小伟就是一个骗子，那就简单了：坚决不去。特别是，如果想维护我在领导面前所说出的谎言，也不应该去。只是，白小楠的新情况对我还是有吸引力的，也许还有很强大的吸引力。

我毕竟还是爱着白小楠的。我还想知道，白小伟究竟是在玩什么把戏。"寻人启事"上的那张照片，毕竟就是白小楠。

那么，我就得背着领导以及208所所有的人，去见白小伟？

约定去金园酒楼的那一天，我请了一整天的假。从九点开始就独自外出，远离了所里的所有人。

整个上午，我都在公园里闲逛。那时候，白小楠不喜欢在公园里约会，但我喜欢。现在，在公园里已经寻找不到多少有关白小楠的记忆了。她在公园很庄重，总是向我说些严肃的话题。但小楠和我一起在公园里漫步时，总是引起许多人的注目。那是因为小楠太漂亮了。

现在，有谁注意我呢！

一人在公园里闲逛，那是既无聊，又容易疲劳的一份苦差。但我也只能这样，很苦地挨到两点二十分，才挤上了开往师大的电车。到达时，只有两点四十五分。这一带更没有什么地方可以闲逛，我只好提前进入了金园酒楼。

我已疲劳不堪，也迫切需要坐下来休息休息。但对老板的一切热情招待，我都不客气地拒绝了。

白小伟是在三点零五分才到的。

"您好，朱先生。"

"你好。"

"您喝点什么？"

"我什么也不喝！不喝。"

"这是我的学生证和身份证，请您过目。"

"你这是什么意思？"

“请你过目。”

我拿过他的学生证看时，立刻就感到自己真的受骗了。

“啊，你并不叫白小伟？”

“是的，我叫陆伟。”

“那么，你也不是白小楠的弟弟了？”

“是的。”

“那么，你同白小楠是什么关系？你怎么知道她失踪的？从哪里得到她的照片？”

“今天我要告诉你的，就是白小楠并没有失踪。”

“小楠没有失踪？她现在在哪里？你知道她现在在哪里？”

“白小楠现在遇到一些麻烦，或者说是受到了冤枉。我们正在设法帮助她，我们也想取得你的帮助。”

“你快说，白小楠现在到底在哪里？”

“她作为嫌疑犯被收审了。”

“什么？被收审了？嫌疑犯，她是什么嫌疑犯？”

我真是大吃一惊。难道白小楠真是一个骗子啊？

“在具体告诉你这件事以前，我想先问你几个问题：你是不是还爱白小楠，或者你是不是曾经真正爱过白小楠？经过相爱，你认为白小楠是不是一个好人，或者她是不是一个值得你去搭救的人？”

“我不想回答任何问题。你和白小楠到底是什么关系？”

“我并不认识白小楠，我只是想帮助她。她被人怀疑是骗子。”

老天爷，白小楠真是一个骗子？

“那么你和她到底是什么关系？”

“可以说，我与她素不相识。”

“那你怎么知道她被收审了？‘寻人启事，又是怎么一回事？”

“你如果还想帮助白小楠，可以详细告诉你。”

那时，我感到烦乱极了。我真不知道应该不应该相信白小楠是个骗子。我只能找了一个借口，匆匆离开那个可怕的金园酒楼。

16 黄震宇

从沈伟提供的情况看，沈歌有出事的可能。像平常一样去上班，然后就没有回来。她怎么可能就这样失踪了？如果是以她那种独特的方式，开始了新的恋爱，那也应该回家啊。

沈歌和我热恋的时候，她是天天回家的。有几次，我请求她不要走了，但她还是走了，回了家。难道她会跟随一个新的恋人，不顾一切，远走高飞吗？

我知道，沈歌不是那种人，她要更成熟得多，更高贵得多。她在舞蹈培训班里，从那么多轻浮浪漫的男人中选中了我，那显然就是一种成熟。

即使她浪漫地远走高飞了，也应该告诉她的父母家人吧？

反复考虑多少次，我总感到沈歌出事的可能，发生意外的可能，非常之大。现在什么事都可能发生，何况沈歌又是这样一个总是受人瞩目的美丽女子。

她会发生什么不测呢？她还活着吗？自从她神秘地消失之后，我也重新寻找过能够代替她的出色女子。可惜，她是不能替代的。同她一比，谁都不可能出色的。她带走了我的灵魂。她不能就这样带着我的灵魂离开人间吧？

见过沈伟后，我第二次又去拜见了那位预测大师。大师说，沈歌没有危险。我问，可以肯定吗？大师说，肯定没有危险。

显然应该相信这位大师。这位预测大师，现在被许多人崇拜得如同神灵，特别是在工商界，房地产开发行业中，信誉很高。许多被一致看好的投资项目，经大师预测后，及时撤退下来，结果避免了覆没性的灾难。而有些谁也看不上眼的生意，经大师预测后，硬着头皮跟进，结果所得回报，令人震惊。

我本来是不相信这一套的。那些房地产开发商,不断地给我讲他们亲身经历的奇迹,我就想,不可能是所有的人都在编造这种奇迹吧？我亲自参与设计的建筑工程,就是在这位大师的指点下,有的动工建造成了,有的还仍然滞留在图纸上,我也不能不信服。大师的指点,那是比政府的批文还要灵验。

第二次请大师预测时,我报了一个"4"。这个数字是那么自然地涌现在自己的意识里,不像第一次,还经过了考虑和选择。所以,大师得出的结论,也就是沈歌没有危险,应该是更可信的。只是,结论的后半部分,令人痛苦,我和沈歌的关系仍然没有希望恢复。当然,即使和沈歌的关系真完了,我也希望沈歌没有危险,真心希望她还是那样美丽,高贵。

但是,时间一天天过去了,沈歌一直下落不明,这总是让我感到不安,万分不安。

沈歌说,她不喜欢夜晚,只喜欢白天。

我说,那怎么可能呢？谁能只过白天,不过夜晚。

她说,她就是不喜欢夜晚。

我说,现在城市的夜晚,几乎同白天没有什么差别了,现代的照明设计,正在实现"不夜"的梦想。

她说,她不喜欢的,就是夜晚的灯光,花言巧语的灯光,无理的灯光,无耻的灯光。

我不明白她为什么那样不喜欢夜晚的灯光。我问过她,她不说。她也许在夜晚的灯光下,有过什么可怕的经历吧？她是不是又遇到了类似的不幸？被歹徒劫持,凌辱,施暴？

我知道自己是在胡思乱想,但我无法控制自己的这种胡思乱想。

所以,当接到沈伟的电话,听说沈歌有了新情况,我紧张得连心跳都加快了。"是什么新情况,是不是有了沈歌的下落,她现在的情况怎么样？"

但沈伟说:"情况比较复杂,最好还是面谈。"

我说:"请简单说一下,现在她在哪？她的身体、精神、情绪,怎么样？"

“情况的确比较复杂，还是见面再说吧。”

“沈歌现在的处境，是不是非常危险？”

“见面再说，电话里实在不便说。”

难道沈歌真的出事了？

我度过了一个不眠之夜，连个噩梦也没有做成，彻底的整夜没有合眼。在经历和享受沈歌给予我的巨大幸福时，我也没有失眠过。

在约定那个下午，我提前来到金园酒楼。还提前点了啤酒、饮料，为沈伟预备好了座位。

老板说，你面色不好看，是身体不舒服，还是昨晚搓麻搓了一个通宵？

我没有理会老板，紧张地等待沈伟的到来。

沈伟是在三点过了十分，才来到的。

“黄先生，你太客气了。今天应该由我们来招待您啊！”

“不要客气了，请你快说说沈歌到底怎么样了？”

“好吧。我想先问一下你，你是不是真正爱过沈歌？”

“你这是什么意思呢？我不仅是爱过，而且一直都在爱着她，将来也不会再爱别人了，你还不相信吗？”

“那么，经过相爱，你认为沈歌是怎样一个人啊？”

“她当然是世界上最好最美的人！”

“那么，她如果需要帮助，你会无私地帮助她吗？”

“那还用说吗？她到底怎么样了？她需要什么帮助？”

“如果她有了什么危难，你会尽力去搭救她吗？”

“那是毫无疑问的！她现在是不是遇到什么危险了？”

他仍然不肯说出到底发生了什么事，而是从容地掏出了自己的学生证和身份证，推给了我。

“黄先生，请你先看一下我的证件。”

我想，沈歌肯定是出事了！

“请看一下。”

我拿起他的学生证,立刻就发现沈伟不叫沈伟,而叫陆伟!

“怎么,你不是沈歌的弟弟?”

“是的,我叫陆伟。我并不是沈歌的弟弟。”

“那你为什么要冒充沈歌的弟弟?这到底是怎么一回事?”

“我马上就会向你解释的。”

“沈歌现在到底怎么了?”

“她现在被当作嫌疑犯收审了。”

“你们说什么?”

“她被公安机关收审了,当然很可能是冤枉的。”

“你们是说沈歌吗?”

“是的。她被人怀疑是骗子。”

“这绝对不可能,根本不可能!”

“所以,我们想请您出来帮助沈歌。”

“我怎么才能帮助她?如果能够,我会不惜一切去帮助她!”

17 冯文森

这一次去见田伟,大刘又要用自己的车去送我。我努力做了一番推辞,大刘仍然不肯退让。

“咱自己有车,你为什么不能坐?放心,我不会扰乱你的会谈。”

我感到真是没有一点办法。

真不应该把田伟又来电话的事告诉给大刘。只是,大刘对这件事的关心,简直一点也不比我差,几乎天天都要问:有新的消息没有?

大刘还几次提出:“我们一起去会会这位田婕的弟弟,好不好?”

我怎么能带大刘去见田伟,那算怎么一回事啊?

第一次去见田伟的时候,大刘就要开车去送我,我好歹推辞掉了。“我第一次和人家见面,坐这样好的车去,人家会相信我是哲学所的吗?”

大刘说:“那有什么,玩哲学的就不能坐好车了?”

我说:“那是大学区,蒙不了人,就是我们所长吧,也坐不了这样的车。”

这样左说右说,大刘才作罢了。

大刘这种仗义之举,我本来应该感激才对,但心里总是有点隐隐作痛,大刘对田婕的关心,可能是太过分了。

我一直怀疑,田婕的不辞而别,突然离去,很可能同大刘有关系。因为田婕肯定是不喜欢大刘的。她说过许多次,说得非常明确:“我不喜欢你的哥们儿大刘!”

我问:“大刘是不是对你有什么不尊重的地方?”

她说:“我不是那种意思。我只是不喜欢大刘那一类的人,凡是那一类的人,我都不喜欢。”

“他是哪一类?有钱,有车,没有文化的生意人?”

“我不知道。”

“他是我的小学同学,总不能因为人家有了钱,有了车,就和人家断绝关系吧?”

在和田婕热恋的那几个月中,我真是感到难以处理和大刘的关系。

我能有缘艳遇田婕,并相互一见钟情,那完全是由大刘给我提供了机遇。那几乎是大刘逼迫着我去参加“省工博”的舞蹈培训班的。如果没有大刘的那种逼迫,我可能永远同田婕相遇不了。

自从有了田婕,大刘分明对我产生了崇拜感。我感到那是一种真正的崇拜,与大刘崇拜我的哲学职业,有明显的不同。我在大刘眼里,真正高大起来了。然而,田婕却是那么不喜欢大刘。和大刘的哥们关系,仿佛一天天在降低我在田婕心目中的形象和价值。

我应该向哪边倾斜呢?我当然不能没有田婕!但为了爱情,就不要哥们儿,这也不好吧?

田婕是不是感觉到大刘对她有什么不良企图啊?这正是使我心里隐

隐作痛的原因。从大刘第一次设盛宴款待田婕开始，田婕就说她不喜欢大刘。那次宴会上，我不记得大刘对田婕有什么粗俗的举动啊？当时大刘喝了许多的酒，但我喝得不多，因为我要保护田婕。所以，对那次盛宴的一切，我都记得很清楚。但大刘也的确对田婕表现出了过分的关心，过分的热情。大刘一直对田婕显得过分热情。

我也一直分辨不清，这是一种哥们义气呢，还是别有用心？

田婕的神秘离去，我实在无法解释，除了是因为大刘，田婕是绝对不会这样不辞而别的！大刘对田婕究竟干了什么事？也许是干了令人难以容忍的什么事了！在失去田婕的那些日子里，我怎么也无法否定自己的这个判断。但怎么来证明自己的这个判断呢？这正是一直使我痛苦万分的事。在失去田婕之后，我之所以表面上仍然同大刘保持着原来的关系，就是想证明自己的这个判断。

那么长时间过了，我始终没有找到证据，只有痛苦依旧。

在看到田婕失踪的那则"启事"，我曾经闪现过一个更可怕的念头，那就是在田婕离开我之后，又被大刘找到了。大刘很可能用非常的手段，达到了他的可耻目的。田婕不能忍受这样的污辱，就离家出走，自杀了。我感到这种可能性是非常大的。在见到田伟后，他也没有明确否认我的这个判断啊。

现在，田婕的下落还不知会怎样呢，大刘又表现出了这样过分的热情，这不是做贼心虚是什么？我又怎么可能坐大刘那么招摇的车去见田伟！

我也猜不出田伟又掌握了什么样的新情况。希望不会是田婕自杀的消息。

"怎么，你不是田伟？"

"是的，我叫陆伟。"

"那么田婕呢，她是不是也姓陆？"

"不，我并不是她的弟弟。"

"你不是她的弟弟？那你是她的什么人？"

“什么也不是，我也并不认识田婕。”

“这到底是怎么一回事啊？‘寻人启事’，田婕失踪，她的弟弟，她的新情况，这一切，到底是怎么一回事？”

“这一切，我都会给你说清楚的。我们是在帮助田婕。”

“你们是谁？田婕现在需要什么帮助？”

“这些，我也都将给你说清楚。我想先问你几个问题，好吗？”

“你问吧，你快把一切说清楚吧！”

“你还爱田婕吗？或者说，你曾经真正爱过田婕吗？”

“你这是什么问题？我怎么能回答这完全属于私人的问题？”

“对不起，我只有知道了你对这些问题的态度，才能决定是否向你说出有关田婕的一些近况。”

“我当然是爱田婕的，上次我也给你说过吧？”

“好的。那么，通过相爱，你是不是认为她是一个好人？”

“那当然，如果不认为她是一个好人，我还会爱她吗？”

“如果她现在有了危难，你愿意尽力去搭救吗？”

“田婕她现在怎么了？”

“你愿意搭救她吗？”

“那还用说吗？她现在到底怎么了？”

“她被收审了。”

“你说什么？”

“田婕被收审了。”

“收审？这怎么可能？她怎么会被收审？她是为什么被收审的？”

“有人举报说，她是骗子。”

田婕是骗子？我可从来没有这样怀疑过。但她没有自杀，使我松了一口气。

18 魏小东

一听说程书记又要召见我，心里就很紧张。这么长的时间过去了，孟雨的案子几乎一无进展。真是辜负了程书记对我们的期望了。老万到新专案组才几天，听说已经很露了一手，提出的侦破方案，相当管用。老万很受重用。可自己这里呢？

不过，程书记对我还是和颜悦色的，没有一点异常。

"怎么样，你们几位小东，还都挺好吧？"

"很好，都很好。"

"我一直想回请你们一顿，总是没有落实。但我是记着这件事的。"

"您太忙了。"

"不能叫忙，这种位置上的工作，就是这样一种状态，或者说，忙是一种常态。我不会忘记请你们吃饭的。孟雨的案子，进展得怎么样了？"

"还是没有多大的进展。我们感到有些对不起您对我们的关心。"

"怎么能这样说呢？我也没有把你们当作神探来关心吧？那个'寻人启事'，也没有什么效果吗？"

"是的。只收到一些询问'重谢'是什么意思，奖金是几万之类的电话。还有什么记者打来电话，想采访，甚至想买下采访权，他们说肯定能写成一个畅销故事。"

"他们出多少钱啊？"

"他们出多少钱，我们也不能答应。这不是干扰破案吗？"

"现在报刊太多，报刊上刊登的这类启事也太多了，所以，你们的'启事'恐怕也不会引起太多人的注意，特别是不会引起你们希望寻找到的那些人的注意。"

"所以，我们想在本市的电视广告栏目里，播一下这则'启事'。电视的效果，肯定好得多。分局领导不同意，说那不成了一种变相通缉吗？现在我们还不能断定孟雨犯有重大罪行，采取这种手段，是不妥当的。事实上，在晚报上刊登‘寻人启事’，也是由高冬至出面实施的，我们没有出面。”

“高冬至？”

“就是本案的原告之一，师大的那位老师。”

“还有一位叫什么，许强？”

“对，他是轻院的研究生。”

“这个人怎么样？”

“怎么说呢，比较机灵，比较活跃，在社会上的交往也比较多，但也比较‘油’。他对举报孟雨似乎比较坚定，精神上，情绪上，看不出有什么影响。听说，他现在又有了新的女伴。不像高冬至，现在好像很后悔，能够看出来，他内心非常痛苦。所以，也能积极配合我们，想尽快把孟雨的身份澄清。”

“孟雨的态度，仍然没有转变？”

“是的。她的情绪，现在也有些急躁了。”

“还是要耐心做她的工作。你们没有急躁吧？”

“我们正在寻找她经常说到的一个同学，已经有了一些线索。只是，万晓东已经调到其他组里去了，我们人手也不够。”

“那看来，我得尽快请你们吃一顿饭了。到时候，一定要把万晓东也叫来，还是和你们三个小东，用大杯喝一次酒。”

“谢谢您的关心。我们一定争取尽快把孟雨的身份搞清。”

程书记的态度这样亲切和蔼，我放下心来了。表示了对案子的关心，但又没有施加一点压力。对老万也没有说什么，只是还要请他喝酒。

我也应该拿出一个方案，或者是一个设想，一个主意，一个灵感。老万提出过好几个设想，虽然有的太可怕，有的被别人也想到了，但老万还是出了力的。笑东现在的进展也不错。她说，她也突然抓住一个灵感，于是就追出了小加的线索。只有我自己，还没有想出一个好的主意，提出一个新的解题方法。

对孟雨的攻心，是不是太“实”了？没有迂回，没有声东击西，没有避实就虚，没有寻找一种比较好的攻心策略？总之，我的攻心，可能智慧投入量不够。孟雨不是一个简单的女人，没有足够的智慧，是攻不下她的心来的。

但笑东说，她非常不愿意听这句话。

“没有足够的智慧，我是攻不下她的心来的。这句话有什么错啊？”

“还不明白？说明你真是没有足够的智慧！”

“你认为，不需要多少智慧，我就能攻下孟雨的心吗？”

“我不愿意听你这样说，你怎么还要这样说！”

“我怎么说，你愿意听？”

“你真是没有智慧。”

“我没有足够的智慧，也攻不下你的心，是不是应该这样说？”

“什么‘也’！”

“你说什么？”

“听不清算了。”

“我没有足够的智慧，是攻不下你的心的。应该这样说吗？”

“好了，提示已经太多了，答出来也不算是智慧了。”

“引出你太多的提示，这就是我的智慧。”

“你的智慧，还是留着去攻孟雨的心吧。”

“我真是感到压力很大，这么长时间了，还没有查明孟雨是谁。这怎么有脸吃程书记的饭呢？”

“那我们就尽快外出调查一次吧。我调查出来的那个‘白玫瑰’，还是有价值的。她现在所在的天门市，离我们这里也不远，花不了多少出差费的。”

“但据高冬至和许强说，小加是去深圳办公司了，而不是在这个地方搞服装批发。”

“他们的话能那么相信吗？孟雨既然常常向他们提到小加，他们竟然不知道这个小加的姓名，这简直不可思议。但我寻到的这个证人说，这张画像上的女人，肯定就是‘白玫瑰’，这个‘白玫瑰’，现在肯定在天门市，他前不久还在她那里批过服装。”

“她怎么选中了天门？”

“我还希望她选中深圳呢，可惜不是。天门有大生意做，她就去了那里，这不是很简单的道理吗？”

“那好吧，我们尽快去一趟。”

“你早应该有这样的智慧了。”

“你特别想外出，对吗？”

“你看出来了？”

“孟雨是一个谜，你也是一个谜。”

“我怎么能和孟雨相比？或者说，怎么能拿我和孟雨相比？”

第四部

1　陆伟

第二次会见孟雨的那四个崇拜者时，除了朱新华，其他人都答应帮助孟雨。黄震宇甚至说，他会不惜一切代价去帮助沈歌，也就是孟雨。但是，当时他们都没有提供有关孟雨的任何新情况，都说要和警方先联系一下，看究竟怎样帮助才更有力。好几天过去了，他们谁都没有主动同魏小东领导的专案组去取得联系。会见时，他们都像那么回事似的，认真记下了专案组的电话。

这几个家伙，难道真以为孟雨是骗子？还是被公安机关吓住了？或者，他们对孟雨的确也是一无所知？

也许，不应该采取这样一种“真实的虚构”，不应该对他们说孟雨被怀疑为骗子。谁能想到，他们会是这样虚弱，这样害怕骗子啊？

或者，“寻人启事”的策划，也就是整个的“西厢”行动，都可能不是一个好的策划。为什么这个“寻人”行动，至今就只寻出这样四个不中用的家伙呢？

“但当初,你们谁没有被‘寻人启事’所包含的智慧迷住呢?”

“实践证明,智慧的‘寻人启事’,也有致命的漏洞。”

我说:“你们策划‘西厢’行动的时候,我还没有参加进来,更没有想到我会在其中扮演这样重要的角色。整整经历了八场惊涛骇浪！可结尾时,却发现原来一无所获。”

“现在还远远不是结尾啊!”

“不要管这些家伙了,我们还是去寻找小加吧!”

我说:“我们已经快开学了,哪有那么多下海捞针的时间呢?”

“那么去化工行业,寻找孟雨?”

我说:“你们再不要导演新戏了。我主张,还是把‘西厢’行动继续进行下去。”

“继续刊登‘寻人启事’?”

我说:“要比‘寻人启事’进一步。我们能不能想办法,把孟雨的照片作为摄影作品发表出来？这样就会有更多的人看到她的照片了,也就说,我们真正想找的人,就更有可能看到她的照片了。”

“你是想再给高老师找出几个情敌来?”

“我们哪有孟雨的摄影作品呢?”

我说:“我看,高老师留着的那张就不错。孟雨这样美的人,又显得那样沉郁,好像有许多愁,无限情,比现在许多美女照耐看多了。”

“高老师会同意吗?”

“我们做工作呀!”

“谁有办法找地方发表?”

“我们想办法呀!”

2 许强

清晨的寒意,已经是这样的明显了。我只守候了片刻,就感到身上的汗水变成了一片冰凉。到底是秋天了。

从学校赶到这里,出了一身的臭汗,因为骑车的速度太快了,又是一辆破车。但我不得不这样大汗淋漓地赶来。今天,本来应该醒来得更早些,可是醒来时发现,并没有比昨天早了多少。闹钟响过后一刻钟,我才反应过来,不知道这预兆着什么。

昨天,也差不多是那个时候醒来的,但赶到这里,扑了一空。在清晨的寒冷中,我一直守候到将近七点钟,也没有候到程书记。显然,程书记在我到来之前,已经出发去晨练了。我听说,程书记的晨练是风雨无阻的。又有信息说,最近程书记肯定没有外出。所以,扑了空,只能说明自己来得太迟了。

得到有关程书记的这些信息,包括程书记府上在何处这样重要的信息,我真是费了大劲了,太大的劲!请秘书吃一顿饭,秘书是不会告诉你的。而且,要想把程书记的秘书请来吃你这顿饭,这本身就得费相当大的劲。像程书记的秘书这样的秘书,你是可以随便请到的吗?

在这个过程中,我深感自己是一太小的人物!我能艳遇罗秀君这样出色的女人,能得到她那样难得的爱,可是要想"知遇"程书记这样的人物,受到他的注意,那真是太难了。这个难度,并不是因为我自身条件太差造成的,而是因为自己站立在一个太低的高度上。对方从太高处俯视你的时候,几乎不可能把你看清!

那次,我做了那么大的努力,终于受到了程书记的接见,但在那宝贵的十几分钟的时间里,程书记始终都没有认真看我一眼!程书记与我素不相识,没有理由歧视我,冷淡我,可以说只是因为我是一个太小的人物,对方根本无法看清我。

但那一次,也使我产生一个强烈的愿望:必须走近这位程书记!这已经不仅仅是为了平静地注销那张结婚证,而更重要的,是使自己变得引人注目,使别人能够更清晰地看到你。

这对我的一生,可能都是很重要的。

所以，我必须在更早的时候就醒来，从遥远的学校，骑着自己的破车，以最快的速度，大汗淋漓地赶到这里来。再像间谍一样，表面无事般平静，内心却紧张无比地守候着那个目标。

那是一个大目标。

今天，不会再迟到了吧？还看不到多少出来晨练的人呢。

我似乎是第一次感受到，这个城市原来还会这样地宁静，宁静得令人感到沉重。

是自己太紧张了。我像间谍一样偷偷地守候着程书记这样一个大目标，如果被发现了，那会怎么样呢？但我必须这样做，必须走近这个大目标。

出来了一个骑自行车的人，骑着一辆非常漂亮的跑车，穿着一身很漂亮的运动衣，车技也很潇洒，从胡同驶出来，一转弯，就加速了。

这个漂亮的目标，几乎要在我的视野里消失的时候，我才突然反应过来：还发什么呆啊，那就是你要等待的目标！我当时站的地方比较远，没有看清是不是程书记，但我判断那肯定就是。程书记难道能穿着西装革履出来晨练吗？

我跳上自己的破自行车，慌忙追赶而去。

那漂亮的服装，漂亮的车子，还有那漂亮的车技，使我没有及时反应过来。就靠自己这辆破车，能追赶上程书记那辆漂亮的跑车吗？

但你必须追赶上去！

我拼命加速追赶。如果那真是程书记的话，我是应该能够追上的：我毕竟年轻啊。年轻，这是最大的优势。像程书记这样年龄的人，大概不会拼命加速骑行吧，人家是为了锻炼，而不是为了追赶什么。

我拼命追赶了一程，可前面的目标，还是很小，还是稍一放松，就会消失。我有年龄优势，人家有装备优势，人家骑的是一辆先进的跑车啊。

按照事先的设想，我也只能尾随着骑车晨练的程书记。然后在程书记中途休息，或者停下来打拳，做体操，练气功的时候，再设法接近。我当然不能自称也是骑车晨练者,而计划说自己是到早市打工,或者是做市场调查。我当然没有估计到,尾随居然会这样困难!大约经过了五分钟的追赶,我终于使得前面的目标变大了一些,但在过了一座立交桥之后,居然把目标丢失了。我在那一带寻找了很久,也没有找到。

真是令人丧气。

也许,那不是程书记吧?他怎么可能骑得那么快呢?

我返回起初守候的地方,又装着自行车出了毛病,蹲在那里做修理状,等待目标。但再也没有等出一个骑车的晨练者来。

我狠狠地咒骂了自己几句,沮丧无比地骑着自己的破车,返航了。

第三天清晨,我借了一辆先进的山地车,终于实现了对程书记比较成功的尾随。

但骑着这样先进的车子,就很难说自己是去早市打工,只能说是去早市做市场调查。可我总觉得,说自己早起出来打工,显然更容易感动程书记。当然,也可以把市场调查说成是一种打工,为某机构或某课题组承担有偿的市场调查。只是,这能感动程书记吗?

我一边注视着前面的目标,一边重新构思着自己的"走近"方案。或许,今天只是在"走近"之后,简单地,匆忙地同程书记打一个招呼,当然也要表达出必要的敬意,然后就匆匆离去。在以后的许多天里,每天都重复这样简单的招呼,渐渐形成这样一个局面,程书记对我已经相当熟悉了,但一直不知道我天天起这么早是干什么。于是,对方也有了想了解我的愿望。

这样,我说出打工,或者是搞市场调查,那效果必然更好。

这是一种渐进式的"走近"吧,这样应该比较稳妥。

只是,骑着先进的山地车,我也得费不小的劲,保持相当快的速度,才能实现成功的尾随。而且程书记一直不减速,将近二十分钟过去了,也没有停车休息的迹象。

程书记的晨练,难道是做环城自行车跑?

无论如何，我得尾随不放，就是做环球拉力跑，我也得坚决跟进！

骑行将近三十分钟，目标终于减速，下车，进入一个破旧的体育场。

我也在远处跳下了山地车，我不能靠得太近。我得稍作等待。

看看这个体育场，那是一个很小很旧的体育场，从外面能看到高悬于围墙之上的几排老式照明灯具，围墙也很破旧了。那里面很可能是几个并列着的篮球场，或者是网球场。

这就有问题了：它虽然破旧，但仍然是有围墙封闭着的，如果程书记是在这里练气功，那他每天怎么"走近"打招呼呢？专门进入体育场，那就不像是恰巧路过了。

我推着车子，靠近了这个体育场。看到一个存车处，有不少的车子停放着，但已经看不到程书记了。我也存了车。

又发现入口处有个老头在收票。看到了售票处，这时我也看清了这里是晨练的露天舞场，并不是练气功的地方。

程书记会是来这里跳舞吗？

我买了张票，小心地进入了这个体育场。我一眼就发现了穿着漂亮运动衣的程书记，正在和一个漂亮的女士热情地说着什么，同时一边在做着伸腿扭腰的预备活动。这个时候，其他的晨练者似乎对程书记没有任何特别的反应。这里的人们，似乎并不把程书记当一个大目标看待。

这里是一个人人平等的晨练乐园啊？

如果真是这样，我加入这个乐园，那不就很容易"走近"大目标了吗？

但另一个念头，也很快闪过了出来：如果自己看到的是程书记的隐私呢？我立刻感到紧张起来了。

我小心翼翼走进了晨练的人群，在远离程书记的角落里，开始装作锻炼身体的样子，做起了体操。同时，开始观察自己的目标。

程书记一直是同那个漂亮的女士在一起，跳舞，交谈，或者还练点什么功。

我提前撤退了。我还得连续观察几天，才能下自己的结论。

3 老客

夜里很晚的时候，又接到程以邀请喝酒的电话。

"现在吗？"

"不是现在，是后天，怎么样？从那次同你'义吃'以后，一直都没有时间为了自己喝点酒。"

"你是还想去巴黎酒家'义吃'一次啊？"

"对不起，这次不是'义吃'。"

"那么是又有什么好消息相告？"

"哪里有那么多好消息！"

"最近的实验，进展怎么样？"

"比较平稳，比较正常吧。只是委托我在报纸上发表的群众呼吁，我实现不了。"

"人家是不是在考验你呢？"

"不像是吧，那是一个很现实的问题，体育场被出卖了，大家早晨将没有场地跳舞了，很像失去家园的那种情绪。"

"是不是要我在报纸上出面，为你呼吁一下？"

"现在还不想劳驾你，我这次是要请特别点的客人吃饭，想请你来陪一下。"

"请什么特别客人，那位新朋友？"

"不是，不是，是几位小警官，就是负责孟雨案子的那几个年轻人。"

"明白了，你是为了那个孟雨，宴请这几个警官吧？"

"是这几个年轻人先请我吃过饭，我现在回请人家啊。你想不想认识一下这些年轻人？我觉得，他们都很不错。"

"那好吧。不过，我不是为了你，也不是为了那几个小警官，我是为了孟雨。我想知道，这个孟雨到底有多大的魅力！"

"这一次，我可没有动员你。"

“是你的表现,引起了我的好奇心。”

“我的什么表现啊?”

“我从你的表现,看到了孟雨不同寻常的魅力。”

“这次请客,的确是为了回请那几位小警官。”

“你不要辩解了。”

程以宴请这几个小警官,是不是因为孟雨,我不知道。但是,程以请我去作陪,这肯定是因为孟雨。程以显然还是希望我去了解一下孟雨。

这个孟雨真有什么不同寻常之处吗?或者说,她的魅力真是那么不寻常吗?

我终于决定,去接触一下这个神秘的孟雨。但愿不像我所担心的那样:现在一切神秘的东西,最后显现出来的都是索然无味的原形。

程以向我一一介绍了魏小东、万晓东和吴笑东。

“三位都叫小东,又都特别能喝酒!”

我忙做了自我介绍:“能认识你们是缘分,就像你们三位能在一起工作是缘分一样。可惜酒量不成,请杯下留情。”

万晓东说:“我最近太缺觉,太累,抗不住酒了,也请留点情。”

吴笑东说:“我本来就不会喝酒,这次也没有接受喝酒的任务。”

魏小东说:“程书记请你们喝一次酒,不容易,怎么都客气起来了?我喝,笑东,老万,你们也得好好喝,老客,你也得好好喝!”

万晓东说:“魏头,我现在不归你领导了,可还是归程书记领导啊,我要能喝,还用你动员吗?”

吴笑东说:“那我受双重领导,得喝多少酒呀?”

程以说:“今天,都得好好喝,我带头喝,好不好?”

我看这三位年轻的警察,显然还保留有那种大学生式的单纯、自信,还有机智,这也许就是程以喜欢他们的原因吧?吴笑东是个漂亮的女孩子,做了警官,令人敬佩。但程以说这个女孩子很能喝酒,我有点不太相信。

看魏小东和万晓东,也不像非常能喝酒的人,因为他们显然太年轻了。

我今天来,主要是想听听他们对孟雨的看法。要想使他们说出真实的看法,恐怕也得和他们好好喝酒吧?

程以选了"古井"和"汾酒",但魏小东和万晓东坚持要喝"高粱白"。他们说,"高粱白"喝得再多,睡一觉就没有事了,好酒可不成,要耽误工作的。后来,我才知道,上次他们请客的时候,程以就是坚持要喝"高粱白"——他们似乎是想取悦于程以吧。

程以说:"怎么能喝'高粱白'!"

魏小东和万晓东说:"还是喝'高粱白'吧!"

程以问吴笑东:"小吴,你说吧,我们喝什么?今天的一票否决权,就交给你了。"

吴笑东说:"那就喝'高粱白'吧,反正我也不会喝酒。"

于是,就决定了喝"高粱白"。我真感到有点儿扫兴,但我既不是主人,也不是客人,就只好准备着喝"高粱白"了。在这样上点档次的酒店里,喝这样不上档次的烧酒,这就是程以所寻求的风格吗?

但我怎么也没有想到,漂亮的吴笑东居然倒了半啤酒杯的"高粱白",首先向程以敬酒。程以居然也拿啤酒杯,倒了同样多的"高粱白",接受挑战。

他们都一饮而尽了。

程以喝得有些辛苦,而漂亮的吴笑东简直就像喝啤酒,甚至像喝饮料一样,喝得那样流畅,那样举重若轻。

我既吃惊,又紧张,因为下一个敬酒目标,很可能就是我。我真还没有参加过这样的酒阵。果然,吴笑东又倒了半啤酒杯的"高粱白",来向我敬酒了。

我慌忙说:"我甘拜下风了,我用白酒杯喝,好吗?"

程以说:"那哪儿成呢?来吧,大杯喝,非常痛快!"

魏小东和万晓东也不允许我用小杯。吴笑东笑着等待我。

我感到吴笑东笑得非常美。

“好吧。”我也端起了半啤酒杯“高粱白”，和吴笑东碰了一下杯，就一口接一口把这许多白酒喝下去了。等我喝完，吴笑东又是那样流畅，那样举重若轻地一饮而尽。

我用大杯这么干了一杯，觉得喝起来似乎要比想象的容易些，但一看吴笑东喝得那样漂亮，就感到自己简直像是喝中药了。

这么漂亮，又这么能喝酒的年轻女子，我似乎还是第一次见到。我见过的那些能喝酒的女人，都没有吴笑东漂亮。而那些比吴笑东漂亮的女人，都不会喝酒。喝酒当然是指喝白酒。漂亮，又能喝酒的女孩子，那才是有魅力的女孩子吧。

她之所以要当警官，是不是因为能喝酒啊？

她令人吃惊地那样大杯喝了白酒之后，并没有变得像一个男人，粗声粗气，甚至粗野粗暴地说话，企图显示一种威风，或者是力量，她没有这样。她一点都没有变。吴笑东仍然是一个漂亮的女警官。

万晓东、魏小东也轮流用啤酒杯敬酒了。我觉得无法推辞，我不能只喝女警官的，不喝男警官的。很快，我就这样干了三大杯酒。这时，吴笑东什么变化也没有，还是那样平静，笑的时候还是那样美。但我自己，已经感到沉重起来了，不是脑袋沉重，也不是身体沉重，是心里沉重。

你们知道，心里沉重那是一种什么滋味？

程以也开始敬酒了。我不和程以干杯！

“程以是你做东啊，你为什么现在才向客人敬酒？你不应该在这种场合还摆那官僚的派头，你不应该让吴笑东先向你敬酒，你又流露出你那官僚的本色了。”

我想问一下，孟雨会不会喝酒，孟雨比吴笑东还漂亮吗？但我不知道后来问他们了没有。因为，以后的事，我都记得不太清楚了。

4　老客

两天以后，吴笑东陪我去见孟雨。在路上，我问起了那天喝酒是怎么结束的。

“那天，你们都喝醉了吧，你，老万，小东。我看程书记也有些醉了，不过，不像你们醉得那样厉害。”

“我醉得很厉害吗？”

“老万最厉害，他都哭了。小东提前把他送回去了。他太累了。”

“他好像说在侦破一个杀人案，但我只记得杀人，别的，都记不太清楚了。”

“那是一个雇佣杀手，杀人报复的大案。你当时说，中国的杀手也太便宜了。”

“我真不记得了。我没有哭吧？”

吴笑东笑了，笑得非常美。那天，在没有喝醉以前，我就觉得她笑得非常美。喝醉后，有没有对她胡说八道呢？

“你笑什么？我出什么丑了？”

“没有。”

“那天我喝醉之后，说什么不礼貌的话了吗？”

“没有。”

吴笑东仍然笑着，而且露出了几分羞涩。

“一定叫你笑话了，但我实在没有用那么大的杯子干过杯。”

“我们爱起哄，其实，这哪里像喝酒的样子？”

“什么叫喝酒的样子？我看，这样用大杯喝酒，才是真正喝酒的样子！每个爱喝酒的人，其实都是想求得一醉的人，在一醉中求得片刻解脱的人。但大多数人在求醉的时候，又不是那么勇敢。干杯，干杯，叫喊得非常勇敢，但喝起来总是不敢到位。大杯喝酒，是快速到位，勇敢求醉，非常动人啊。”

“你们醉了，一个一个都显然那样痛苦不堪，好像怎么苦大仇深似的。连程书记也说，他无家可归了，他想去流浪。真有意思。”

“男人喝酒，就是为了诉苦，我们平时都是无处诉苦，有苦难言。你为什么要喝酒呢？你怎么那么能喝酒呢？”

“我其实不会喝酒，我喝酒纯粹是为了完成任务。”

“什么任务？”

“领导，或者是朋友交给我的任务。”

“难怪你喝不醉呢，你不是为自己喝酒。”

“为自己喝酒？我还是第一次听到这种提法。为自己喝酒，就能喝醉吗？”

“是的。不信你试试。”

“这样说，我真是不会喝酒。”

吴笑东又笑了，笑得很美。

在一间预审室里，吴笑东把孟雨带进来了。

她不像我在照片上见到的那样滋润，那样鲜亮了，但她的确是有魅力的。她这时仍然显得从容，平静，这可能是努力装出来的吧。

看着孟雨和吴笑东，我感到她们都有自己的魅力，但她们是无法比较的。

吴笑东对孟雨说：“这是有名的记者老客，领导批准来采访你。”

孟雨向我点了点头，微笑了一下。

我对自己被迫披上的记者外衣，也感到有几分好笑。程以在晨练的时候，也是给自己披了一件记者外衣。

吴笑东继续对孟雨说：“问什么，你就说什么。这不是审问。”她又对我说：“我在外面等候，有什么，可以随时叫我，好吗？”

“好的，谢谢你。”

吴笑东出去了。

我说：“我不是来采访你。你不想说出自己的一切，我怎么会希望你向我说出什么呢？我不会这样天真吧？他们也不会这样天真，请一个记者来，就让你说出了一切。”

“那么，你真是记者吗？”

“你看不像吗？”

“你希望我说什么？”

“我没有具体的希望，具体的要求。你想说什么都可以，随便聊天，说一些无关紧要的话，客套话，都可以。”

“你也许在用一种新的心理战术吧？”

“你不相信我是记者？”

“你为什么要来采访我呢？”

“如果说真话，我不过是出于一种好奇。你这样成功地不对任何人说出自己的一切，这使我感到好奇。这恐怕不只是我，不只是记者，任何人都会感到好奇的，他们只是没有条件，无法见到你。”

“你怎么知道了我的这一切？”

“我有关系，我认识一些当官的，我是听他们说的。但我并不是受他们的指派，来做你的工作，或者是对你进行新的心理战。你相信不相信，那是你的事，但我必须对你做这样的说明。”

“你的说明对我有什么意义呢？即使我相信了你，我也不想接受别人的好奇。你的好奇，是经过领导批准的，就高贵一些，我就应该接受吗？”

“对不起，我使用‘好奇’一词，不恰当。应该说出于一种佩服，佩服你成功地不向任何人说出你的一切。”

“我恐怕也不能接受你的这种佩服，我并不想向一切人隐瞒我自己的一切。”

“我没有说你隐瞒，我是说你不想向别人说出。你起码成功地没有向两个人说出你的一切。”

“你指哪两个人？”

“把你送到这里来的那两人。”

“你是指许强和高冬至吗?”

“是的。”

“我并没有向他们隐瞒一切。”

“据说,他们都不知道你是谁。”

“这正是使我失望,甚至是气愤的地方。他们本来是应该知道一切的。”

“那你是不是给他们安排了一场智力游戏呢?”

“我哪有那么多的智力!他们才是靠智力吃饭的人。”

“你也是啊。你也是俗话所说的知识分子。”

“现在,我什么也不是了。我被关在了这里。”

“我想,如果你愿意,你会结束这种状态的。”

“你也在动员我坦白吧?”

“我没有这个意思。我只是希望你能尽快结束这种状态。”

“那我就只有按你们的要求,坦白,对吧?”

“我想,你可能有难言的苦衷。”

“我有没有难言的苦衷,都不会说的。因为只有犯了罪,才存在坦白交代的问题。你也认为我犯了罪吗?”

“我并没有要求你说。我只是说,凭你应有的智力,你是不会无故选择抗拒的。”

“那么你是说,我在做一件傻事?”

“我不是这个意思。”

“那你是什么意思?”

“好吧,我们不谈这个令人不快的问题了。”

“你是不是已经达到了你的目的?”

“你看出我有什么目的吗?”

“但你肯定是有目的的。”

“我的目的,只是想了解你。但你并不相信。我只是想了解你,我不说想帮助你，因为我无法帮助你。”

“你真是记者？”

“我是记者，也无法帮助你。”

“我并没有要求你帮助我。”

我感到这真是一种难以进行的对话，她不知道我真正是谁，我也不知道她真正是谁，总是在试探，提防，或是做一种无用的表白。不过，我的目的，也并不是想同她进行怎么样深入的对话，只是想见一见她而已。

她居然问到了我的目的。

回去的路上，吴笑东问起了会见孟雨的感想。我只是说，孟雨不怎么想会见我，所以谈话很困难。

“我们审问她，也很困难。”

“她坚持说，许强和高冬至对她并不是什么也不知道。”

“她早就这样说。但那两个也坚持说，他们什么也不知道。”

“你觉得她是一个好人，还是坏人？”

“我们不能做这种主观的，感情用事的判断。你看她是好人，还是坏人？”

“我还看不出来。有些人是一眼就能看出来的，有些人可能永远也看不出来。”

吴笑东笑了。她是不是已经意识到自己就是属于那种一眼就能看清的女人呢？

5　孟雨，或者罗秀君

我猜测不出这个记者是谁，他为什么要来看我。

他可能是高冬至的朋友吗？高冬至说过，他的同学和他的学生都有当记者、编辑的。但我一位也没有见过。他也没有向我介绍过他们。他们应该是属于那种“有关系”“有条件”见到我的人吧。高冬至会想到去请或去求他们中的一位,来看望看望我吗?

这个自称老客的记者,我感到不像是高冬至的同学、朋友,更不可能是他的学生。但我多么希望他是同高冬至有关的人,是受高冬至之托,前来看望我的。他显然不是。他没有带来高冬至的问候,没有送来任何东西,甚至也不是来劝说我坦白交代的,倒像是来向我祝贺成功!

我成功了什么啊?一次一次都失败了。

这一次,失败得更惨,来到了这里。这怎么可能是成功,这是一种什么成功?

老客说,我成功地不向任何人说出自己的一切。他说,我起码成功地不向高冬至和许强说出自己的一切。难道许强和高冬至现在还仍然这样认为吗?他们还在说,他们不知道我是谁?

许强不是已经同我结婚了吗?他怎么能同一个不知道是谁的女人结婚?他是那样强烈地要求同我结婚,甚至伪造了我的一切证件,实现了和我结婚,但他说,他不知道我是谁!他怎么能同一个不知道是谁的女人做爱?他是那么强烈、那么魂不守舍地要求同我做爱,我不止一次地让他梦想成真,我把一个女人的全部都给了他,但他说,他不知道我是谁!

那些嫖娼者才不想知道同他做爱的女人是谁!

他所说的爱,就是这种嫖娼式的爱吗?

我为什么没有能及早离开这个许强呢?我是早已预感到,我在许强这里同样什么也不会找到,我将要又一次失败。但我为什么没有断然在他面前消失呢?我有些不忍心丢掉他那孩子般灿烂的笑容吗?

他就是带着这种笑容,要求同你做爱,然后说,他不知道你是谁!我是被一种莫名的感情拖住了,没有能及时撤退出来。我在许强那里什么也没有找到,怎么还会有感情呢?

我是注定要失败得这样惨吧!

那时候,高冬至也使我下不了决心。我不知道在他这里能不能成功,能不能找到我想寻找的东西。但是,我并没有想向他隐瞒我的一切,我正在向他说出我的一切。我是希望成功的,我不想再失败下去了。所以,我看到他那样痛苦万状,我也让他彻底拥抱了我,把自己全部给了他。

那个时候,他痛苦地哭了。他说,那是一种隆重的哭,一种极乐的哭,一种将全部痛苦都倾泻出来的哭。但他在这样哭过之后,这样享受过极乐之后,也说,他不知道我是谁!

他也没有托人来看望我。他说,秋天是最有味道的,他喜欢秋天。可是,已经是秋天了,他并没有托人来看望我,也没有给我送什么东西来。许强也没有再送什么来。

我把什么都给了他们,他们都说,我不知道她是谁。我真不该相信小加的经验,为了看到他们的原形,付出了那样重大的代价。

小加说,男人在达到他们的目的之后,就会暴露出他们的原形。她说,男人一切美好的表现,一切的伪装,都是为了最终同你做爱,最终把你占有。他的目的达到之后,一切美好的伪装就都扔掉了,这时,你才能看到他的原形。

她说,你如果严密地守护着自己,男人就一直把伪装展示给你看。你如果开放些,你就可能及时看到他们的原形了。

我说,我们怎么可能拿自己最宝贵的东西,去换取一个令人失望的原形呢?

她说,你希望换取的,是令你满意的原形。而且,你最宝贵的不仅仅是新婚之夜,而是你全部的人生,全部的生活。

我说,你那么多的屈辱和痛苦呢,也是应该付出的代价吗?

她说,我那是无法逃避的交易,你要验证的可是真正的爱情。

但是,我验证了什么呢?一个个令人失望的原形,一次又一次的失败,还有屈辱和痛苦。小加,这是不是你所预计的结果呢?

已经是秋天了,他们仍然说,他们不知道我是谁。他们是想让我在这里过冬啊?我必须替他们坦白出我是谁吗?不,既然已经坚持了到现在,我不能替他们坦白。过冬就过冬吧。

6 许强

“我就是许强，您是？”

“老客，我是老客。”

“欢迎，欢迎！有幸认识您，我真是非常高兴。”

“我是闲人，也非常喜欢认识新的朋友，就怕是打扰你了。”

“哪里，哪里，我感到非常荣幸。您姓客？有这样的姓吗？”

“你就叫我老客好了，人们都这样叫我，我也喜欢大家这样叫我。”

“我听吴笑东说，您是有名的诗人，老客是您的笔名吧？”

“也可以这样说吧。但我算什么有名的诗人？现在那些真正的诗人，也不会出名了。”

“我看您就非常像位非常有名的诗人。”

“像？哈哈。你刚才对‘老客’这个名称，还表示了那样的好奇，说明在吴笑东介绍以前，你并没有听说过我。对不对？”

“我们不是一个专业。我也不很懂诗。”

“不，我不是什么有名的诗人。我只是喜欢写诗，但已经很久不写诗了。现在，诗已经没有什么用了。对不对？”

“不能这样说吧？我听吴笑东说，您还是市委程书记的同学，老朋友？”

“同学是同学，但老朋友说不上。人家做了官了，过去不是朋友，现在也得是朋友啊，对不对？”

“您说话真有意思。”

“我今天来打扰你，跟程书记没有什么关系，同吴笑东她们也没有什么关系。我只是对你们的事，也就是你和那个叫孟雨的女人之间发生的事，感到很有意思。”

“她对我说，她叫罗秀君。”

“对不起。这件事对你来说，也许是不幸的。我可能不应该对你的不幸发生兴趣。”

"那倒没有什么。您是怎么知道这件事的,是吴笑东告诉您的,还是从程书记哪里听到的?您同吴笑东、魏小东他们,是不是也很熟悉啊?"

"我是听程书记说的,我同那几位小东刚刚认识不久。"

"程书记是怎么说到这件事的?"

"我们聊天的时候,随便说起的。"

"我是说,程书记对这件事是什么态度呢?"

"他只是随便说起,说得也比较简单,没有表示出什么特别的意思来。"

"我听魏小东他们说,程书记对这件事很关心。"

"这事他得管啊,你们都是知识分子。"

"有机会,请代我向程书记表达我的感谢之情!在这件事情中,我是受害者,程书记对这件事的关心,就是对我的关心。请一定代为表达!"

"好吧,这我肯定能办到。在你们这件事情中,你对那个叫罗秀君的女人,真的一无所知吗?"

"是的,她向我隐瞒了自己的一切,或者说,她向我虚构了自己的一切。"

"一个人,怎么能在现实的世界中,成功地虚构自己的一切?"

"您不相信这是真的吗?"

"我希望这是真的,更想知道她是怎么成功地做到了这一点。"

"现在行骗的人,不是很多吗?"

"你认为她是一个骗子吗?"

"当然是骗子。"

"骗子的一个特征,就是名实之间存在一个很大的差距。罗秀君是不是也是这样啊,名实之间,差距太大?"

"在不明真相之前,我当然不知道她名不副实。"

"现在呢?"

"现在,当然明白她名不副实了。"

"我感到不明白的是,她既然要行骗,就必然要把自己虚构得尽量美好一些,也就是比真实的她要美好许多吧,否则,就没有必要虚构了。但她向你虚构的那些情况,似乎也很一般啊。像她那样漂亮的知识女性,说自己叫孟雨或者是罗秀君,说自己是在这个研究所或者是那个研究所工作,这对你会有什么不同的欺骗性?”

“她没有说出自己的真实情况,这就是欺骗啊。”

“她既然不想说出自己的真实情况,为什么又把自己虚构得这样一般呢?”

“我不知道。”

“那么,在你知道受骗以后,你怀疑过她可能是一个不那么简单的人物,比如是一个间谍,或者,是一个什么大人物的女儿吗?”

“没有。”

“那么,你怀疑过她是一个没有多少文化的乡下姑娘吗?或者,是一个宾馆服务员、电车售票员?”

“也没有。”

“那就是说,你所认可的那个她,与她所虚构的那个形象,是比较相符的。这可能就是她能够成功的原因吧。所以,你爱上了她,并且决定和她结婚。我想,像你这样的智力水平,她如果做了名不副实的虚构,你是应该有所觉察的吧?”

“是的。”

“这就是说,她在欺骗你的时候,既没有拔高自己,也没有贬低自己,既没有美化自己,也没有丑化自己。她用一个真实的自己,去欺骗你,这是为什么呢?”

“我哪能知道。”

“当然,她太漂亮了。她如果说自己是一个乡下姑娘,你也会爱上她吗?”

“最初见到她的时候,的确是被她迷惑住了。”

“她如果要行骗,光靠自己的漂亮就够了,所以不需要精心虚构别的背景了，这可能是她能够成功的另一个原因。你说呢？”

“她的确会迷惑人。”

“但她欺骗你，迷惑你，要达到一个什么目的呢，比如骗取名誉、地位、金钱？”

“她要骗取的，是我的青春。”

“她是玩弄了你吗？”

“我不知道，我还是爱她的。”

“她用自己美丽的青春，骗取了你的青春，对吗？”

“她又爱上了别人！”

“这当然是很不幸的。你感到她是一个喜欢玩弄男性的女人呢，还是她对你有什么不满意的地方了？”

“我不知道。”

“我想，她既然虚构了一个接近真实的身份来和你恋爱，或者是做感情游戏，那她就不可能向你隐瞒自己的一切。你一定知道她的某些真实的情况。”

“不，我什么也不知道。”

“我不是指吴笑东他们要查清的那些情况。”

“我对她，的确一无所知。”

“这使我感到非常奇特，也就是说，我理解不了这一点。”

“的确是这样的。”

我不知道这位老客的来访，是出于什么目的。

吴笑东介绍说他是诗人，但我感到他更像一个侦探。他是程书记派来侦察自己的吗？他有很明显的倾向性，他一直力图为罗秀君辩护。他们是不是要将她释放出来？然后，就立案处理我在结婚证上的作伪行为？

也许，这位诗人是认识罗秀君的？如果程书记是倾向于罗秀君的，那么，我所做的企图接近程书记的一切努力，是不是将前功尽弃呢？

我已经连续“尾随”了程书记好几个清晨。发现程书记每天到达那个体育场之后，就同那位女士待在一起了，交谈，跳舞，散步，相当热切。那是一个漂亮的女士，当然没有罗秀君漂亮，但气质上好像有点相似，显得比较高雅。

我还不知道自己这一发现，是福还是祸。我想再约见一次程书记的秘书，从侧面刺探一下，看秘书知道不知道这方面的情况。但还没有约到。

程书记会不会已经发现了我呢？或者，我已经被程书记的秘书发现？程书记如果真是去幽会那位女士，可能会有一些防卫措施吧？

但我毕竟已经发现了程书记的这个秘密。在必要的时候，我也许不得不使用这个秘密武器。

会见老客后，我到图书馆真找到了老客的一本诗集。读了里面的几首短诗，都是索然无味的。

7　高冬至

我绝对不会同意让出孟雨的那张照片，更不同意拿它去发表。

陆伟他们说，这是为了“西厢”行动的最后成功，是为了加速把孟雨拯救出来。这也是“西厢工程”的“秋季行动”，难道要让孟雨在里面过冬吗？

但我已经不大相信“西厢”行动了。他们的这个“秋季行动”，也许还会给我召唤出更多的情敌来吧？这哪里是在拯救孟雨，简直是在毁坏孟雨留给我的美好形象。

我不相信孟雨就是那样的人！

像孟雨那样出色的女性，追求她的人，一定是很多的。他们对孟雨的倾慕，崇拜，迷恋，并不能等于那就是和孟雨之间有了爱情。关键是孟雨对他们到底怎么样啊？他们肯定要夸大、误解，甚至编造孟雨的态度。孟雨本来对他们如常人一样，但他们却以为孟雨爱上了自己。如果孟雨爱过他们，为什么会同他们不辞而别？不辞而别，那就意味着从来就没有什么承诺。孟雨为什么要向他们隐瞒自己的真实身份？那肯定是为了逃避他们的纠缠。

事件的实质可能就是这样。包括许强在内，孟雨其实都没有爱过他们。许强的那个结婚证，不就是他伪造了孟雨的证件，冒领出来的吗？如果孟雨爱他，他为什么还要这样做呢？

而我和孟雨，那是真正一见钟情的。我和孟雨，那是真正相爱的。孟雨肯定就是她的真实姓名，她本来就是叫孟雨。

这是我从孟雨的那张照片上读出来的结论。所以我不能没有这张照片。我还要从这张照片中读出更多的东西来。我每天必须面对这张照片。我面对这张照片才能喝酒。

在秋天的黄昏，面对照片中的孟雨，我有时候是会流泪的。

应对陆伟他们说，结束你们的“西厢”行动吧，我来拯救孟雨。

当我接到吴笑东的电话时，我的注意力显然没有注意到吴笑东说的那件事。吴笑东在电话里说，有一位很有名的诗人，想拜访一下我，我没有认真思索，就随口答应了。但是，这位有名的诗人，为什么要来拜访我？我们互相认识吗？诗人叫什么名字呢？吴笑东在电话里好像说了一下，但我一点也没有记住！对了，吴笑东在电话里好像还说，这个有名的诗人同市委的什么领导人很熟。是什么领导人，我也没有能记住。

我的思维，记忆，精神，是不是有了什么问题了？

不会有什么问题，我还是深深爱着孟雨的。既然是由吴笑东引见，这位诗人的来访，说不定同孟雨有关。

这是一位认识孟雨的诗人吗？或者是一位孟雨的追求者？

刚送走诗人老客，我就懊悔起来。我居然把自己的那四位新情敌，全部告诉给了这位诗人。诗人老客会不会把这一情况告诉给吴笑东他们呢？魏小东、吴笑东他们一开始就怀疑孟雨是一个性解放者，这不是给他们提供了新的证据吗？

我还想让陆伟他们结束“西厢”行动，自己来拯救孟雨。你就是这样拯救吗？这不是把孟雨推向了深渊？

我的思维,记忆,精神,可能真出了问题了。

正如意料的那样,我并不认识这位诗人。不过,当诗人说出自己的名字时,我觉得“老客”这个名字好像并不是第一次听到似的。是因为吴笑东向我说过一次吗?不完全是这样。

老客对我的这种反应,显然很高兴。他背出了自己比较著名的一首诗。

我终于确认了,自己读过老客的诗。

老客激动地过来和我紧紧握手。我们其实已经握过手了。

我也很激动,因为这首诗使我记起了遥远的过去——证明自己的思维,记忆,精神,还没有出大的问题啊。其实,老客的那首诗,只是使我产生了一种遥远感而已,我自己全部的过去,也没有多么遥远啊。

老客说出来意后,我也有些激动,因为我事先的分析估计又对了,老客的来访果然同孟雨有关——证明自己的思维能力,分析能力,还是不错的。

很可能就是因为这样连续激动,导致了以后的失误,出了那样的大问题。

老客说:“我的来访同市委领导没有关系,同魏小东、吴笑东他们也没有关系,完全是一种个人行为。”

我当时就很激动地说:“同他们有关系也无妨,我和孟雨的关系是完全光明正大的,只有我们之间才有真正的爱情!”

老客说:“我相信是这样。我也非常同情你的不幸。如果我能帮助你,我一定会尽力帮助你的。”

我又激动地说:“谢谢你的好意。但在这件事情上,谁也帮助不了我,只有我自己才能拯救我自己,也只有我才能拯救孟雨!”

老客说:“你说得太好了。前不久,我刚刚访问过孟雨……”

我一听就更激动了。“你见到孟雨了,你亲眼见到孟雨了?她现在怎么样啊?她怨恨我了吗,指责我了吗?”

老客说:“她现在的身体还可以,精神状态也还可以。她没有指责你,她只是说，她并没有想向你隐瞒她自己的一切。”

这真是再好不过的信息了，孟雨也亲自对这位著名的诗人说，她没有向我高冬至隐瞒什么！“是的，是的，她是信任我的，她是爱我的，她没有向我隐瞒什么，她就叫孟雨，孟雨就是她的真实姓名！”

“除了姓名，她还向你说到了什么？”

“我们什么都说啊！我们是一见钟情，是狂热的恋爱，我们在一起有说不完的话啊！”

“我相信是这样。但你为什么向魏小东、吴笑东他们证明不了她是谁呢？”

“她是孟雨啊，这是绝对没有问题的！”

“我也很喜欢‘孟雨’这个名字。只是，你怎么证明她就是孟雨？”

“我为什么要去证明？我难道不相信她吗？你要知道，我们是一见钟情，一见钟情后就进入了狂热的恋爱。你是诗人，你肯定懂得什么是一见钟情，什么是狂热的恋爱。在一见钟情后，在狂热的恋爱中，难道还需要什么查证、取证吗？”

“我能理解，我完全能理解。我不是说你和孟雨需要互相证明，而是说，你得向魏小东他们证明，你狂热地爱着的孟雨，她到底是谁？”

“我会向他们证明的，我肯定会向他们证明。她肯定是叫孟雨，而不是叫罗秀君、白小楠、叶静、田婕、沈歌，这些名字肯定是她临时使用的假名！”

“对不起，请你重说一下这几个名字，好吗？”

“罗秀君、白小楠、叶静、田婕、沈歌，这肯定都是孟雨临时使用的假名！”

“她对谁使用这些假名？”

“追求孟雨的另外一些男人啊！那是些多么难听的名字，对不对？你是诗人，你评论一下，这些名字，哪一个能有孟雨这个名字好？”

“是的，是的，都没有‘孟雨’这个名字好。我说过，我也喜欢‘孟雨’这个名字。”

“你真是有水平，是知音，我们真应该在一起喝点酒！”

“那好啊！这几个追求孟雨的人，是孟雨告诉你的吗？”

“不是，不是，是我们用一个巧妙的方法，召唤出来的！”

当我说出这些名字的时候，还没有意识到已经出了问题，因为我那时仍然处在异常的激动中。而当时老客却是不动声色地抓住了这几个名字，一边继续对我表示理解、同情，甚至是赞美，一边诱导我说出了那四个情敌。

我还向老客说出了陆伟他们的拯救小组和他们的“西厢”行动。

我这是干了一件什么事情啊？

我为什么在会见老客时，一直处在那样一种异常的激动中？是因为听了老客那首令人感到遥远的诗呢，还是因为我在会见老客之前，喝了太多的“高粱白”烧酒？

我是带着醉意接待老客的吗？

8　老客

我按照高冬至交给我的那份“寻人启事”，给陆伟打了一个电话。

接电话的是一个女孩子，她说，要见陆伟，就在后天下午三点，到金园酒楼等着，肯定能叫你见到。我问金园酒楼在什么地方，女孩子说她也没有去过，陆伟只告诉她说在他们学校跟前。

后天，下午三点，到金园酒楼等候，这显然是早已规定好了的。因为那个女孩子随口就说了出来，说得那样熟练。

这真是很有意思。

拯救小组，“西厢”行动，又找出了孟雨的四个追求者，他们带来了孟雨的四个新名字……我听高冬至说出这一切的时候，是不大相信的。因为我一见到高冬至，就闻到了很重的酒味，在整个的交谈中间，高冬至也一直处在亢奋状态中。

他显然喝过不少的酒。

所以我有些怀疑，高冬至激动地给我讲的这些有趣的故事，是不是一种借酒发挥，甚至是一种想象、编造？

当时，高冬至给我找出了物证，就是这份刊登着"寻人启事"的晚报。启事上的照片，的确就是孟雨。但这件事，程以好像给我说过，那是魏小东他们采取的一种侦察手段，现在怎么成了"西厢"行动？据程以说，这种侦察手段也没有取得多大效果，只接到些无聊的电话，怎么会找出这么多孟雨的追求者？

我仍然不大相信。

现在电话也打通了，那边果然有一套运作程序似的。我顿时有些兴趣盎然了。我本来就不相信自己能弄清孟雨是谁，之所以接受程以的建议，深入进来，只不过想了解一下这个有趣的事件，想看一看这个神秘的孟雨，到底有什么魅力。所以在了解的过程中，我最怕枯燥无味了。看来，运气还是不错的，一开始就遇到了一位漂亮的女警官，现在又发现了这样有趣的"西厢"行动。也许不会有什么诗意，但趣味肯定是有的，这就很不错了。

在约定的时间，我去寻找金园酒楼的时候，才发现那一带居然有那么多的饭店，虽然大多不是怎么像样的饭店。大学也被饭店包围了，这肯定没有诗意，但很有趣。

"金园酒楼"却是一家既没有诗意，也没有趣味的小吃店。

我进去的时候，饭店里只坐着一个学生模样的顾客。午后三点，不是吃饭的时候，我想，那就是陆伟了。

"请问，你就是陆伟同学吧？"

"是的。您是——"

"老客，你叫我老客就成。"

"啊，我听高老师说过，您好。您是怎么知道我们的电话号码的？"

“我看了你们的‘寻人启事’啊!”

陆伟显得有些失望了似的,他是不是以为又要出现孟雨的第七位追求者啊?我顿时又兴趣盎然了。

“你是不是对我有点失望啊?”

“不,很高兴见到您。”

“我听高老师说到你们拯救小组的事,真是非常感动,所以非常想见一见你们!”

“我们没有什么小组,只不过想给高老师帮一点忙。完全是师生之间,也是私人之间的一种帮忙。什么小组,什么行动计划,都是我们的一种戏称,起哄,开玩笑呢,哪里有那回事?”

“我知道,我能理解。”

“那天,高老师又喝多了,您没有发现吗?出了这件事后,高老师在精神上受到了很大的打击,常常喝得醉醺醺的,胡言乱语。所以,我们想帮他一点忙。请您不要相信他的那些胡言乱语。”

“哈哈哈!你是把我当公安密探了,还是当政府官僚了?不管你相信不相信,我来拜访高老师和你们拯救小组,与魏小东他们,与市委领导,没有一点关系,用你的话说,我这也完全是一种私人行为。”

“我也没有别的意思,我只是说我们的确没有什么小组,请你不要相信高老师酒后的胡言乱语。”

“我也没有别的意思啊,那我们就交个朋友吧。我送你本诗集吧,可能你也不喜欢,但我再没有别的东西了,做个纪念吧。”

我从手提包里拿出一本诗集,递给了陆伟。这是早几年出的一本集子,扉页上印着我的一张装模作样的照片和手写的一句装模作样的话。我带来这本集子,并不是打算继续装模作样,而正是为了预防自己受到怀疑时,做自己的身份证明。这时候,我如果给陆伟掏出身份证、工作证,那多不像一个诗人啊!

陆伟接过去,随手翻了起来。首先就翻到有照片的扉页,果然停了下来,凝视良久,然后说:“谢谢。您能给我签个名吗?”

“很荣幸能给你签名。现在,给别人签名,已经不是诗人的事了。”

我在签名的时候,尽量使得自己的笔迹同诗集扉页上的手写体相近。陆伟让我签名的目的,也许是在验证我的笔迹。

陆伟看了我的签名,似乎还比较满意。

“谢谢。”

“你大概不喜欢读诗吧?”

“您怎么看出来的?”

“我几乎对所有的人,都这样问起。”

“这是一种幽默吗?”

“幽默?我已经不会幽默了,就像我已经不会写诗一样。大家都不喜欢诗了,这是一种客观现实,或者是一种时代潮流。”

“对不起,您的诗,我的确没有读过。我读过的诗以及小说,真是没有什么意思。您说这是为什么啊?”

“这是因为,现在生活中已经没有什么诗意了,现在的读者也不想从诗中寻找什么诗意,可我们诗人还固执地想从生活中发现诗意,发现不了就仿造一些诗意。你想,这样的诗,还能有意思吗?”

“你说的好像有点道理。”

“只是好像吗?你想想,现在生活里挤满的是什么?是时髦!诗意已经被挤出去了。时髦是什么?就是稍纵即逝,就是始乱终弃,就是今天跃上流行榜,明天跌入垃圾箱。时髦也是金钱,什么时髦,什么就能赚钱,所以时髦被日夜不停地批量制造着,像潮水一般淹没了一切,当然也淹没了诗意。挣扎着漂浮起来的一点诗意,也被打捞到电视广告片中去了。天堂一般的美景,天仙一般的美人,常常是引诱你买一件价高质次的时髦商品。我这本诗集,肯定没有什么诗意,但也不向你推销什么商品,请你放心。”

“对不起,我是第一次接触诗人,你们都是这样忧伤吗?”

“不，这只是我的个人风格。算不算诗人的风格，我不敢说，但这肯定不像一个官员的风格，或者公安密探的风格吧？”

“不要说这种话了，我已经相信您了。您想喝点什么？啤酒，还是饮料？”

“我来，我来，我们喝点啤酒怎么样？”

“今天我是主人，我来！”

我当然不能叫陆伟请客。我很高兴，终于打开了僵局。只是，我是靠给诗歌唱挽歌才取得了陆伟的信任，这本身可能也有点意思。

有了啤酒，边喝边聊，陆伟已经完全接受了我这个“老”朋友。在得到我暂时不向官方说出详情的保证之后，陆伟向我叙述了他们拯救小组，“西厢”行动以及他们“钓”出来的“四条鱼”。

陆伟越说越兴奋，显然对自己在“西厢”行动之中所扮演的主要角色感到很满意，甚至是相当得意。他也谈了他们正在进行的“秋季行动”，并请求给予帮助。

“您如果能够帮我们找家报纸或刊物，发表一下孟雨的照片，那我们的‘秋季行动’就成功了一半了。”

“我得看一下照片，是不是达到了发表的水平。”

“高老师那里保存着一张，肯定没有问题。只是高老师目前还不同意拿出来。”

“为什么？”

“他得天天对着这张照片，喝酒呢！”

“这也是不多见的一种痴情啊。”

“再痴情，你得有行动呀？光喝酒，能把孟雨喝出来吗？”

“你们对你们的高老师，可真是不错！”

“不过，我们自己策划的‘西厢’行动本身，也太吸引人了。它已经成了我们精心创作的一件作品，我们都渴望把它完成好！”

“连我也被吸引住了。我能参加你们的小组吗？”

“如果您能帮助我们，我们当然很高兴。但要参加小组，我得跟其他同学说一下。其实，我们也没有什么正式的小组，参加不参加小组，还不一样？”

“我有一个想法，感到你们转向‘秋季行动’后，把辛辛苦苦钓出来的那‘四条鱼’放在一边不管了，很可惜。我很想扮演成你们所虚构的那位记者，出面继续同这四位先生周旋一下，或许还能有所收获？”

“那也好。不过，在‘秋季行动’中，也希望您能给予大力支持。”

“这不仅没有任何问题，而且我感到荣幸。”

“您估计我们的‘秋季行动’会不会成功？”

“在这方面，我可没有什么经验，你应该是很老练的拯救者了。”

“但我们没有什么社会经验。”

“你们是不是很坚定地相信，孟雨就是一个好人？”

“当然。而且，我们觉得，孟雨不只是一个好人。”

“还是一个漂亮的好人，对吧？”

“也不是只是漂亮。她总有点很特别的地方，使你受一种吸引，甚至是受一种鼓舞，我说不清楚。”

“就是一种很特别的魅力吧。我说一句玩笑话，你们是不是也有点爱上这个孟雨了？”

“如果将来能遇到这样的女性，我会爱上她的。但我们现在对孟雨，不是这样的感情，不是因为想爱她，才拯救她。不是这样的。好像是冯文森对我说，田婕是他的一个理想。他是在赞美他爱过的人。孟雨对我们来说，也是一个理想吧。”

“这里有一个问题，现在对我们所有的人来说，孟雨到底是谁，都是一个没有找到答案的疑问。在这种存在疑问的前提下，你们怎么会相信她是一个好人，怎么会相信她的特别魅力，怎么会相信她值得成为你们的理想？也就是说，你们从孟雨身上看到的善和美，怎么敢肯定那是真的？我不是不信任你们。现在，貌似美和善的东西太多了，但你一不小心，就会上当,因为现在伪劣假冒的东西也太多了。”

“有时候,你必须相信自己的直觉。要是不相信直觉,就真没有一见钟情了。反正我是凭自己的直觉,感到孟雨是值得拯救的。”

“许强和你们高老师也都说,他们和孟雨是一见钟情的,后来怎么又引起这样一场风波呢?”

“他们的一见钟情没有错,错就错在他们后来不相信一见钟情了。”

“看来,你们对孟雨的信任,是不可动摇的?”

“其实,我一开始参加拯救小组,主要是觉得好玩,主要是被他们策划的‘西厢’行动吸引住了。那时,孟雨对我来说,只是高老师的一个典雅的恋人,一个从远处望见的漂亮女人。但,现在不一样了。”

我从陆伟以及他们的拯救小组身上,又一次看到了孟雨的魅力。程以是一个官员,陆伟是一个大学生,他们都没有直接同孟雨交往过,居然都这样欣赏孟雨,他们是一样地保留了浪漫情怀,还是孟雨真有那么大魅力?

9　刘浩

连绵的细雨已经下了两天两夜了,湿漉漉的寒意无处不在。但是,在夜晚听着外面细绵的雨声,我还是非常动情的。

在这样的雨夜,如果能同叶静在一起,那会多么温暖,多么甜美,那连绵的秋雨也不会这样寒冷了。这样的秋雨会成为一道幸福的帷幕,为我和叶静围起一个两人的世界,我会祈求整个的秋天都一直这样细雨连绵。

但叶静到底是怎样一个女人呢?

我已经按照陆伟提供的电话号码,给公安分局的魏小东打了一个电话。那边,真有一个魏小东,他真的在办罗秀君的案件,天爷,陆伟说的是真的啊!本来还想再询问一些更详细的情况,但魏小东一直在追问:你是谁?我只好把电话挂断了。

我能去公安局为叶静辩护，作证吗？我恐怕什么也说不清楚。

现在，可以进一步确认了，叶静不是外星人，她也没有失踪，她就在这座城市里，但她失去了自由。这尽管是我无法想象的事实，但也不能不接受这样的事实。在这样弥漫着寒意的雨夜，她会怎样度过啊？

陆伟说，你如果真是爱过她，至今还相信她是一个好人，那就请你帮助一下她。

我应该帮助她，我也愿意帮助她，但我对她几乎一无所知啊，怎么去帮她？我相信她是一个好人，但我怎么去证明她是一个好人？我又怎么去证明她是叶静，而不是罗秀君？我是爱她的，但对她知道的实在是太少了。

她没有怎么向我说到自己，但你为什么不去问她？你所关心的，就只是一个浪漫的雨天吗？

我凝视着电脑屏幕，谛听着外面的雨声，但许久也没有输入一个新命令。屏幕上静静地显示着"埃古碟13"的一个片断。

8月28日

气象台预报今天有雷阵雨，在上午就兑现了。只是雷声和雨点，都几乎可以数得见！太让人失望了。

更令人失望的是，雷声和雨点到来的时候，叶静还没有来。

今天，叶静是在下午四点多钟才到的，可把我焦急坏了。刚来的时候，她还是很平静的，说因为看一份新到的学报，来迟了。

我说："今天的雷阵雨，既没有几声雷，也没几点雨，真让人失望。"

她说："我们那边雨还下得不小。"

我一听，就高兴起来了。心里想，她这是一种暗示吗？

但她后来又说起了小加，心情变得不好了。我不知道她为什么又说起了小加，我真害怕她说小加，一说小加，她的情绪就低落了，美好的希望也就没有了。

为了使她的情绪好转，我提议出去散步。

她说："今天不去散步了，等一会儿，我就走。"

我说："刚来这么一会儿，怎么就走？"

她说："所里有事。"

我说："你今天是不是心情不好？"

她说："没有。"

我就过去把她紧紧拥抱住。她显然没有情绪，不让我吻她。我坚持要吻她，她居然就生气了。其实，我是为了让她的心情好起来，并不是想让她生气。

我轻轻对她说，今天是雨天啊。

她什么也不说。

我又轻声说，你不是说你那边雨下得很大吗？

她一听，立刻就挣脱了我，说："我今天真的有事，必须走了。"

我说："那我去送你。"

她也不让，只稍微整理了一下自己，就走了。走的时候，虽然对我笑了一下，但能看出来，她笑得有些勉强。

夜里，又来了一场比较有声势的雷阵雨，但这还有什么用啊？

这是我最后一次拥抱叶静了。这天以后，我和叶静虽然还有过两次约会，但都是比较平静和严肃的。我害怕叶静再次生气。然而，再也没有那样的机会了，叶静就那样意外地消失了。她为什么要离开我啊？就因为生了那样一次气吗？我不知道把这个问题想了多少遍了，至今也没有想通。

但是，我并没有因此向公安机关举报她！向公安机关举报自己所爱的女人，这还像一个男人所干的事啊！

叶静，现在我可能已经无法帮助你了。

这场秋雨，下到第三天，仍然没有停。就在这天下午，有一位陌生的中年男人来编辑部找我。

来人说:“我是陆伟介绍来的,他是我弟弟。”

我立刻想到了,这就是陆伟说过的那位当记者的哥哥?由于意外,我紧张了一下。

来人说:“我想打扰您几分钟,您能出来一下吗?”

我就跟着他,从办公室来到走廊里。

“非常冒昧地来打扰您,真对不起。我想占用您很少一点时间,同您聊聊叶静的情况,好吗?我不是要求您作证,我这也不是法律意义上的调查,我只是同您随便聊聊,增加一点我对孟雨的感性认识。因为,直到现在,我对她基本上还是一无所知。您想怎么聊天,您想说什么,不说什么,都完全由您。如果您不愿意聊,或者不方便聊,那也没有什么。我既不会对您有什么看法,也不会对叶静有什么影响。您看怎么样?”

我想了想说:“我当然可以向您谈点情况,只是……”

“您愿意谈,就完全可以了,您怎么谈,我都会非常感激您的!”

“什么时候谈?”

“现在怎么样?现在您能抽出一点时间来吗?”

“现在?”

“当然,下午如果您太忙,也可以抽另外的时间,完全看您的方便。”

“那请稍候,我进去打个招呼。”

我之所以同意和他谈谈,是因为这位先生把我逼到了几乎别无选择的地步。什么也不要求你,什么也不勉强你,根本不会伤害你,即使你不愿意为叶静说一句话,也不会对你有任何看法,到了这种地步,我真的能表示不想为叶静说一句话吗?看来,我是遇到了一位厉害的对手。

对方说,你可以完全自由地行动,那很可能意味着对方已经占据了所有的优势。

当我们一起走进附近一家小酒吧后,这位先生更是谈笑风生,没有像一般采访似的,要求我回答许多问题。倒是我自己一再追问,你们策划的“寻人启事”,难道就只寻出我这样一个认识叶静的人吗?

“还有一些是冒充认识叶静的人,他们是对重谢感兴趣,对叶静是谁也不感兴趣。说实在的,我本来是对这件案子感兴趣,现在诈骗是热门题材啊。后来就对你所认识的这个叶静产生了怀疑。她本人给我的印象,怎么也不像是个骗子。再后来,我对她产生了同情,想尽点力,看能不能帮她一下。”

他是不是在暗示,你难道就不想帮助一下你爱过的叶静吗?

“我当然也很想帮助叶静。只是,也许您不相信,我和叶静一见钟情后,陷入情网的速度太快了,陷入以后就什么也顾不及去管了。我们彼此之间的情况,真是知道的很少,因为我们根本就没有时间来谈论这些。每次约会,总是觉得时间太短!在那样宝贵的时间里,我能像查户口似的追问她吗?或者像海关人员那样,要求她出示自己的一切证件?您想?”

“这我完全能理解。彼此一见钟情,然后就爱得如火如荼,不管你是谁,我都爱你爱得要命,这是很浪漫,很现代的恋爱,真是令人羡慕。如果我能年轻十岁,我也去追求一次这样的爱情。就怕我没有你那样的条件啊!”

“我有什么条件?”

“我再年轻十岁,能吸引住谁?”

“我和叶静,完全是一种巧遇。”

“那是你的福分和缘分。”

“现在,福分和缘分都谈不上了。”

“你不认为叶静可能是骗子吗?”

“当然,谁会和一个女骗子恋爱呢?”

“我是说,你印象中的叶静,她是不是一个贪财的人?”

“贪财?我必须说,贪财这个词很难同我印象中的叶静联系起来。”

“也许用贪财这个词不很合适。金钱,叶静对金钱的态度怎么样?是不是有种新的观念,至少不是那么讨厌金钱了?”

“不,她一点也不喜欢现在的拜金潮流。连我都觉得,她太守旧了。”

“那么,她是不是在玩弄你?”

“不,我们是真正的一见钟情。”

“谢谢你谈了这样的看法。我们谈别的,好吧?”

“当然可以。”

“叶静对飞碟感兴趣吗?”

“不是那么感兴趣。她说过,如果真有飞碟,她也不会离开地球。”

“你呢,你喜欢飞碟吗?”

“我?我成天都是看飞碟,写飞碟,简直感到乏味极了。你还喜欢飞碟吗?”

“我?还是喜欢的,有时候真还看看你们的杂志。”

“没有什么意思。”

“叶静是不是对你说过,她非常想出国?”

“没有说过。那只是我的一种猜想。”

就这样,我们一直聊了很久。我始终不知道这位先生的主要目的是什么,他是否达到了这个目的?他如果达到了目的,对叶静是有利,还是不利?

10 黄震宇

我根本不相信沈歌会是骗子。说她是骗子,那早已经是陈词滥调了,在沈歌神秘地消失后,人们就说她可能是一个骗子。但我从来都没有相信。就是现在,沈歌被拘留了,我仍然爱她,仍然坚信她是一个好人,仍然是一位女神。我当然愿意不惜付出一切代价,去帮助她,拯救她。

但我怎么去帮助她,怎么去拯救她?我去对叫魏小东的警官说,我爱过沈歌,我对她一无所知,她的单位,她的家庭,她的住地,等等,全都一无所知。这哪里是帮助她,拯救她,这不是进一步证明她是骗子吗?

我真打算主动去见魏小东,回答他的一切问题,然后要求和沈歌见一面。可是，一醒悟到自己将主动去证明沈歌是骗子，立刻就出了一身冷汗。

那个没有情义的家伙，他怎么能把沈歌交到公安局！她对这个家伙说，她叫罗秀君。她到底是沈歌，还是罗秀君？这一切的背后，到底隐藏着什么秘密或者是危险呢？

在这种既焦急，又无奈的情况下，我又想到了那位预测大师。大师第二次预测的结果，是沈歌肯定没有危险。可事实却是，沈歌身陷冤狱。难道身陷冤狱还不算危险吗？也许，这是大师的一次失误吧？要不，就是大师向我隐瞒了什么，只说了些吉利的话。

现在的问题是，身陷冤狱，到底有没有危险？

我必须再请预测大师算一卦。这一次，不再预测自己，只预测沈歌，看她什么时候能脱离冤狱。我也不再提上次的预测结果，是否准确。身为大师，可能更加珍惜自己的脸面吧。

没有想到，大师的记忆会那样地好。我刚一到，他就认出了我。

“你还是为那件事来的吧？”

“不完全是，想请您预测的是一个新事件。”

“我看没有必要。还没有过去几天，能新到哪里？结果应该是一样的。”

“但现在情况发生了比较大的变化。”

“这一切，都在预料之中。”

“就算是对我做一次精神上的安慰，请您重复一次，好吗？”

大师同意了我的请求。这一次，我报了一个“3”。这个“3”，是在我决定来找这位大师的那一刻，就涌现在思维里的第一个数字。这个数字，应该是无法取代的一个数字。

大师经过计算，排卦，解卦，告诉我的结果，果然是一样的：你所挂念的这个人，她没有任何危险。

我说：“现在，她就不平安啊？”

大师说:“但那不是危险。”

我说:“既然不是危险,那她什么时候能脱离目前的处境呢?”

大师笑了,说:“我不是进行天气预报。”

只好付了费,道了谢,出来了。沈歌没有危险,这是再好不过的事了。但大师似乎已经承认了,这个结果,是对我进行精神安慰!那么,沈歌是真有危险了?

陆伟的哥哥来找我时,我毫不犹豫地就答应了一切。我甚至都没有返回工作室去请假,就直接跟着他出来了。

“这样恐怕不好吧?”

“没有关系!为了搭救沈歌,就是现在辞掉工作,我也会干的。”

“你的精神,连我都受感动。不过现在情况还没有那么严重。”

因为设计院附近只有几家小饭店,所以我们只好选了一家,进去了。

我得热情招待这个记者先生,因为这是关系到沈歌命运的人物。虽然经过大师预测,沈歌也许不会有什么危险了,但我还是希望她能尽快脱离目前的处境。没有想到的是,陆先生显得比我还热情,总是说耽误我的时间已经很不安了,无论如何不能叫我再破费。我们争执了半天,也争执不下,只好暂时不论主客,到散席时再说。

陆先生真是一个好心人!所以,我一再向他表示“如果需要,我可以出面去为沈歌作证!如果需要花钱,我可以支付,我的收入还是不错的”。我必须有这种表示。

“你的精神真令人感动,可我目前还没有这样的打算。”

“为什么,你认为我没有资格作证,还是认为我的财力不足?”

“当然不是。只是,你向陆伟谈的情况,我都知道了。你越说你如何爱沈歌,你们的关系曾经如何亲密,你的证明就越显得无力。你既然那么爱她,和她的关系那么亲密,怎么能不知道她是谁呢?道理说不通吧?”

“她是沈歌啊!”

“她的身份证号码是多少?”

“恋爱的时候,我怎么能去问这些?”

“我能理解这一点。所以,暂时不能请你去给沈歌作证。请你也能理解这一点。我对沈歌的印象也很好,我也希望她不是骗子。她这样不肯同警方配合,也说明她是书生气很重的一个女子,不像是心虚的罪犯。”

“你真是个好心的人,真是个有水平的记者!”

“不要这样说。你曾经对陆伟说过,说沈歌有一次突然哭了。你能具体说说当时的情况吗?”

“好吧。那是我和沈歌最后一次约会时发生的事,所以,我一直不愿意说起。”

“对不起,我不知道是这样。如果你不便说,那就别说了。”

“不,我可以对你说。当时,我并不知道那就是我们的最后一次约会,因为没有任何的异常。那是个星期天,上午,她很准时地来了。我们说了一阵话,就上街了。去了眼镜店、书店,又去了花市,后来就在一家快餐店吃了饭。饭后,就散着步,回来了。沈歌喜欢散步。记得那天往回走的时候,我们一直挽着手臂,她的心情还是很好的。”

“你们路上,谈到什么特别的话题了吗?”

“没有啊?”

“好吧,你接着说吧。”

“回到我的宿舍,我叫她休息一下,睡一会儿。她说她不累。我们就又坐着聊天。说着说着,她又说到了小加,她是常常向我说起小加的,不知道为什么,这次她就突然哭了。当时我是非常意外。”

“沈歌那天说到了小加的什么事?”

“我没有特别的印象了。沈歌常常说起小加的,我已经听熟了,所以不记得有什么特别的印象了。再说,当时见沈歌哭了,我一下子就吓慌了,真是不知所措,因为我从来没有见过沈歌哭。她不是那种爱耍小脾气,常哭常闹的女子。她突然这样一哭,我就非常紧张。我怎么伤害着她了?她说小加的时候，我一句话也没有说啊？我当时有一点犯困，但我还是在努力听她说小加，并没有打瞌睡。”

“我相信你不会睡着。”

“我见她哭了，就慌忙问她：怎么了，哪儿不舒服吗？我知道我问得很不得体，但我实在不知道该怎样问才好。她什么也不说，这使我更加惊慌失措。记不得我后来又说了些什么，她就不哭了。她说，对不起，和你没有关系。她洗了洗脸，就走了。我要去送她，她不让。我怎么也没有想到，她就这样离开了我，直到今天，我还没有再见到她。我一直不明白那天她为什么要哭，更不明白她为什么要离开我？”

“你们之间，没有产生过什么矛盾吧？”

“绝对没有！我们的关系一直是非常好的。”

“那么，你不认为沈歌可能犯罪吧？”

“绝对不会，她肯定是被冤枉了。”

“沈歌对金钱是什么态度？希望你能客观地说一下。喜欢金钱，是一种新观念了。喜欢金钱的人，不一定要犯罪。”

“沈歌绝对是一个对金钱冷淡的人。她搞民用涂料研究，现在也是很热门的职业，但她对自己目前的工作，好像并不满意，起码是一点也不热衷。再说，她对我的收入也毫不关心。我一谈起自己很不错的收入，她总是有些厌烦。”

“她有什么爱好吗？”

“我们是在学跳舞时认识的，她的舞也跳得好极了，但她从来不爱去歌舞厅。也不爱买衣服。不爱打牌。不爱去旅游。不爱社交。我真没有发现她有什么爱好。”

“现在年轻的知识女性，像她这样的，真不多了。”

“是啊。”

我感到同陆先生谈得非常融洽，他给我留下了非常好的印象。沈歌遇到了这样好的人相救，肯定不会有什么危险了。所以，那天散席的时候，我坚决地压倒了陆先生，由我付了账。我还一再说，搭救沈歌，如果需要钱，请随时来找我。

11　冯文森

自从再次见过陆伟，我就一直处在极度的矛盾状态中。

我没有把田婕被收审的消息，告诉大刘。我知道，如果把这个消息告诉大刘，大刘一定会全力去“打捞”田婕的。我还不想出现这样的局面。

因为证实了田婕没有自杀，我对大刘的猜疑有所减轻了。所以，我回来给大刘编了一套谎话：“并没有什么新情况，他们只是接到一个电话，是一个粗鲁的男人打来的，说他也认识田婕。他们问我认识不认识这个男人，听田婕说过没有说过这个男人？我说不认识这个人，也没有听田婕说过这个人。情况就是这样，田婕仍然下落不明。”

大刘听了也感到很失望。他说：“我们是不是请田婕全家好好吃一顿饭？”

“他们现在那么伤心，哪有情绪下馆子吃饭！”

“那给他们送点钱吧，现在可是需要钱的时候。”

“我问过，他们说不需要。”

大刘的这种热情，又使得我心中不由得涌起反感。田婕遇到这样的灾难，我自己应该首先挺身而出，怎么能让别人先于自己挺身而出。

但我自己怎么挺身而出呢？

光芒四射的田婕，是我的理想，是我的一切。可居然有人指控她是骗子！

我按陆伟给我的电话号码，给魏小东打过一个电话，电话那边说，是有一个罗秀君被收审。“你是谁？”显然是一种紧急的追问，我只好放下了电话。

我不是怕说出自己是谁，而是无法回答田婕是谁。

谁也不知道田婕是谁，这就是全部问题的死结所在。公安部门不知道，那件案子中的原告显然也不知道，陆伟他们更不知道。我自己呢？也一样不知道。

田婕到底在进行一种什么游戏？她为什么要进行这样一种游戏？同样是谁也不知道。这个死结，除了田婕自己，恐怕再没有人能够解开了。大刘的关系和金钱，也无法解开田婕的这个死结。大刘也有他办不到的事情。

意识到这一点，我好像才得到了一点宽慰似的。

我没有想到陆伟的哥哥会来访问我。我也没有想到陆记者会是这样一个态度和蔼的人，谈笑风生的人，偏于感情的人。按我自己的理解，记者应该是比较浮浅的人。

不过，一开始，我就很坦率地向陆先生指出了全部问题的实质，那就是除了田婕自己，谁也不可能解开那个封闭了全局的死结。

"你说得可能非常有道理。但我们就因此而放弃了所有的努力吗？"

"当然不是。我仍然愿意为搭救田婕去做任何事。但是，这是一种悲剧性的努力，知其不可为而为之。如果田婕不肯结束她的这场游戏，我们所有的努力，都可能是一种悲剧性的努力，一种不会有什么结果的努力。"

"这种悲剧性，听着就很有魅力。只是，你是不是把事情估计得太严重了？"

"不，实质上就是这样。"

"田婕是不是有意要这样做呢？把我们大家置于这种悲剧性的努力中？或者说她是喜欢这种游戏的？给出一道无解的题，让我们去解？"

"我不知道她是不是喜欢，但她肯定知道这是一种什么游戏。"

"她这不是有点玩世不恭了吗？但我看，她不像是那样一种人。"

"我看，这不一定就是一种玩世不恭。"

"那你说，这是一种什么游戏呢？你毕竟比我们更了解她啊。"

"如果我们知道这是一种什么游戏，那我们很可能就解开这个死结了。”

“哈哈哈，真可能是一道无解的题了！”

“这并没有什么可笑的。”

“对不起。”

“没有什么。田婕在我面前，一直是光芒四射的。当然，这个光芒四射，不是形容什么伟大的那种光芒四射。这是我的一种感觉，也是我对她的了解。如果你感到爱你的那个人，是光芒四射的，是能够彻底照亮你的，你还会去查验她的身份证件吗？”

“当然不会，当然不会。你把‘光芒四射’一词用在这里，那真是太棒了！”

“我想，这不是用词的问题。”

“是的，是的，那是一种生命体验，对不对？”

“是的。”

“一个人的生命，能被什么东西照亮，那就是真正的幸运了。一个男人，能被他所爱的女人照亮，他就有幸福可言了。我想问你，在田婕离开你的最后时刻，她仍然是光芒四射的吗？”

“那当然。”

“在你们最后一次约会时，没有发生什么不愉快的事情吧？”

“是的，和过去所有的约会都是一样的。我怎么也没有想到，从此就再没有约会了。”

“你能具体谈一下那次约会的情况吗？当然需要保密的，你可以不谈。”

“那次真是没有任何特别之处，没有任何异常的征兆，我们没有争吵，没有发生矛盾，没有发生任何不愉快的事情。你想，如果有什么异常，我还会感到那么突然，受到那么大的打击吗？”

“能记得那天谈论过什么话题吗？”

“记不得了。我们常常是什么话题都谈，那天也是一样。其实，恋爱的时候,谈什么常常不重要,重要的是谈,对吧?”

“是这样的。我还想问一个问题,田婕是不是也很喜欢哲学?”

“她不喜欢,她对我明确说过,她不喜欢。她说,哲学能告诉人什么呢?我说,哲学只是列出各种可能,供大家去选择。她说,有时你是很难选择的。”

“她这也是一种哲学式的回答吧。”

“我其实也已经不喜欢自己的专业了。哲学是现在最冷清的专业了,我都想去搞你的专业,当记者,或者去当律师。”

“我相信你会成为一个好律师的,现在的律师,知识素养比较差,有哲学底子的人,就更少。我还想问你一个问题,这个问题同本案无关。田婕爱不爱财?”

“你是说,她看重不看重一个人的才能?”

“不,我是说财产的财,钱财的财。”

“不,她不爱财。这一点,我敢肯定。她对现在那些爱财的生意人,可以说有一种偏激的反感。”

“我同情她的这种反感。现在的生意人,还太幼稚,不懂得怎样讨人喜欢,当他们发现所有的人都不喜欢他们时,才可能成熟起来。”

“但这些有助于你解开田婕的死结吗?”

“我并没有说我有把握吧?”

“我相信这里的悲剧性是无法改变的。”

12 老客

那天,我找208所的时候,才刚上班时间不久。传达室的老头说:“朱新华在呢,正上班呢。”

我按老头的指点,爬上了四楼。在四楼走廊里,我向一位女士打听。女士说:“朱新华,他来了吧?可能来了。”

我就请这位女士麻烦给叫一下，她看了看我，答应了，转身走进一间办公室。

我看到，那间办公室外的牌子上着：M—五室。

很快，从M—室就走出一个男子来，我就迎了过去。

“你找谁？”

“我想找一下朱新华，您就是吗？”

“你是谁？”

“我姓陆，是位记者。”

“对不起，朱新华不在。”

“麻烦您能给找一下吗？”

“到哪儿去找？今年轮他下乡，他下乡扶贫去了。”

“我听传达室的老师傅和刚才那位女士说，他来上班了。这是怎么回事呢？”

“我和他在一个室工作，还不比他们清楚？”

“那打扰您了，谢谢。”

我出来又问了传达室的老师傅，老师傅说：“下乡了？也说不定是下乡了。”

真是不巧，这位朱新华下乡了。我扮作记者，很顺利地见到了前面三位，最后一位出现了不顺利。陆伟他们对朱新华的印象最不好，所以我也很想见见这个人，可惜不巧得很。但陆伟他们第二次见朱新华，是在半个月前，半个月后就下乡了，而且是长达一年的下乡扶贫。现在好像还不到扶贫工作队轮换的时候吧？

我向陆伟他们说了这次访问不遇的情况，他们都说，肯定是朱新华在捣鬼，躲避着不想见。

“你们没有朱新华的照片吧？”

“我们哪能有他的照片？”

“他长得什么模样？”

“那家伙的模样还不错，挺文雅的，戴着一副文雅的眼镜，额头宽大，皮肤很白，只是头发有点发黄，牙齿也不够白。中等个子，二十七八岁。”

“说话也没有礼貌！”

“我在208所见着的，就好像是这样一个人。”

“他不想见，就算了。想指望这个家伙救孟雨，孟雨恐怕早把牢底坐穿了。”

“加上许强和高老师，在这六位中，也是这个家伙最像知识分子了。”

“我怎么看着也没有什么特别之处啊？我见到的可能不是朱新华吧？”

“那人说话礼貌吗？”

“不算很礼貌，开口就是‘你是谁’‘你是谁’地问。”

“肯定就是那个家伙，没错！”

“那我还得再去拜访一下。”

第二次，我直接就爬到了四楼，走进了M—五室。

进去后，发现上次见过的那个男子正伏案工作。我就走近同室另一位不认识的男子，小声问道：“对不起，打扰一下，请问朱新华先生在吗？”

这位男子头也没有抬，随口就喊了一声：“朱新华，有人找你！”

我上次见过的那个男子，果然就抬起身，回过头来。他发现是我，神色上立刻就露出了惊慌。

“走，我们外面谈。”

走出M—五室，走下四楼，三楼，二楼，走出办公楼，走近院中一个花坛，这人才停下来。在这一路跟着走的时候，我已经看清了，这人的头发的确有点发黄，比较浓密。

“对不起，打扰您了，您就是朱新华吗？”

“你到底有什么事？”

“我想占用您一点时间，请您谈点白小楠的情况。”

“我和她的关系早已结束了。”

“我并不是要您作证，我们只是随便聊聊，增加一点我对白小楠的了解。”

“我对她也不太了解！”

“了解多少，说多少，说什么，不说什么，完全由您。”

“如果我什么也不想谈呢？”

“我想，我们最好还是谈一次。”

“什么时候？”

“时间由您定。”

“那明天下午吧。”

“好的，太感谢您了。”

我们约定了会谈的具体时间和地点，朱新华就急忙走了。

第二天下午，我在约定的地点，一直都没有把朱新华等来。这个人居然失约了。

我决定，再去会会这位朱新华。

我第三次光顾208所时，朱新华出差了。

这一次可能是真的。从传达室的老头到M—五室的同事，都说朱新华出差了。他是为了逃避而出差，还是别无用意地出差，这就不知道了。

临走的时候，我同传达室的老师傅聊了几句天，得知朱新华至今还没有结婚。

13　魏小东

我和笑东去天门寻找“白玫瑰”，终于成行了。对这次外调，我本来也没有抱多大的希望，只是笑东热情那么高，我不能给她泼冷水吧。

我认为，就凭“白玫瑰”这个外号，也不大可能是孟雨的好朋友。

但笑东说，“白玫瑰”这是服装市场那些低层次的人给小加起的外号，不是小加自己起的名字，明白不明白？我只好说，明白了。

受到程书记宴请后，我更感到应该加快办案进度，所以就想立即去天门。但笑东一直在忙着接待诗人老客，总说走不开。老客要采访这个案子，应该热情接待，可这个案子基本上还没有什么重大进展，采访什么啊？

老客是程书记的朋友，也不好阻拦的。所以，拖了一周，我们才终于启程了。

在天门市，我们找到了那位“白玫瑰”，但她不是小加。她长得的确有些像吴笑东搞出的那张模拟肖像，但本人绝不能说是怎么漂亮。她也更不像孟雨说的那样如何高雅，她很粗俗不说，从说话的声音，到身体动作，都有点男性化。从侧面了解，她也没有去深圳办过公司，近几年一直就在这里做生意。她本人根本就不承认她是什么小加，更不认识什么孟雨。

我原以为笑东会怎样失望，情绪受多大影响，没想到，她只是表现出一种恰如其分的惋惜，就像一个成熟的警官所表现的那样。

这次天门之行，也不像预期的那样浪漫。我早已感觉到，笑东一直怀着浪漫的情绪，在期待着这次外出。她当然是期待着到南方去。不过，对去天门，似乎也兴趣很高。她做了许多计划，当然不是工作计划。但是，到这里以后，她似乎什么兴趣也没有了。匆匆忙忙工作了两天，就返回来了。

近来，笑东对我，也没有那种“追”的味道了。她显得很自信。

“你是怎么了？”

“什么怎么了？”

“你又开始降温了？”

“我又没有发烧，降什么温啊？”

“你对我降温了，对不对？”

“没有吧？”

“我还感觉不到吗？”

“感觉到了，那就可能真有那么一点吧。”

“为什么呢?”

“你应该知道吧?”

“我知道还问你吗?”

“那你就想想吧,用你的智慧。”

我感到自己真是不够敏感,实在不知道为什么会发生这种变化。

我们从天门无功而返后,就提出了一个新的行动方案。那就是将孟雨假释,然后控制她的行动,看她常到哪里去,和什么人接触。

这个方案完全是我自己想出来的。我担心笑东可能不会同意将孟雨放出,但她并没有提出异议。她很平静说她同意这个方案。我们就把方案报上去了。

报告打上去半个月,头儿把我叫去了。头儿说,经过研究,同意你们的新方案。原因有几条。一是法定的收审期限已满;二是至今难以证明有重大犯罪嫌疑;三是继续羁押下去,占用警力太多;四是释放有利于查明身份。

头儿交代,第一要争取有人担保,第二要做好孟雨房东的工作,第三是先给程书记打个招呼。最后说:“你们这一段工作,还是很辛苦的。万晓东调到新的组里,工作也很好,可以肯定,他已经立了功了。希望你们能把最后的工作做好。不是办所有的案子,都必须立功,对不对?”

我当时提出:“其他都好办,就是找人担保这一条,不好办。”

头儿说:“这样才貌双全的一个女人,还怕没有人担保吗?”

“去哪找这样的人呢,我们也登一个启事?”

“你不想担保吗?”

“我?”

“开句玩笑,开句玩笑。对了,他们登的那个什么‘启事’,一直没有什么效果?”

“是的。这类启事不容易引起注意,只有一些想得重赏的和想写离奇故事的人,注意这类东西。我还接到过几次这类人打来的电话。”

"如果我们有更先进的电脑系统,可能就好办些了。"

"是啊。我还得请示一下,找人担保,看来只能请许强来出面了,他还是孟雨的丈夫吧?高冬至恐怕没有资格担保吧?"

"具体问题,你们处理吧,好不好?"

我估计,许强可能不会答应担保孟雨。笑东说:"许强担保也得担保,不担保也得担保,全由他还能行吗!他和人家领了结婚证,他不保谁保?"

我估计,高冬至可能愿意保孟雨。但他以什么资格出面担保呢?作为第三者,恐怕不行。以孟雨的男朋友,未婚夫,可以吗?

笑东说:"孟雨还会要他这个男朋友,或者是第三者吗?"

我说:"那孟雨也可能不承认许强这个丈夫。"

笑东说:"现在的问题不仅仅是他们愿意不愿意担保,还有一个他们能保得了保不了的问题。我看他们,谁也保不了孟雨。"

"为什么?"

"我要是孟雨,就会远走高飞,让保我的人也吃一点苦头!"

"你现在也站在孟雨的一边了啊?"

"那么从一开始你就站在孟雨一边啊?"

费了很大的劲,我才把许强找来。果然,许强不愿意给罗秀君作保。许强一再强调,他是受害者,罗秀君是害人者,受害者怎么能为害人者作保?

许强现在似乎自信得很,好像有那么一点说一不二的意思。孟雨这样出色的女子,许强居然坚决不要了,不知道这中间有什么神秘的原因。许强好像也不仅仅是一个高级傻瓜吧?

笑东也表现得很自信,她要许强说出他到底受了什么害?

许强说:"我受害,当然主要是在精神方面,感情方面。难道只有经济方面受到损失,才算受害吗?"

笑东说:"我们并没有说只有经济损失才是损失。那么,你说你在精神方面,感情方面,受到了怎样的损失?"

许强笑了笑说："这还不是明摆着的吗？她隐瞒了真实身份，同我恋爱，造成了我感情的盲目投资。这是什么样的损失？"

"你说过吧，你们是一见钟情，你如何如何爱她。你不可能就是因为她那个虚假的身份，因为她说她叫罗秀君，你才那样爱她的吧？"

"当然，我不是只爱她的姓名和职业，但我有权利知道她的真实姓名和职业吧？再说，她还有第三者，这也是对我的伤害。"

"高冬至是不是你的第三者，还不能确定。你领结婚证，并没有取得罗秀君的同意，你开具虚假证明，在办理结婚登记的时候，罗秀君也没有到场。你这是一种骗婚行为，对女方也是一种侵害，明白吗？"

"我和她的婚姻既然是无效的，我也没有义务保她吧？"

我看许强也太强词夺理了，就插进来说："现在的情况是这样，我们要你保罗秀君出来，并不是结案了，而是我们继续办案的一个过程，明白吧？因为我们还没有查清孟雨，也就是罗秀君的真实身份，所以到底谁是受害者，谁是第三者，谁是骗婚者，等等一切问题，都还难以下结论。我们现在只好维持现状，请你配合一下我们的行动。"

许强说："我恐怕不能满足你们的要求。"

笑东说："你必须配合我们的行动。"

然而，许强终究也没有答应担保孟雨。

14 老客

我见过孟雨和她的六位情人后，和拯救小组一起，把孟雨的故事梳理了一下。当然我也不可能从中看不出孟雨是谁。

但我已能隐约感到，孟雨应该是在寻找一种东西，一种值得寻找的东西。她肯定不是在以自己的美色，玩弄这些男人，或者是报复这些男人。因为这六个男人，分明有些共同的特点：他们都是年轻的知识分子，但又不是太杰出，或者太风流，更不是怎么富有，都没有太火爆的职业，在当今的社会中，都不够耀眼，甚至可以说，他们多少都有点落伍的色彩。不过作为个人来说，他们大体上都是正派的，甚至可以说是正直的人吧。

以孟雨自身那样出色的条件，她如果是玩弄男性，怎么会专找这样的男性？除非她有特殊的怪癖，否则在今天那是令人难以理解的。据陆伟介绍，孟雨和黄震宇、冯文森、朱新华这几位的恋爱，都比较传统，她显然没有同他们发生太亲密的关系。如果她是出于报复的目的，那就更不可理解，这些人能伤害谁呢？像凌辱小加的那些男人，也许还值得去报复一下。

孟雨到底是在寻找什么呢？

陆伟他们基本上同意我的这种分析，他们其实早就这样分析过了。

"您对他们的评价，还是有些高！您说，像朱新华这种人，能算是正直的人吗？"

"您三顾茅庐，他居然不肯见您！"

我说："我想，他可能因为有过同孟雨的艳遇，而被胜利冲昏了头脑，以为自己是个怎么出色的人物了。不过，他也许还有什么苦衷？他总不是坏人恶人吧？"

"但孟雨是寻找爱情啊，不是恶人坏人，就能是爱人吗？他肯定是孟雨最不喜欢的一个人选，因为孟雨和他相处的时间最短。"

"我认为许强也不能算是一个正派的人。他把孟雨送给公安局以后，就无影无踪了，他还说自己是受害者，他受了什么害啊？但令人不解的是，孟雨和他相处的时间最长。"我说："我也不很喜欢许强。不过，我看他也是有些被孟雨宠坏了，因而把自己看得太出色了，好像他无所不能似的。"

"问题是，孟雨为什么会看上他这样的人？"

我说："是啊，孟雨到底是想寻一个什么样的人？或者说，她到底是想寻找一种什么东西？我说的东西，当然是精神方面的东西。"

"她当然是在寻找爱情，真正的爱情！"

“她是在寻找理想的情人,与过去的传统标准和现在的流行标准,都完全不同的理想情人!”

我说:“孟雨每一次的寻找,可能都是经过细心策划吧? 显然不是一种偶遇。走进饭店,一下就遇到了你们高老师,坐上火车,就正好同刘浩邻座? 她一定经过了观察,选择,甚至是必要的了解。”

“那为什么还一次一次都没有选对呢?”

“她选择偶遇的场所,似乎也越来越低档化了,先是比较时髦的舞蹈培训班,然后是比较一般的硬卧车厢,最后是我们校门外的那种小饭店。这说明了什么呢?”

我说:“现在出入高档场所的人,大多是有钱包装自己的人。”

“越高档的地方,低档趣味越重。”

“我不明白,孟雨是怎样在火车上同她所选中的目标偶遇的? 她是怎么样把座位号买到一起的呢?”

“连这点技术性的问题,都不能想办法解决,她还值得我们下这么大功夫去拯救啊?”

我听着拯救小组的议论,显然不能感到满足。孟雨到底是在寻找什么呢?

15 魏小东

在向程书记打招呼时,程书记并没有什么特别的表示,只说:“按你们领导的意见办吧,我并不主管你们的事。将孟雨释放后,你们有把握搞清她的身份吗?”

我说:“争取不辜负领导,特别是您的期望。”

“我也希望你成功。听说万晓东在破获那件杀人大案中,发挥了很关键的作用,请代我向他表示祝贺。当然,不可能百分之百把案子都办得那么漂亮,对不对?”

“谢谢您的关心。”

“我那位老客,给你们带去不少麻烦吧?”

“没有什么,那是我们应该做的。”

“也请代问吴笑东好。有时间,我们再一起喝酒,好不好?”

“好的。”

本来应该亲自去见见程书记,但秘书说,最近书记特别忙,最好在电话里简短汇报一下。我只好通过电话,这样打了招呼。由于看不到表情,只听声音,感觉不到程书记对释放孟雨有什么特别的态度。

我向头儿汇报了程书记这一很平常的态度后,头儿就说:“没有人担保,也可以执行你们的方案。”

这样,我责任就更重了。

笑东认为,许强的智力可能也不高。他不担保,其实也不可能同孟雨一刀两断。孟雨真要远走高飞了,他就不用想再结婚。他不把孟雨找回来,那张结婚证怎么处理?如果他聪明点,出面担保下来,即使发生了什么事,各方面也会同情他。

我说:“许强现在又有了女伴了,他没法保孟雨了。”

笑东说:“他要想保,就能保。”

我说:“你是不是预测孟雨会远走高飞?”

笑东说:“你以为孟雨还会回到许强或者是高冬至身边吗?”

我们在做孟雨房东的工作时,房东只答应,孟雨如果要搬家,她们可以及时报告,平时不能担负监视孟雨的任务。

房东说:“孟雨是好人,你们为什么还要监视她呢?”

我说,我们也想证明她是好人。但房东仍然不答应报告更多的情况。

临走时,房东说:“释放孟雨的时候,我们去接她,可以吗?”

笑东说:“当然可以!”

那天,我对孟雨说了许多的话,但孟雨几乎什么话也没有说。

笑东也没有说什么话。

就那样，孟雨在释放证上签了一个很漂亮的名字，便跟着她的房东走了。

那天，天气还不错，只是在林荫道上，已有落叶飘零。

16 老客

我接到吴笑东的电话，听说孟雨已被释放，立刻就问："你们已经查清她的身份了，她是谁啊？"

"你没有听程书记说吗？我们已经向程书记汇报过了。"

"从那次大家一起吃饭以后，我还没有见过他，中间只通过一两次电话，也没有说几句话，他忙，我也忙啊。孟雨到底是谁？"

"仍然身份不明。"

"那为什么将她释放？"

"没有犯罪证据，我们不能把人家总关着吧？"

"是的，我也赞成释放。只是，她的谜底，就真的揭不开了？"

"当然，我们还想查清她的身份。小东认为，把她放出来，也许便于查明她是谁。我没有他那么乐观。如果你还想找她谈谈，现在方便了。我可以告诉你她的住处。"

"现在，也许更不方便了。孟雨很可能会拒绝见我这样的人。"

"为什么？"

"现在，我成了企图知道她私生活的人了。"

"不过，你还是可以去试试，也许她愿意对你说呢？"

"这种可能很小。"

我也非常想去见一见获得释放的孟雨，但不大相信孟雨会向我这样一个毫不相干的人揭开她严守了那么长久的秘密。她很可能会拒不见我。

孟雨获释了，也许应该把这个消息首先告诉陆伟他们，也就是那个拯救小组。他们为了把孟雨拯救出来，奔忙了整整一个夏天，实施了那样有趣的一个“西厢”行动。他们还有一个“秋季行动”，只是，这个行动看来可以结束了。孟雨已经出来了，他们不必再去拯救了。

虽然，“西厢”行动并没有能把孟雨拯救出来，但孟雨最应该感激的，可能正是他们吧。但孟雨会相信他们的这份拯救热情吗？孟雨会因为他们的这份热情而原谅了他们的老师高冬至吗？她应该明白，陆伟他们的“西厢”行动，已经不仅仅是为了帮助他们的高老师，他们主要的是为了帮助你孟雨。

我也许真应该去给孟雨讲讲拯救小组的故事。只是，孟雨也许并不想让别人知道她过去的故事，知道她曾经有过那么多很美的化名。

那么，我能够把拯救小组的故事，告诉吴笑东或者程以吗？我答应过他们的，我愿意保持他们的民间色彩，不向“官方”提起。现在，一切都结束了，我更没有必要向程以和吴笑东他们说起“西厢”行动的那许多故事了。程以和吴笑东他们也是知道“西厢”行动的，只是不知道它有趣的一面罢了。

让有趣的东西，还是留在民间吧。

吃过晚饭，我接到朋友的电话，说是车票要晚一天才能拿到，没有办法。我说，晚一天也没有关系。接着聊了几句，我就把电话放下了。

我本来早应该去一次北京，但拯救小组把我吸引住了，一直没有启程。当听说孟雨已经获释后，就决定赶紧先出这趟差，于是就找朋友订票。这位朋友神通广大，居然也拿不到明天的车票。车票的意思，就是现在最难以买到卧铺车票。

这时，我就想起了陆伟提出的那个技术性问题：我不明白，孟雨是怎么在火车上同她所选中的目标相遇的？她怎么会把两个座位号买到一起？

接着，那个念头，也就是那个灵感，就突然在我的脑际闪现了一下，但我已经抓住了这个灵感，没有让它跑掉。我觉得我已经知道孟雨是谁了！

是的，我已经知道孟雨是谁了，甚至已经知道孟雨为什么要离开那四位先生，也可以说是为什么不满意那六位年轻的先生了。

也许，她和我一样，买车票是靠神通广大的朋友，或者她简直就认识车站站长，但我也不会把这个灵感赶跑了。这个宝贵的灵感虽然是由车票点燃的，但现在同车票已经没有多大关系了。

我深信自己已经知道孟雨是谁了。

我有些激动，我当然想把自己猜出的谜底先告诉陆伟他们，但现在已经不可能了，时间太晚了。他们都在学校，无法与他们通电话的。

我忍不住给程以拨了一个电话。电话通了，是程以自己接的。

“程以，我想告诉你一个消息，你很想知道的消息。”

“你先把这个消息留着吧，我现在不想听。”

“是有关孟雨的！”

“那也先留着吧，对不起。”

“你怎么了？是不是晨练方面又发生了麻烦？”

“没有，那里什么事也没有发生。”

“那是怎么了？是不是谁要撤你的职？”

“可能比那还要糟糕！”

“比撤职还要糟糕？那是发生了什么事？”

“以后再告诉你吧，现在我什么也不想说。”

“现在还得保密吗？”

“不是这个意思，我真是什么也不想说。”

“透露一点，好不好？憋在自己心里，不怕憋出病来吗？”

“想不到啊！”

“出了哪方面的事？”

“老茹。”

“她会出什么事？”

“有人说她在南边可能有经济问题！”

“她去那边还没有多长时间啊？”

“你知道说她有经济问题的是谁吗？”

“谁？”

“就是当初争着任命老茹的那个人！”

我知道程以指的这个人，就是主管经贸的那位副市长。看来，所谓老茹有经济问题，其中的奥妙恐怕是深不可测的。

“噢。要是这样，那就得全靠你自己了。”

“我会自卫的，再见。”

程以遇到的麻烦，多少有些影响了我刚才的兴奋情绪。但我想了想，还是觉得不应该受程以的什么影响。他既然做了那样的官，这样的麻烦可以说就难以避免，这同他的同学、朋友，是没有多少关系的。我还应该继续为自己的灵感激动、兴奋。

我计划先向那六位先生揭开这个谜底，然后去找孟雨亲自验证。

我向拯救小组说出了自己的发现，小组四人中有三人相信，一人不相信。

陆伟是相信的，但他问：“您怎么从车票，就能想到孟雨是谁？”

我说：“这是一个技术问题，并不重要。”

“重要不重要，我们想知道，很想知道。”

“非常简单，也可以说非常偶然。我当时想，车票既然这样难买，那么高雅的一个知识女性，她是怎样买到那样具有难度的车票？这就使我怀疑，她可能不像我们大家所看到、所认为的那样，只是一个典雅，清高，不爱热闹，不爱社交的女人，她或许还是一个神通广大的女人。于是我就联想到了另外一个人。就是这样。”

“她想要的座号，可以同别人换啊？像她这样漂亮的女人，谁不愿意换呢？”

“换得离她近，谁都愿意，换得离她远，谁愿意呢？”

我说：“不管她是换到，还是买到的，我那样想了，并联想出这样一个结果，这就够了。反正我对我想出的这个结果，是深信不疑的。”

但拯救小组仍有一人不相信。不管相信不相信，他们都想找孟雨去验证一下。

孟雨获释的消息，使陆伟他们既感到高兴，也感到有那么一点儿扫兴。高兴，那当然不用说了，他们的“西厢”行动不就是为了使孟雨早日脱离冤狱吗？只是，“西厢”行动并没有在孟雨的获释中起什么作用，这不能不使他们感到有点遗憾。

我说：“正是你们的‘西厢’行动，使我发现了孟雨是谁。如果我的发现是正确的，那么真正能够拯救孟雨的，既不是你们，也不是我，更不是魏小东他们，应该是那六位先生的一位，或者更确切地说，就是孟雨真正要寻找的那个人。”

“如果不是像您发现的这样呢？”

“那就只好去问孟雨自己了，如果她愿意说的话。我有一个有趣的想法，想先把这六位先生邀请到一起，让他们知道彼此的存在，向他们说出我的发现。从他们的反应上，一定能够验证我的发现。当然，我也想让他们知道，孟雨为什么要离开他们。”

“让六位先生见见面，这是一个不错的想法！”

“但您怎么把他们邀请到一起？”

“我继续当我的记者。”

“这是‘西厢’行动的一个尾声。”

“我只是担心，这样对你们高老师是不是有点残忍？”

“高老师还很想见一见那四位没有见过的情敌呢。”

“那孟雨获释的消息，就请暂时不要告诉高老师。”

“好吧。但高老师和许强，都知道你并不是记者。”

“把他们邀请到一起以后，我公开身份也没有关系了。”

“这可能是很有意思的一次聚会！”

“那么这次聚会，你们都来参加，好吗？”

“我们不参加吧，因为有高老师呢。”'

“就请您来给‘西厢’行动收尾吧。”

“那好吧。”

17 老客

我分别给那六位先生打了电话，他们都答应来吃饭，因为他们都还不知道是这样一次聚会。

打给刘浩、黄震宇、冯文森和朱新华的电话，基本上是一样的。我说，孟雨的身份已经查清了，她的确不是骗子，但她不是罗秀君，也不是你所说的叶静或者沈歌、田婕、白小楠。她很快就要恢复自由了。她解释了对你使用化名的原因。我们将向她表示应有的歉意。因为打扰了你，所以想请你吃顿便饭，表示一下歉意。

除了朱新华，其他三位都很痛快地答应了来吃饭，他们都急于想知道孟雨到底是谁，以及她为什么要对他们使用化名。

朱新华当然也想知道这一切，但他要求立即告诉他，否则，他就不来吃饭。我只好说，那你自己去问白小楠吧，她很快就要出来了，她并没有委托我向你传达什么。这样一来，朱新华才问，巴黎酒家在什么地方。

因为高冬至已经知道我的身份，所以我只说是请他喝一次酒。当然，也向他透露了一点“情况”：魏小东他们大致已经查出了孟雨的身份，她很快就要获释放了。孟雨到底是谁，喝酒时候再聊吧，好吗？高冬至当然说很好。

许强什么底细都知道，他知道孟雨的身份仍然没有查清，也知道孟雨即将或者已经获释，但我已经看出，他非常想接近程书记，他也知道我和程书记的关系。所以，我只对他说，想请你喝一次酒，他就很热情地答应了。

客人都请到了。聚会地点定在了巴黎酒家，一是因为这个名字比较响亮，其次也有一点“义吃”的意思吧。

一切都安排就绪了，我心里真还有些激动。这种激动，就像是期待着一场戏剧的开幕，或者是一场考试的来临。这样的激动，我已经很久没有经历了。

在约定聚会的时刻，我一直站在巴黎酒家的门外迎候客人。我主要是怕这里的简陋把客人吓跑。

对每一位到来的客人，我都抢先解释："今天我们主要是吃饭，不是吃饭店，这里的菜，相当的不错！"

还好，大部分的客人都没有被这里的简陋吓住，他们可能根本就没有怎么注意这里是简陋，还是豪华。他们显然有些紧张或者是焦急。他们是指黄震宇、冯文森、刘浩，还有高冬至。只有朱新华对这里的卫生条件，表示了比较明显的怀疑。

许强是迟迟没有到来。

我决定不再等许强了。请大家入席之后，看到除了高冬至，各位都互相疑虑地彼此打量着，显然我应该先一一做介绍，使得客人们彼此认识。但我感到那是一个很重要的时刻，如果弄得不好，客人可能会不欢而散的。先请大家喝几杯酒，有酒支持着，那样也许会好些吧。

于是，我说："今天在座的，都是我的新老朋友，这里的外在条件虽然不大好，但它的实际内容，肯定会使得各位满意的。我们先选一下酒，都喝什么酒啊？请不要客气，这里可什么酒都有！"

朱新华说："我什么酒也不喝。我也没有想到，今天会有这么多人来吃饭。我不想在这样的场合，听你说小楠的情况。对不起，我只好先告辞了。"

我忙说："朱先生请坐，请坐，我马上就要给大家做相互介绍，可以说，今天在座的，除了我，都是同小楠有关的人。"

除了高冬至，其他四位更充满了疑虑。

我说："我们先把酒选好，再相互认识，可以吧？"

高冬至说："给我来点'高粱白'，就行了。"

刘浩说："我也来点'高粱白'。"

冯文森说:“我来点啤酒吧。”

黄震宇说:“我也喝啤酒吧。”

我说:“喝‘高粱白’和啤酒怎么成?今天我们得喝点好酒,喝坛装老白汾酒,你们就客随主便吧,好不好?”

朱新华说:“我什么酒也不喝,还是先请介绍一下吧!”

这个家伙!我没有办法,只好来给他们做相互介绍:

“这位就是白小楠的男朋友,朱新华先生,在208所做科研工作。这位是叶静的男朋友,刘浩先生,《飞碟》杂志的编辑,记者。这位是田婕的男朋友,冯文森先生,在社科院哲学所从事研究工作。这位是沈歌的男朋友,黄震宇先生,在省第二建筑设计院工作。这位就是孟雨的男朋友,高先生,师大历史系副教授。”

我这样一介绍,才发现并没有提前揭开什么。

但是,我这时突然激动起来了,再也控制不住自己,提前揭开了一切,说出了一切。“现在,我要告诉各位的是,我刚才提的白小楠、叶静、沈歌、田婕,还有孟雨,其实都是一个人,你们分别艳遇,热恋,后来又神秘地丢失了的那个女人,其实就是一个人。前不久,这个你们都爱过的女人,的确被公安部门收审了。我自己呢,也不是什么记者。我是谁,现在已经不是那么重要了,当然你们要是想知道,等一会可以看我的身份证件。但对你们来说,我是谁,肯定没有你们所爱过的那个女人是谁重要。你们都曾经爱过的这个女人,她为什么被收审,我想,现在也不是那么重要了。因为,现在,她已经获释了,也就是说,她什么罪行也没有被审查出来。目前还无法证明她就是一个骗子。她现在已经自由了。那么,她到底是谁呢?因为她获释后,我还没有机会访问她,即使有机会见到她,我想,她也不太可能把这个不愿意直接告诉你们的重要问题,告诉给我这个毫不相干的人。但是,我和陆伟他们在听了你们各自的恋爱故事后,我们知道这个女人是谁了。她是谁,其实她也早告诉给你们各位了。”

我停顿了一下。我本来计划说到这里时,请他们猜测一下。但现在我已经更加不能控制自己的情绪了。我继续说下去。

“这个女人，就是小加！我们相信，孟雨、叶静、田婕、沈歌、白小楠，还有罗秀君，其实都是小加的化名。我说明一下，小加还曾经化名罗秀君，同另外一个先生恋爱过。这位先生叫许强，是轻院的一个研究生。今天我也邀请许强先生了。只是，不知为什么，他没有到。我为什么说你们都曾经爱过的这个女人是小加呢？这其实是你们告诉给我的。你们所爱过的这个女人，她向你们虚构了所有的一切，包括她的姓名、职业、工作单位，还有她的家庭背景，但她却向你们所有的人，都说到了这个小加。她向你们每一个人所讲述的这个小加，又都是完全相同的。你们也都承认，在整个的恋爱过程中，关于她自己的一切背景，她似乎都不愿多谈，但她总是说到小加，而且说得那么详细。这是为什么呢？因为小加，就是她自己。她什么都没有多向你们谈，只向你们详细地谈到了她自己。她是希望你们了解她，接受她，了解和接受这个真实的她。可惜，你们谁也没有更多地注意这个小加，你们只注意她的美丽了。所以，你们没有一个人知道她是谁。她向你们那么详细地讲述小加，可你们甚至没有一个人问过小加的姓名。高老师说，孟雨有一次已经向他说出了小加的姓名，但您没有记住，一直到今天也没有回忆起来吧？小加的姓名，其实就是孟雨的真实姓名。我想，小加不仅是美丽的，而且应该是富有的，或者是相当富有的。正像她不断对你们所说的，为了这种富有，使得她付出太大的代价，受尽了凌辱。她可能是想结束那受凌辱的生活，所以来寻找你们，来你们这里寻找新的生活，新的生命。我猜想，她是经过了真正刻苦的努力，把自己装扮成一个从事化工研究的知识女性。她也为你们这些知识男性，设置了那样一个身份迷宫，或者是智力身份。可惜，你们都使她失望了，你们只接纳了她的伪装，也就是接纳了孟雨、叶静、田婕、沈歌、白小楠、罗秀君，而没有接纳那个真正的她，也就是那个真实的小加。这也就是她为什么要神秘地离开你们的原因。也许，你们都不喜欢那个小加？”

没有人说话。

“当然，这都是我和陆伟他们，主要是我的猜测。但我深信这种猜测是对的。你们如果不相信，可以亲自去问小加。小加现在的住处，在座的有一位先生知道。遗憾的是，我也不知道。”

没有人说话。

后来，当我提议先喝酒的时候，客人们一个接一个地默默走了。

19 老客

这次聚会后，我就出差了。

十天后回来，我给吴笑东打了一个电话，问他们跟踪孟雨有什么结果了吗？

吴笑东说：“孟雨已经远走高飞了，正如我的预言。”

“知道她的身份了吗？”

“目标都飞了，还怎么知道。”

“怎么会飞了呢？家也搬走了吗？”

“她只是在一天夜里，把一部分书籍运走了。没有过几天，人也走了。房东交来她的一封信，那是写给房东的。信中说，她不再回去住了，留下的一切，包括冰箱、电视、沙发、衣物什么的，都送给房东了。房东肯定是站在她的一边的。”

“她的信，是从什么地方写来的？”

“从本市。”

“那么说，她还在我们这个城市里？”

“也许吧。”

“她没有飞走以前，你们发现有人去找过她吗？”

“没有。不过，我们的监视很有限。”

“高冬至也没有去找过她吗？”

“我不知道。”

“你们下一步打算怎么办?”

“没有下一步了。我已经调到新的组里了。”

“魏小东呢?”

“他也调到另一新的组里了。”

“你们不在一起了吗?”

“是的。他什么也不懂。”

我也不懂吴笑东这最后一句话是什么意思。我本来想把自己对孟雨的猜测告诉吴笑东他们,但我现在已经冷静下来了。还是把这一切,留在民间吧。以后,甚至都不必向程以说起。何况,小加也仍然是一个不知其正式姓名为何的人啊。

我只是感到,必须请陆伟他们吃一顿饭。可是,当我见到他们时,发现他们已经不相信孟雨就是小加了。他们交给我一封信。

那是孟雨寄给高冬至的一封信。信封上寄信人地址那一行,只写着“内详”两个字。信中也只有很短的几行字:“在进入看守所以前,我已经把你的地址告诉了小加。她如果有信(或有电话)给我,就请转告她,我已下落不明。”

看了这封信,我仍然坚信自己的发现,孟雨就是小加。她写来这样一封信,也许正是想掩盖一下这样的真相吧。

但是,陆伟又交给我一封信。“这是小加写给孟雨的信,八月中旬就寄到高老师那里了,可他一直没有发现。整个暑假,他除了关注‘西厢’行动,就是一味对着孟雨的照片喝酒,所有邮件都没有拆阅。直到收到了孟雨这封信,他才翻出了小加的这封信。”

我看时,那的确是八月十二日的邮戳,寄信地是北京,信封是什么宾馆的,也没有写寄信人地址。信里也只是简单几句问候、报平安的话。字迹也的确与孟雨的那一封不同。这是孟雨精心施放的烟雾吗?那时,她千真万确被监禁着。如果不是,那说明我的发现也是虚假的了。我为自己的发现曾经那样兴奋,其实我也是什么都没有发现!

难道在这个浮华的时代，我们全都丧失了发现人的本质的能力？

陆伟说，从孟雨的那封信可以看出，她在被收审前，本来是很信任高老师的。

我说，现在这已经没有什么意义了。

陆伟说，孟雨要转告小加，“我已下落不明”，这是不是在暗示，她将自杀？

我说，她不会那样。

“为什么？”

“因为我们，包括你们、魏小东他们、我、甚至程以，当然还包括曾经爱过她的那六位先生，我们全都没有发现她是谁。”

1995年10月草成

1996年8月改出